KB063428

바흐의 숲

바흐의 숲

윤민혁 장편소설

A Forest for
Bach

자상한시간

내 영혼의 반쪽
캐나다에 있는 딸에게
잔물결 Y, Y, K, S에게

• 일러두기

1. 책은 《》, 노래와 음악은 〈〉로 묶었다.

2. 책에 나오는 시는 저자의 자작시다.

3. 책에 언급된 식물 이름은 국가표준식물목록(www.nature.go.kr)과 가드니아
(www.gardenia.net)를 기준으로 표기했다.

4. 국가표준식물목록에 등재되어 있지 않은 식물의 경우 학명을 발음 나는 대로
표기하거나 일반적으로 통용되는 이름으로 표기했다.

"너, 사나 보자. 이 춥고 척박한 곳에서."

- G -

*

오! 그대, 삶의 마지막 완성인 죽음이여.
나의 죽음이여,
다가와 나에게 속삭여 주십시오.

날마다 나는 당신을 바라봅니다.
당신으로 인하여 나는
삶의 고통과
즐거움을 견디고 있습니다.

R. 타고르
《기탄잘리: 신께 바치는 노래》 91편 중

1

이 있음 직하지 않은 이야기는 에메랄드빛 꿈같은 설산 위 들판 위에서 시작되었고, 검은 바람이 거치고서야 끝이 났다.

된서리가 온 [1]모임지붕 속 서까래를 지나면 편백나무 책장으로 연결되어 있었다. A부터 Z까지 작가의 작품별로 가지런히 나열되어 있어 찾기 어렵지 않았다. 소포클레스의 책이 보이자 선생님은 입을 다물지 못했다. 선생님은 이런 생각을 했을 것이다. '미친놈이라고.' 그가 좋아한 프랑스의 문제아이자 난봉꾼으로 칭해진 프랑수아 비용의 시집도 보였다. 1400년대 집필한 시집인데 정말 놀라웠다. 《리날도》란 시집을 쓴 토르콰토 타소, 극

---

01. 2개의 삼각형 면과 2개의 사다리꼴 면으로 구성된 모임지붕 (Hip Roof)은 정면, 측면, 후면 모두 지붕면을 형성하는 지붕.

작가 크리스토퍼 말로의 희곡집도 보였다. 마을의 작은 도서관을 능가하는 공간에 이름표까지 만들어 오래된 원서, 나의 애서, 작가들의 양서들이 모아져 있었다. 편백나무 책장 안 가득한 고서들은 에텔벤젠의 향긋한 쉰 내와 가벼운 바닐라 향이 났다. 책들은 가지런히 정렬되어 있다 보니 나 역시 책을 꺼내 보기도 조심스러웠다. 선생님은 시공간을 초월해 오래된 책방에 들어와 있는 것 같다고 했다.

베르디 오페라 〈리골레토〉 중 '여자의 마음'이 마리아 칼라스의 음성으로 흘렀다. 선생님은 《나병 환자에게 보내는 입맞춤》이란 책을 보고 흠칫하더니 본인이 파리에 가서 읽었는데 여기에 있다며 놀라움을 넘어 손이 부르르 떨린다고 했다. 나는 모리아크의 소설이 참 좋았다. 그의 초기 소설은 도덕이 결핍된 놀라운 분위기와 읽어도 이해가 어려운 그런 작품이었다. 나는 선생님에게 소개했다. 미셸 투르니에가 보이자 숨이 막혔다. M이라고 쓰여진 작가란에는 단연 미셸 투르니에다. 나도 좋아하고 당신도 좋아한 작가다. 《외면일기》는 우리의 데이트 책이었다. 책장의 공간을 침투하니 실비아 타운센드 워너의 소설 《여름이 오면》이 보였다. 선생님은 눈시울이 뜨거워지는 표정이었다. 인간 세계를 고발한 쿳시의 책도 전부 있었다. 가운데에는 의자가 하나 있었다. 책만 보기에, 책만 빠져들기에, 책에 미치기에 너무 좋은 공간이었다. 모든 책을 불태워도 여기 있는 책만 보존하면 인류의 모든 책을 구할 수 있는 느낌이었다. 자세히 보면 가운데 놓인 의자 뒤쪽에는 책들이 듬성듬성 있는 게 아니고 천장 끝까지 수북했다. 벽 한 면을 차지하는 통창으로 빛이 들어왔고 책장의 틈 사이로 케케묵은 향이 진하게 전해졌다. 눈이 감길 듯하다가 눈을 떴다, 다시 눈을 감았다.

2

대지의 여신은 끝을 냈다. 그날은 산 위로 듬성듬성 운해가 깔리기 시작했고, 말라비틀어진 회색빛 옥수수 암술과 수술은 계절의 후퇴에 퇴폐적으로 함락당하고 있었다. 특유의 변덕스러운 날씨에 옥수수 장대 위로는 언제 그랬냐는 듯이 운해가 걷히기 시작했다. [2]노대바람이 내 뺨을 때렸다. 안면마비도 오게 하는 바람이었다. 30년 전, 바람의 언덕에서 한여름 밤의 꿈 같은 일들이 시작되었다.

백두대간 골골이 깊은 숲은 비현실적 풍경이었고 사람이라고는 마음먹기에 따라 한 명도 볼 수 없는 이곳은 천국과 지옥을 느끼는 내 고유한 사색의 산책로였다. 모두 떠났다. 남은 건 눈에 보일 듯 말 듯 한 이기적인 계절과 늙어버린 말들, 안경잽이 마을 친구만이 내 어깨

---

02. 풍력 계급 10의 몹시 강한 바람. 내륙에서 아주 드물게 나타남.

아래 그림자처럼 서성거리고 있었다.

그 속에 실체를 알 수 없는 질투와 연민의 시간도 있었고, 백두대간 주술사 같은 바람이 중첩되어 욕망의 목덜미에서 쇄골과도 키스했다.

뇌의 편두엽이 녹을 듯한데 물고기처럼 눈꺼풀을 뗀다. 물고기는 눈꺼풀이 없다. 나의 눈꺼풀은 종종 떨린다. 마그네슘의 문제인지, 혈관의 문제인지, 스트레스가 원인인지는 모르겠다. 바라본 천장은 나를 유령처럼 반긴다. 하지만 누워있는 이 방에서 눈을 감고 아주 오래전 일을 생각한다는 것은 잔인한 일이다.

추억은 기억으로 감별할 수 있어 좋지만 사람이 없는 곳에서 이별의 추억은 언제나 잃어버린 장미 아니었던가?

몸을 조금 일으켜 왼쪽 창밖을 바라본다.

기후는 이미 지구 위기 경보를 넘어섰는데도 고산지대라 침엽수들이 내 눈앞에 있다. 아주 오래전 나무를 구별하지 못할 때도 있었는데, 나의 삶처럼 나무들도 내 눈앞에서 명확해졌으니 오래 산 것이다. 약의 부작용인지 눈이 자꾸 감긴다. 거울을 바라보니 [3]만월상안모(滿月狀顔貌)인지 커졌다, 작아졌다 한다. 하회탈 같은 형상에

---

03. 쿠싱 증후군이나 합성부신피질 스테로이드 투여중에 나타나는 둥글게 된 얼굴 모양을 말함.

서 누들스의 아편에 취한 형상으로 순간 이동한다. 나의 동공은 뿌옇고 홍채는 멀어지다, 가까워진다. 꿈인지 현실인지는 알 수 없다.

길고 긴 겨울도 끝나가는 시점이었다. 바람과 손잡고 우두커니 서 있으면 몸은 어디로 가는지 알 수 없었다. 동틀 녘 [4]월홍(月虹)은 소란하지 않고 아름답다. 겨울에 폭설이 와 녹지 않았던, 허리까지 차던 높이의 덩어리 눈들은 태양의 연애편지에 함락당해 차분히도 거친 소리를 내며 밝은 지붕 위에서 어두운 처마 밑으로 툭, 펑, 툭, 펑, 크게 바닥을 향해 떨어지며 소리 없이 녹기 시작했다.

초라한 겨울 산의 회색 수피들은 목각 인형처럼 반겼다. 옆으로 자리하고 있는 딱총나무 작은 가지 역시 휘어져 [5]엽흔(葉痕)과 꽃눈이 거꾸로 보인다. 눈이 온 깊은 숲은 연둣빛이라고는 하나 없는 겨울과 봄 사이에 무채색 계절이다.

가까운 곳의 나무들과 저 앞의 나무들, 또 멀리 있는 나무들이 겹쳐져 가까운 오솔길을 멀리, 먼 길을 가깝게 보이게 하는, 마음처럼 사라지게 하는 신비한 현상이 내 눈앞에 보였다가, 사라졌다. 평소대로 걸었다. 갓 세수

---

04. 달빛으로 보이는 밤 무지개.

05. 잎이 가지에서 떨어진 후 그 자리에 생긴 자국.

한 초록 내음과 감성적 연둣빛 사이에서 금빛과 은빛으로, 회색빛 나무들은 무채색에서 유채색으로 서서히 물들었다.

산길을 걷고 내려오는데 잣나무 위 곁가지 삼각점에 딱따구리가 만들어 놓은 자연 건축물이 인간의 손으로는 만들 수 없는 곡선미를 자랑하며 위풍당당 세워져 있었다.

그곳에서 딱따구리의 "따, 따, 따, 떼, 떼, 떼" 하는 언어의 정밀한 신호가 청명과 곡우 사이에 들리기 시작했을 것이다. 우연히 보게 된 까막딱따구리의 모습은 목덜미와 머리 왕관의 가운데 줄기가 붉은 털의 요정이었다. 계절마다 약속이나 한 듯이 잣나무 가운데를 후벼파며 재단하는 일정한 리듬의 소리에 중독되게 만드는 꽤 매혹적인 까막딱따구리다. 그 리듬감이 얼마나 좋은지 사람은 자연에서 살아야 한다며 신비감에 도취되었다. 까막딱따구리의 울음소리는 노래를 부르듯이 특이한 소리를 낸다. 까막딱따구리의 선율에 놀아났다. 경쾌하고 신비한 소리를 들으며, 산보의 마침표인 잣나무를 쳐다보며 부엽토에 발을 디디고 내려오면 언제나 내 집과 정원이었다.

그렇게 약속한 듯이 봄은 온다. 차분했던 마음은 비삐졌다. 그중에서 하나는 새로운 가족을 맞이하는 것이다.

내가 사는 집 정원에 자작나무로 만들어 놓은 새장은 언제나 미려했다. 이름 모를 부부새가 자주 찾아와 레알 마드리드 축구단 스타디움 같은 원형 경기장을 예술적으로 승화시켜 만들어 놓는다. 오로지 건축하는 도구는 부부새의 뾰족한 입, 그리고 날개뿐이다. 감탄을 자아낸다. 신의 건축물이라고 말해야 하나.

신도 못 말리는 일교차는 극한의 지방임을 알려주고, 한번 강풍이 불어 백두대간에 심술을 부리면 온 산간 초목을 불길로 인도했으며, 바람을 원투 펀치 맞고 쓰러진 칼산의 낙엽송은 남성의 긴 다리가 얼키설키 엉켜져 있는 형상이었고, 흰 자작나무의 쓰러진 모습은 여성의 나체처럼 매끈했다. 숲에서 깨어난 봄의 정령 식물들과 야생화들은 땅을 뚫자마자 이 차가운 공기와 춘설에 깜짝 놀라 다시 고개를 집어넣었다. 그것도 수십 번을 반복해야 '봄'이라는 봄을 주었다. 내 뺨에 눈을 몇 번, 몇 번 더 맞으면 봄이 다가온다.

방목 중인 대관령의 말들은 털이 빠지고 있었다. 여름이 되면 다시 얇은 털이 나오기 시작한다. 말들에게 들판은 천국이다. 아름다운 말들은 사랑을 나누고 삼삼오오 모여 우아한 갈기를 풀어헤치며 자연스러운 춤을 추기도 한다. 한 치의 오차도 없는 자연의 순환은 계절의 여러 징후로 알 수 있으니 방랑자가 된듯하다. 초봄은 극악스럽다. 겨울을 무차별하게 지낸 낙엽송 새순이 암갈색 수피를 뚫고 나오려고 몸서리를 친다. 낙엽송은 얼마나 곧고 정직한 나무인지 빨리 자라면서도 [6]수간(樹幹)은 통직하고 병충해에도 강했다. 산책자인 나는 젊었을 적부터 봤으니 행운아였다. 달력이 없더라도 이제부터 시작되는 자연과 동식물의 변화를 보고 나만의 달력을 만들어 계절의 변화를 대충이라도 알 수 있으니, 자연에서 벌어지는 이 보편적이지 않은 날들은 도시에 사는 친구들은 믿을 수 없는 이야기였다.

차가운 영동 지방의 골바람과 영서 지방의 냇바람이 충돌하면 백두대간은 걷잡을 수 없는 바람이 분다. 봄눈이 녹기 시작하는 시점은 다른 지방과 매우 다르다. 시어머니 눈초리처럼 하루에도 몇 번의 심술을 부린다. 대지의 여신은 5월 초까지 눈과 바람을 십자군 원정대처럼 보낸다. 나약한 인간이 오래 살 수 없는 곳으로 사람들은 각각의 사정에 따라 숨어서 살기도 또는 평화롭게 살기도 했다.

그해, 당신이었다. 청정고원 백두대간을 가로질러 무한으로 달리기 시작한 그해는 눈이 많이 왔다. 무릎까지 빠지는 눈 속에서 나무에 쌓인 눈들은 우아하게도 마에

---

06. 수목의 지상부 가운데 비동화기관으로 가지나 잎을 제외한 부분.

스트로가 지휘하는 모습이었다. 그날도 이틀이 멀다 달려간 숲속 일대는 눈이 녹지 않았지만 소리는 들렸다. 당신의 체취에서는 풀 향이 났다. 초봄, 태양이 온기 있게 빛을 비추면 노르웨이가문비나무 숲을 투영해 그 빛은 나무 아래 요염하게 군락을 만든 관중이나 고사리 사이로 침투해 감당하기 힘든 눈을 천천히 녹게 했다. 대관령 지방 옹골찬 바람과 어두운 심연의 나무들은 자연의 위세와 숲의 정령이 겹겹이 포개져 대관령에서만 느끼는 기운을 만들었다. 산간 지방에서만 볼 수 있는 추상적인 형상들이 내 눈앞에서 매일 장관을 펼치며 도시의 향기가 씻기지 않은 나에게는 마술적 리얼리즘처럼 다가왔다. 아무도 없는 무시무시한 골짜기는 사람을 나약한 바보로 만들었으나 암탉과 염소에게도 노래하게 만드는 비현실적 재주가 있었다. 방목 중인 말들은 봄이 오는 소리에 놀라 미사일처럼 순식간에 튀어 나가기도 하고, 어느 때에는 미친 듯이 뒷발을 차며 놀라기도 했다. 그날은 마음먹고 뛰기 좋은 날씨였다. 그날을 잊지 못하도록 신들린 바람처럼 달렸다. 전날부터 잠은 오지 않았고 마음은 이미 말들과 데이트하며 다시 한번 좋은 찬스다 싶어 당신의 안장을 가지고 들판으로 나왔다.

빛무리가 오면 당신과 나는 뛰었어 그러면 뛰었어

하나가 오면 당신, 둘이 오면 당신의 목, 셋이 오면 당신의
눈
말갈기를 잡고 산 너머 그곳에 가면 우리가 온 줄 알고 새
떼들이 자릴 피했지

어느 정도 익숙하다 보니 당신도 방목 중인 말을 수장
대로 끌고 가 말의 상태를 보고 빗질을 한다. 손놀림은
이제 서툰 모습이 하나도 없다. 앞다리와 뒷다리의 건강
상태도 챙긴다. 앞발을 뒤로 구부려 L자가 되게 한 후
편자 안에 있던 흙과 똥을 갈고리로 털어내는 모습이 씩
씩하고 당당하다.

당신은 어린아이처럼 말의 큰 눈을 보며 쾌활하지만
서글픈 미소를 짓는다. 그럴 때는 인디언 추장의 딸이
다. 크고 흰 이, 비율이 좋은 흐린 연한 복숭아색 입술,
크로아티아 플리트비체 호수 같은 맑고 투명한 눈, 검
지는 투박하나 전체적으로 긴 흰 손은 모두 말과 하나
가 된다. 순진하면서 청순한 암고양이. 당신은 암고양이
다. 눈매마저 당신은 아름다운 요염을 보여준다. 당신은
암고양이다. 말 안장을 올릴 때 고양이 눈은 말에게 연
인을 바라보듯 레이저를 쏜다. 당신은 암고양이다. 우린
물렁물렁한 젤 패드를 골라 등판에 깔고, 그 위 흰 패드
를 등판에 좌,우 5:5 비율로 맞추어 깐다. 당신은 그 위

로 짙은 밤색 소가죽 안장을 앉힌다. 나는 소나무색 장애물용 안장을 올리며 굴레를 가볍게 씌워 말귀에 걸리지 않게 손을 하늘로 올려보지만 워낙 말의 얼굴이 커 눈가쯤에서 걸리기도 한다. 말은 큰 눈으로 나를 노려본다. 말에게는 늘 미안함과 고마움이 공존한다. 말의 입을 벌리고 굴레를 씌우는데 말은 놀라지 않는다. 코끈, 턱끈, 귀 끈을 가볍게 조여 맨다. 나를 보고 웃는다. 당신이 입고 온, 허벅지가 터질 듯한 검은색 승마 바지가 당신의 몸매를 더욱 돋보이게 한다. 시선을 피할 데가 없다. 지난번 가죽 재킷과 상아색 바지도 멋있었는데 오늘은 검은색 파이핑 실리콘 풀패치 승마 바지와 밤색 골덴 수트가 이국적인 느낌마저 들게 한다. 그녀가 쓰고 다니는 헬멧은 무광과 광택의 조화가 매우 잘 어울린다. 딱딱한 소재에 창까지 각이 져 나와 있으니 어울리지 않는 사람이 쓰면 허수아비 같지만, 당신은 이기적인 얼굴과 작은 두상으로 보란 듯이 잘 어울렸다.

나 역시 꽉 끼는 청 재질로 만든 풀패치 승마복 바지를 입고 시큰둥하게 모직 스웨터와 검정 벨벳 누빔 조끼를 입었다. 이반 투르기네프의 장편소설 《첫사랑》에 나오는 소년의 마음 같다. 어쨌든 내가 말을 좋아하는 건 자연에서 뛰어노는 말들의 자연스러운 자세와 아름답고 우아한 몸, 슈퍼 모델 지젤 번천을 능가하는 긴 뒷다리,

가끔 자기 멋대로인 허무맹랑한 발걸음, 그러한 무절제 속에서도 인간에게 무한으로 감동과 사랑을 만들어 주기 때문이다. 승마는 남녀노소, 나이 차를 막론하고 정정당당한 운동이다. 남, 여 구분과 나이는 숫자고 변명일 뿐, 특히 남, 여 구분이 없다니 얼마나 매력적인가? 말의 이름은 지젤 번천, 후루시초프였다.

왼손은 빛나는 갈기를 한 움큼 모아 잡고 왼쪽 등자에 발을 끼우고, 오른손은 안장 위 뒤쪽 불룩하게 올라온 안장 꼬리 가죽에 손을 의지하며 양다리를 점프해서 오른쪽 등자에 오른발을 넣기 위해 골반을 벌려 말 배 중앙에 갖다 대며 포개듯이 올라탄다. 사뿐히 안착한 나는 안장 머리에 엉덩이가 묵직하게 닿자 말 등위에 제대로 탄 느낌이다. 당신 역시 사뿐히 올라탄다. 어깨가 나보다 좁으니 말도 편안해 보인다. 당신 몸은 훨씬 가볍고 유연하다. 서로 등자끈을 맞추고 등자쇠도 쳐다본다. 당신은 수말인 흰색 말을, 나는 암말인 검정말을 타고 대마장으로 들어가 몸을 푼다. 나는 움직이지 않는 로버트처럼 딱딱 반동을 맞추고, 당신은 가끔 반동이 틀리지만 그럼에도 보기는 더 좋다. 날씨도 좋아 함께 나가기 좋은 계절임은 틀림없다. 들판을 달리는 건 무척 고무되는 일이다. 겨울에서 초봄으로 가는 중간쯤이라 우리의 기분도 날씨도 즉흥환상곡 같다. 나는 체중을 뒤로 싣고 콧노래를 부르며 혼자 [7]데벨로뻬(développé)를 하는 남성 무용수다. 가볍게 몸을 풀고 대마장에서 오솔길 방향으로 향하자 대관령의 매몰찬 바람이 낙엽송 사이로 불었다가 멈췄다가 딱, 딱, 딱, 말발굽과 편자가 하나가 되어 백여 미터 구간의 콘크리트 땅에 부딪히는 소리가 일품이다. 부드러운 흙길과 농로가 대부분이지만 가끔 트레킹이나 외승을 나가다 보면 어쩔 수 없이 콘크리트 길도 만난다. 드넓은 초원을 말 타고 달린다는 것은 이 지방에서만 가능한 일이다. 저 멀리서 날아오는 새무리가 눈이 녹고 얼음이 녹는 모양을 보더니 카, 카, 카 소리를 연발하며 자연이라는 무대에서만 볼 수 있는 즉흥적 묘기를 연출한다. 매서운 바람 소리는 낙엽송 위 가지에 걸려 어디론가 가지도 못하고 이곳을 바람 콘서트홀로 만든다. 변화무쌍한 고산지대다. 바람과 구름과 안개를 뚫고 영원히 오늘을 위해 달린다. 숲을 가로질러 들판으로 가는 길에 당신의 숨 가쁜 소리가 내 가슴을 뒤흔든다. 사랑을 하면 연인의 날숨을 마시고 싶을 때가 있다. 이른 초봄의 날씨임에도 태양이 우리를 따뜻하게 해주니 당신은 점퍼를 벗고 유유히 걷는다. 왼손에 0.3캐럿 정도의 에메랄드가 박힌 십자드라이버 문양의 얇은 팔찌가 눈앞에 흔들린다.

---

07. 발레에서 한쪽 발을 측면으로 천천히 올려 뻗어서 균형을 잡는 동작.

"바람이 세차게 부네요."

당신을 쳐다보며 말한다.

"겨울이 끝나는 건 좋기도 하지만 다시 이별과 만남의 세월을 견뎌야죠."

"우리의 모든 만남과 세월이 그런 것 같아요."

"전 이제 돌아가야 해요."

"당신과 함께 하는 오늘이 마지막 질주일 수 있겠네요."

"우리의 방향이 같음을 알았는데 함께 있으면 안 되나요?"

"전 언제나 이곳에 있잖아요."

"그런 거죠."

"기다리는 것이 쉽지 않을 것 같아요."

그녀는 대답하지 않는다.

"여름이 오면 모든 것이 이 바람의 언덕에 연서처럼 올 것으로 믿어요. 그전에 오셔도 돼요. 연을 날리듯이."

나는 귀에 박히도록 크게 말한다.

"모든 건 달과 태양처럼 스쳐 지나갈 뿐이에요. 저 밖에 있는 나무의 흔들림을 보고 안에 있는 숨결을 들어보세요."

태양은 차갑다. 사랑을 고백하고 받아낼 그 순간은 아

니었다. 사랑이라는 걸 글로 쓸 수 있을까? 말한다고 전달이 될까? 마음을 전달하고 싶고 확인하고 싶었다. 그날도 유독 풀 향이 강했다. 어떻게 사람의 몸에서 풀 향이 가득할까. 나의 정원에 있는 살비아 '스니휴겔'의 향이 그녀의 향과 흡사하다. 인간이 만든 최고의 풀 향은 시슬리 오 드 깡빠뉴였지만 세상에서 만난 최고의 풀 향은 자연 안에서 보고 느낀 들판의 향이었다. 말을 타고 달릴 때 나는 들판의 향이 그녀에게서 풍겼다.

들판이 나타나자 천국으로 가는 길로 느껴졌다. 내가 고삐를 조금 당기고 [8]평보에서 [9]속보 신호를 넣었더니 말은 긴장 상태다. 경속보에서 평보로 주법을 이행하니 타고 있던 말이 금세 알아차린다. 허벅지를 살짝 누르자 탄도 미사일처럼 들판을 향해 내 몸이 휘청거릴 정도로 달린다. 뒤따라오던 당신 역시 고삐를 길게 잡았던 손매음 새를 한 뼘 짧게 잡는다. 여덟 개의 발은 열두 개로 확장되고, 여덟 개의 발톱은 스물여덟 개의 발톱으로 움직인다. 태양의 그림자를 호위 삼아 언덕으로 다시 열두 개의 발이 두 개로 변해 무섭게 치고 올라간다. 여기부터는 신들의 영역이다.

---

08. 승마에서 말의 보법의 하나로 네 다리가 각각 한 발씩 차례로 착지하는 4절도의 보법.
09. 승마에서 말의 보법의 하나로 두 다리가 대칭적으로 교대하여 움직이는 2절도의 보법.

말은 언덕을 치고 올라갈수록 힘이 세지고 탄력이 붙는 습성이 있다. 말의 후구는 얼마나 극강인가? 달리다 보니 나무의 그림자와 잎의 그림자가 마사토 바닥에 영화 필름처럼 풀어졌다, 감아졌다 한다. 말은 이때만큼은 영사기다. 다시 영사기가 돌아가자 빛과 수많은 관목은 슬라이드처럼 지나가는데 참나무들은 우리를 감싼다. 옆으로 치고 나가는 그녀, 나는 자리를 비켜준다. 고개를 살짝 옆으로 돌려 그녀의 옆모습을 보니 전설의 기수인 이니그타 아네사의 모습을 보는 것 같다. 이제 여유도 제법 생겨 웃기도 하고, 고삐 연결 후 풀다 쥠쥠, 고삐를 솜사탕처럼 만진다. 새의 몸처럼 가벼워졌다, 풀어졌다 한다. 신체의 오감이 만족한 얼굴이다. 뺨은 웃고, 이마는 휘날리고, 코는 깃발을 단 잔 다르크 같고, 귀와 머리는 위풍당당 소리를 지른다. 봄에 내리는 산벚꽃의 찬란함 같다. 겨울과 여름 사이의 아름다움은 이렇게 대자연의 마술에서 자유롭게 펼쳐진다고 할까. 대관령의 신선한 공기는 달리는 말의 땀과 우리의 알 수 없는 마음이 조화롭게 섞여 멋진 소리를 낸다. '따그닥, 따끄닥' 경쾌하다. 암말과 수말이 하나가 되어 사람을 하나씩 태우고 땀을 뻘뻘 흘리며 질주한다. 지젤 번천과 후루시초프의 대결이다. 인간은 그 위에 매달려 말에게 찬사와 존경을 보내고 중독과 자유를 외치며 신께 아무

런 일이 없도록 기도한다. 평원에 다다르자 내리막길 구
보를 해야 하는 요새 같은 전경이 펼쳐진다. 새끼손가락
의 감각을 가볍게 누르면서 브레이크인 고삐를 잡았다,
놨다를 섬세히 반복한다. 순진한 말이 순식간에 우리를
가지고 논다. 고집 센 말은 우리를 가지고 놀지 못한다.
말보다 덜 순진한 우리는 심장이 격앙된 느낌을 받는다.
앞, 뒤를 번갈아 쳐다본다. 첫 번째 들판을 뛰어넘는데
왼쪽 고삐가 길어 다시 한 뼘 짧게 잡으니 말이 바로 알
아챈다. 얼마나 감각적인가. 더욱 미친 듯이 달려 나갈
태세다. 말은 기수가 고삐 연결을 편하게 해주지 못하
면 불편해져서 고개를 위아래로 흔들고 고삐를 세게 잡
으면 더 몸부림치며 뛰어 나가려는 습성이 있다. 이것을
자유롭게 하지 못하면 천국행이나 지옥행 열차로 갈아
탈 수 있다.

　나와 당신은 전경 자세로 뛰는 것이 편해 상체를 살짝
숙이고 발을 등자에 걸 터만 놓는 채 있다. 리듬은 황홀
경에 빠진다. 그녀 역시 이젠 익숙한 자세로 상체를 숙
이고 말의 반동에 리듬을 받는다. 허벅지 위 골반이 말
과 잘 밀착되어 묘한 자세를 연출한다. 말 등판과 그녀
의 골반 아래가 하나가 된다.

　우린 하나의 언덕을 넘어 나무들이 굉장한 오래된 인
연을 뽐내는 그 협곡으로 달린다. 신들이 질투하듯이 나

무의 신들마저 팔짱을 끼고 둘의 굉장한 속도를 구경한다. 선두마냐, 이등마냐 서로 오며 가며 달리고 있으니 누군가 우리를 내려다보는 듯한 착각에 빠진다. 까막딱따구리와 오대산 긴점박이올빼미가 손을 잡고 우리를 쫓아온다. 눈부시게 아름답다. 숲으로 들어가 계곡을 끼고 달릴수록 말 등과 나는 하나가 된다. 대초원 들판을 뛰는데 순간 소리가 들린다. "철퍼덕, 따그닥, 철퍼덕, 따그닥." 아마도 무언가가 이 들판 옆을 지나가는 것이다. 내가 탄 암말은 어떠한 것에도 놀라지 않고 우아한 실력을 뽐낸다. 우리는 천국을 맛보는 것이다.

재갈이 살짝 입에 걸리자 육중하고 가벼운 말의 몸과 나의 둔탁한 몸은 하나가 된다. 구름 위를 나르는 이 기분. 두 마리의 새, 둘의 사람, 두 마리의 말 그러니 여섯이 비행을 한다. 하늘, 구름, 별, 달, 숲, 나무, 동물, 빛나는 눈동자, 떨리는 심장뿐이다. 하늘 위 구름 위에서는 꿈을 꾸듯이 날았다. 우리는 언덕을 말의 탄력을 받으며 치고 올라가는데 앞 말의 발굽에서 튄 진흙이 얼굴로 향하고 잔돌은 나의 어깨와 머리 사이를 라인 드라이브처럼 지나간다. 메이저리그 좌완 투수 랜디 존슨의 슬라이더가 이렇게 순식간이었겠지. 그 스릴감은 아무도 모른다. 그녀는 말을 늦게 배웠지만 워낙 운동 신경이 좋아 나보다 빠른 것 같다. 안정된 자세는 아니지만 고삐를 길게 잡고도 나름 리듬감이 좋다. 가끔 불안하게 뛰기도 하지만 해내고 만다. 나는 짧게, 짧게를 외친다.

네 개의 발이 여덟 개의 다리에 의지하여 숲을 관통하는데 둘을 위한 파티장 같다. 대숲에 인간이라고는 둘만 있었다. 잣나무 가지가 수북한 길을 안내하는데 씨 떨어져 난 작은 교목처럼 굉장히 고풍스럽다. 말을 타고 엉덩이 왼쪽을 실룩, 오른쪽을 실룩거리며 그 좁은 길을 걸어가면 태양도 우릴 맞이한다. 우리가 타고 온 말은 눈길에서도 크게 미끄러지지 않는다. 가끔은 속력과 멋보다 안전을 택할 때가 있다. 눈이 녹았다 살얼음이 생기는 지금의 계절이 더 위험하다. 역광으로 태양에 비친 우리의 모습과 구름의 모습이 묘하게 겹쳐 말까지 신비롭게 보인다. 내리막길을 평보로 걸어 내려갈 때는 체중을 허리 뒤쪽으로 두니 편안하다. 꺾어진 내리막길에서 우리만 아는 신호로 엉덩이를 왼쪽, 오른쪽으로 실룩 실룩거린다. 말 위에 앉아 있는 당신의 자작나무 같은 허리가 왼쪽 땅바닥에 그림자로 만들어져 잘록하게 비쳐진다. 낙엽송 군락지를 지나가니 하늘 위를 향했다가 다시 바닥으로 길게 늘어진 작은 가지에서 녹은 눈이 허벅지에 떨어진다. 커다란 대평원을 달린 우리는 빙그레 웃으며 계곡을 건너는데 길게 늘어진 가지가 그 길을 막고 있다.

"이곳의 눈은 매섭지만 묘하게 따뜻해요."

차가운 미풍을 맞고 뺨이 발개진 그녀의 얼굴.

"대관령의 특권이죠."

"눈 냄새가 달라요."

"너무 다르죠."

"그런 것 같아요. 당신은 빨리 달린다고 소문이 자자하던데 그렇지 않았어요."

"봄에는 저도 이 지방의 아름다운 정경과 아무도 없는 협곡의 여유를 느끼고 싶어요."

당신 때문에 빨리 달리지 않았다고 말하고 싶었는데 그럴 수 없었다. 당신을 보호하고 싶었다고 그렇게 말할 수 없었다. 이 말은 왜 이렇게 힘든 것인지 아니 더 솔직히 사랑한다고 떠나지 말라고 말하고 싶었다. 이건 연민이 아닌 사랑의 감정이었다. 당신은 나에게 특별한 사람이니 어떠한 경우라도 다치면 안 된다는 느낌이 본능적으로 들었다. 그것이 사랑이었나? 보호해 주고 싶은 사랑? 감정이 너무 오묘해 알 수 없었다. 그러면 연민이었을까? 알 수 없었다. 사랑을 빙자한 우정이란 게 사실 사랑의 다른 말 아니던가? 그때는 알 수 없었다.

자연에서 빨리 달린다는 것은 어떻게 보면 목숨을 내걸고 달린다는 것이다. 그녀가 그해부터 밀을 탔고 말과 잘 교감했다고 해도 움직이는 거대한 말을 이끌고 트레킹이나 외승에 나온다는 건 상당한 용기와 경험이 필요했다. 그녀가 아니었다면 외승을 나오지도 않았을 것이다. 바람에 휘날리는 가지, 계곡물의 잔물결, 물에 비친 환영, 검은 비닐에 휘다닥 놀라는 말의 서글픈 큰 눈, 예민한 갈기의 움직임에 비치는 마음의 소란까지 묘한 감정이 들었다. 말을 사랑하면 벌어지는 일이었다. 당신과 있다 보니 생기는 드라마틱한 일이었다.

사냥하는 개들이나 멧돼지들까지 나타나면 어떤 말은 앞발을 들고, 흥분한 어떤 녀석은 들판에서 뒷발을 차며 난리도 그런 난리가 없었다. 어떤 말은 차의 엔진 소리나 바퀴에도 놀랄 수 있으니 그러한 모든 파편이 그녀에게 일어나지 않으리라고는 확신할 수 없었다. 내 마음은 격하게 불안했고 불안은 내면 바닥까지 지배했다. 우리는 힘을 빼고 땀을 말리며 바람 소리가 잔물결처럼 고요한 곳을 걷는다. 그림을 잘 그리는 화가가 지금 우리 옆에 있었더라면 이 자연의 예술품을 그렸을 텐데, 하는 생각이 스쳤다. 배낭에서 말을 나무에 묶을 수 있는 리드선을 꺼내 사스래나무 흰 수피에 묶어 놓았다. 우리는 말에서 내린다. 다리가 나도 모르게 떨리고 숨은 가빠진다. 우린 나무 기둥에 기대며 크게 숨을 쉰다. 아마도 그

때 나는 [10]하프 패스(Half-pass)나 [11]플라잉 체인지(Flying change)도 했을 것이다. 그녀 앞에서라면 그런 기술적, 예술적 요소를 보여주고 싶었다.

"어떠셨어요?"

"더 이상 말해 뭐해요."

말 두 마리는 나무에 묶여서 서로의 몸을 쳐다보며 흘린 땀을 땅에 비비고 있었다. 바닥에 간식을 펼쳐 놓았는데 아찔한 기분이 들었다. 왼쪽 손을 비탈진 초지의 둔덕에 지지하고 휘날리는 바람에 턱을 괴고 앉아 날렵한 코를 내 쪽으로 쳐다보며 당신이 말한다.

"저 나무는 뭐죠.?"

그녀가 입술을 떼며 조용히 소리친다. 놀란 모습이다.

"상수리나무입니다."

"저기 예수님 면류관 같은 건 뭐죠?"

그녀가 놀란 건 상수리나무 가지에 기생하는 밤송이처럼 생긴 연둣빛 새순이었다.

"저것은 겨우살이인데 새들의 끈적끈적한 배설물이 나뭇가지에 떨어지면 거기에서 나무의 수액을 빨아먹고 기생하는 식물이에요. 겨우살이는 나뭇가지가 아닌 곳

---

10. 마필보도중 걸음을 옆으로 옮기는 동작.
11. 답보변환. 구보에서 행하여 지는 동작으로 마필의 구보는 방향에 따라 달라지는데 이러한 방향을 좌, 우로 바꾸어 주는 동작.

에서는 생육하지 못하죠."

상수리나무 고목에 붙어 있으니 놀랄 만도 했다.

"태양이 평온하고 바람도 잔잔하니 보이는 것도 많네요."

그녀가 숨을 내쉬며 말한다.

"자연에서 얻는 것이 많아요. 처음에는 보이지 않지만 걷고, 뛰고, 달리고, 또 걷고 그러다 보면 보이기 시작해요."

"어쩜 이곳은 태고의 시간 속 같아요."

나를 쳐다본다.

"아마도 더 깊숙이 들어가면 자주 보일 거예요."

"말을 타고 걷고, 뛰면서 두세 시간 이렇게 사람을 만날 수 없는 곳은 드물 거예요."

"대관령의 대자연은 소유할 수 없지만 가슴으로는 그릴 수 있고 품을 수 있어요. 이 철학적 소유가 얼마나 멋진가요? 진정한 자유인만 느낄 수 있잖아요. 실제 내 것은 아니지만 그것이 진정한 소유라 생각해요."

당신은 말의 등을 쳐다보며 다른 곳을 주목한다. 긴 시간 아무런 말이 없었다. 유령이 우리 어깨 사이를 지나간 것이다. 시계는 또각또각 흘렀다. 그녀는 움직이는 말에 몸을 기대고 철학적 소유에 대해 생각하는 것 같았다. 우리는 힘차게 일어났고 말을 탔다. 어느덧 피아노의 숲 중턱에 가니 조그만 댐이 하나 보인다. 그녀를 후위에 세우고 돌아오니 마음이 뿌듯했다. 돌아오는 길은 대략 5킬로미터 정도 남아 있다. 거의 평지인데 아무도 없다 보니 둘이 아니 넷이 달리기 좋은 길이다. 아름다운 산골에 부는 북풍인지, 남풍인지 그날은 유독 따뜻했다. 대관령에서 볼 수 있는 고산지대 나무들이 우리를 호위한다. 이곳은 거침없는 수십만 평 밭떼기를 가로질러 나오는 유일한 길이다. 그날은 배추가 없는 배추밭을 과감하게 헤치고 나왔다.

말들을 그들의 집에 데려다 놓아야 한다. 이제 헤어져야 할 시간. 지나가는 버스와 군인들이 쳐다본다. 어느 군인은 손을 흔든다. 영화 속은 아닐지라도 그 [12]속새와 산죽 사이 사이를 걷고 다시 뛰며 높은 고산으로 달려간다. 말도 속도가 올라가자 땀을 주르륵 흘린다. 봄에는 모든 것이 설레고 예쁘게 보인다. 계절적 우울증만 아니라면 더 그러할 것이다. 일조량이 많아지니 모든 신록이 서서히 깨어난다. 그 중심에 대관령이 있었다. 일이 많아지기 전 입춘과 춘분 사이 그때의 그 시간이 환상이었을까? 누워서 시계를 보니 그녀가 그려진다. 그녀가. 그녀가.

---

12. 양치식물 속샛과의 상록 여러해살이풀.

'모든 것은 대관령으로부터 나왔다.'

3

잣나무가 대관령 바람에 엄청 소란했던 그날, 내가 죽인 것이 아니었다. 다들 그렇게 의심했겠지. 그럴 수 있다. 합리적 의심까지 막을 수 있겠는가? 이상하게도 그날은 비가 눈으로 덕지덕지 바뀌었다. 서걱, 서걱거리던 내 키보다 훨씬 큰 대관령 질긴 옥수수 장대를 왼팔로 꺾고 있는 힘을 다해 내리치자마자 일백오십 살은 된 늙은 나무인 산돌배나무에 당신은 매달려 있었다. 처참하도록 괴로웠다. 고통이 나의 목에 들어와 칼을 휘둘렀다.

거무죽죽하고 시커먼 당신의 손을 맞잡고 있는 산돌배나무는 나무인지 무엇인지 기억나지도 않았다. 검은 커다란 물체를 보고 나는 털썩 주저앉았다. 서럽고 알수 없는 피눈물이 흘렀다. 소리를 질렀다. 쓰러졌다. 일어나지 못했다. 온 산을 돌고 돌아온 비명에 다시 기절하듯 쓰러졌다. 나무 아래였다. 눈 내리는 나무 아래 나는 처참했다. 못 일어나면 나도 죽을 것이라 그녀의 영혼부터 살려야 해 죽을 힘을 다해 가까스로 기운을 냈다. 내 몸도 썩고 있는 듯했다. 나도 죽고 싶었다. 죽었어야 했다. 강풍에 휘날리던 싸리나무는 통곡하며 서럽게 우는 나를 쳐다보았고, 검은 바람에 펄럭이던 흑색 멀칭비닐도 나를 바라보았다. 그 당시에는 무엇도 할 수 없었다. 날이 너무 추워져 눈을 뜨고 움직이지 않으면 몸이 얼어 죽을 것 같았다.

"아, 왜 그랬어."

소리를 크게 질렀다. 눈물을 주체할 수 없었다.

나도 모르게 오래된 산벚나무 고목이 쓰러지듯 쿵, 쿵, 무릎을 꿇고 바닥에 얼굴을 처박았다. 아프지 않았다. 감각도 무뎌졌고 감정은 알 수 없는 신기루에 지배당해 영혼까지 유린당했다. 고개를 들고 당신을 만졌다. 탐스럽게 무르익은 햇살구 같았던 당신의 젖가슴은 바람 빠진 풍선처럼 탄력이 하나도 없었다. 땅을 쳤다. "아아, 아아아, 아아아아. 흑흑흑흑." 나는 서럽게 울었고 아무것도 보이지 않았다. 모든 것을 토했고 위산도 더 이상 나오지도 않았으며 콧물과 눈물만이 범벅이 됐다. 순식간에 내 몸도 돌처럼 차가워졌다.

나의 비명이 저 멀리 오대산 비로봉까지 갔다가 다시

돌아왔다. 처절하고 괴로운 소리가 골짜기, 골짜기 메아리쳤다. 그녀의 웃음소리가 보였다. 수확 후 밑동까지 잘라 놓은 옥수수 장대들이 채석장 옆 무덤가의 십자가처럼 보였다. 돌아오는 것은 골짜기에 반사되어 내 귀에 들리던 당신의 목소리였다. 까르르 들리는 웃음소리와 함께 걷던 그 꿈속 같던 기억이 나와 당신을 다시 덮어 주었다. 그날의 처참한 사고는 사랑스럽던 당신과 들판에서 배회한 죄였다. 소용돌이 속에서 사랑스러웠던 당신은 내 손을 놓았고 우주의 푸른 바다로 떠났다.

쓰러지고 꺾어진 옥수수 장대 들판에서 당신을 업고 나갔다. 나는 경찰에 신고하지 않았다. 눈발은 빨라지고, 발가락 끝이 얼고, 가슴은 떨리며, 심장에서 코로, 코에서 귀로, 다시 뇌로 가는 그 짧은 신경들은 막히기 시작했다. 떨리던 발바닥에 비친 소금 같은 눈의 파편과 모래알 같던 망각들은 나의 실빛 혈관에 박히며 거칠게도 쓰라렸다.

당신의 차디찬 몸을 양손에 들고나오다가 넘어졌다. 무릎은 바닥에 부딪혀 피범벅이 되었다. 슬관절이 으깨진 것처럼 아팠다. 흰인가목 가시에 허리와 엉덩이가 여러 차례 난도질당하듯이 찔렸다. 서슬같은 눈을 맞고 온몸이 고통을 받으며 앙상한 관목인 찔레나무 입구에 다다랐다. 엉켜져 있는 물푸레나무가 나를 기다렸다는 듯이 관짝을 들고 서 있었다. 눈발은 더 거세졌다. 그녀를 내려놓았다. 육체와 정신이 교잡되어 휘몰아치니 명치 끝의 박동수도 벌렁거렸다. 나는 고등어가 목이 따여 아가미만 파닥파닥하듯이 들숨과 날숨이 범벅된 숨을 거칠게 몰아쉬고 있었다. 처참했다. 눈 내리는 하늘을 쳐다보았다. 거침없이 눈물이 흐르고 눈 덩어리가 내 이마와 뺨을 때렸다. 그녀의 푸른 잉크 같은 얼굴을 내가 시체가 되어 바라본다. 당신의 목 위는 청자처럼 푸르렀고, 당신의 쇄골 아래로는 단벽의 청, 적, 황, 백, 흑을 섞은 듯한 이 세상에서 처음 보는 색이 육체를 물들이며 차가운 고래 등판처럼 변했다. 서러운 변방의 들판에서 나무들이 레퀴엠을 부르며 하늘로 갈 잿빛 공기들과 함께 얼어붙고 있었다. 이미 별은 떨어졌다. 살구꽃 젖가슴은 냉동 창고에서 화장을 기다리는 형상처럼 흰색 밀랍 인형으로 변했다.

당신의 죽음으로 당신의 몸을 안고 있다니 당신의 꽃이 피는 심장을 안고 나는 울었다. 까끌까끌한 칼 같은 옥수수 장대 잎 옆면이 서로 맞닿아 날카로운 소리가 들렸다. 여기저기서 내 몸을 베는 듯한 바람이 더해졌다. 당신이 곁에 없다는 건, 평생 내가 사랑하는 것의 배신이었다.

거대한 폭풍이 일었다. 나는 경찰 조사를 받고 풀려났

다. 며칠 후 당신을 보냈다. 당신이, 나의 당신이, 나의
곁을 떠났다.

4

바람이 숙연하다. 창문으로 오늘도 빛이 들어온다. 창밖에 전나무 가지들이 서로의 공간을 침범하지 않으며 하늘에서 닿을 듯 말 듯 미풍에 휘날리고 있다. 눈을 게슴츠레 뜨고 있다가 간호사가 올 시간이 되니 기분이 좋아진다. 차 소리가 조용히 다가오니 이브다. 이브가 전화 통화를 하는지 목소리가 귀에 들린다. 고요한 산골의 적막은 아주 작은 소리에도 공명을 한다. 아니면 나의 귀가 예민하거나 둘 중의 하나다. 그녀를 볼 때마다 저렇게 친절한 종달새가 있나 싶다. 3분 후 나무 계단을 올라와 나의 우주로 올 것이다. 요한 세바스티안 바흐의 〈무반주 바이올린 소나타와 파르티타〉 전곡을 듣고 있다. 조성 음악의 문을 열어 준 바흐는 가장 좋아하는 작곡가다. 평생 내 귀를 쫓아다녔다. 바이올린 한 대로 구슬프게 시작되는 선율은 바흐 음악의 출발이자 정점이

A Forest for Bach

다. 재킷을 보니 구동독 바이올리니스트 칼 주스케의 고독이 느껴진다. 샤콘느 7분대 솔로가 넘어서는 곳은 인간이 아니라 신이 대신 써준 불멸의 구간이다. 숨이 턱턱 막힌다. 나에게는 죽음을 앞둔 편안한 사람의 레퀴엠일 뿐이다. 침대 옆 작은 오크 테이블에 있는 질 스튜어트 뷰티 거울을 들어 내 얼굴을 쳐다본다. 물을 한 컵 마신다. 입술을 벌려 이빨도 바라본다. 오늘은 식도에서 물 내려가는 소리도 고독하다. 주름과 그리움이 눈가에 가득하다. 주름에도 나이가 있다. 목소리는 잘 나오지도 않고, 숨을 크게 내쉬어도 목은 답답하고, 눈은 가물가물, 홍채는 연약하다. 일교차가 널뛰기인 추운 지방인데 오늘따라 볕은 너무 따뜻하다. 죽음을 앞둔 노인이지만 기억은 또렷하다. 검은 뿔테가 꽤 가벼운 안경을 치켜올린다. 시체처럼 누워만 있는 지도 꽤 시간이 흘렀다. 커다란 이중창 앞으로 방목된 말들이 자유롭게 놀고 있는데 창문이 거울처럼 반사되어 나의 바보 같은 모습과 말들의 긴 목과 다리가 겹쳐 나는 침대에 누워 말을 타고 있는 것처럼 보인다. 꼭 필름 카메라의 다중노출 같다. 언제부터 친구 주치의는 오지 않고 단발머리 간호사 이브만 오고 있다. 나는 그녀의 웃음이 너무 예뻐서 이브라 부른다. 이브는 볼이 매우 좁고 쌍꺼풀 없는 도시의 때가 묻지 않은 아직 청순한 얼굴이다. 사람 없는 산골만 주로 다니니 얼굴과 마음이 깨끗한 것 아닌가 하는 생각이 든다. 그녀의 본성이 착해 그런 것인지는 나도 잘 모르겠다. 그녀가 온다. 초록색 나무 문을 열고 들어오자마자 특유의 향수 내음이 코를 찌른다. 이브는 꽃 향을 좋아한다. 장미, 작약의 풍부하고 대담한 꽃 향이 난다. 이브는 들어오자마자 잠시 오른쪽 벽에 몸을 기대고 성냥갑 만한 스마트폰을 보다가 한숨을 내쉬고는 옷장에 외투를 벗어 넣고 흰색 카디건을 꺼내 입는다. 시계를 보며 나에게 천천히 다가온다. 꽃 향과 젊음의 향이 방에서 진동한다.

"안녕하세요?"

살짝 미소를 띠며 웃는데 소녀 같다. 얼굴과 코는 백옥 같고 미간은 흰 모래사막 같다.

이브가 무명베인 거즈를 갈아준다. 흰색 카디건에 푸른색 청바지를 입고 일하는 옆모습을 보니 당신을 처음 본 그때가 생각난다. 돌아갈 수 없는 그때를 그리워하는 것인가 아니면 젊음을 동경하는 것인가? 나는 돌아가기 싫다. 그때의 나이는 들판에서 새순이 나오는 3월의 모습이었다. 지금 나는 12월 중순 크리스마스 캐럴을 들으며 곧 죽음의 모르핀을 맞을 병든 새처럼 세월을 기다리는 몸이고, 이브는 웃음이 바닷가 푸른 파도처럼 세계 여행을 떠나려고 짐을 싸는 대학생 같다. 눈꺼풀을 무겁

A Forest for Bach

게 감았는데 이브가 레코드판을 갈았는지 아카데미 음악상을 거머쥔 프랑스의 감성 환자 알렉상드르 데스플라의 〈더 그랜드 부다페스트 호텔〉 OST가 흐른다.

"차 한 잔 드릴까요? 선생님."

종달새가 비브라토를 한다.

내가 20대에 이브를 만났으면 이브는 꽹장히 새침했을 것이다. 내가 30대에 이브를 만났으면 사랑의 감정을 속이지 않았을 것이다. 내가 40대였으면 이브는 중후하게 아름다웠을 것이다. 내가 50대였으면 이브는 농염하게 우아했을 것이다. 이제 내 나이가 60대, 그것도 죽음을 앞두고 있다 보니 이브는 수선화 향이 짙은 아기 같다. 젊음은 가능성이다. 외모와 나이를 떠나 기회가 많지 않았던가? 그 많은 시간과 자유, 다양한 가능성, 실패할 수 있는 여유, 다시 일어설 수 있는 기회, 이 얼마나 고마운 나이인가? 신은 누구에게나 기회를 준다. 나는 절실히 노력했고 때론 좌절도 했지만 열심히 기도하며 안 되면 되게 하라는 아버지의 말을 듣고 그렇게 살았다. 노력하면 웬만큼은 되는 것이다. 그때마다 동기부여를 하면서 채찍질하면서 어려운 고비와 풍랑을 다 맞았다. 시간을 반추한다. 젊음이 아련한 건 누구나 마찬가지다. 그때 나는 아름다운 연서보다 거리를 향해 뛰쳐나갔다. 젊음만이 가질 수 있는 벚꽃을 뒤로하고 말이다. 돌아가신 아버지가 보고 싶다. 나의 아버지.

천장을 바라본다. 상념도 잠시 이브는 주사를 놓는 동안에는 미소를 참는 것인지 웃지 않는다. 내가 이브를 문청으로 부르기 시작한 건 올 때마다 꼭 저렇게 얇아 터진 손에 책 한 권을 가지고 오기 때문이다. 오늘은 내게 시를 하나 읽어 주기로 했다. 음악을 선곡하고 책을 읽는 모습이 당신을 닮았다.

젊게 살았다 한들 어느 때부터 눈은 점점 안 좋아지고, 허리가 아파 걷지도 못하고, 이젠 모든 것이 시들시들하다. 칠순이 되면 얼마나 더 좋을까? 하지만 칠순까지 살고 싶지 않다. 차가운 북동풍이 불자 창밖의 벚나무가 휘청거린다. 작은 계곡 옆 버드나무는 머리를 풀어 헤친 채 바람을 정면으로 맞고 있다. 시간이 얼마 남지 않았다는 것을 직감하는 건 나만 느끼는 매력적인 불안이다. 메리 올리버의 말을 인용하지 않아도 평생 아름다움과 불안, 이 두 가지만 있었다. 도대체 아름다움과 불안은 무엇이던가? 가깝고도 멀리 또 가까이 지냈다. 불안이, 아름다움이 하루에 수도 없이 강강수월래를 하듯이 손을 잡고 찾아왔다. 잔인하리만큼 잘 견뎠다. 이브가 들고 온 책은 존 버거의 《어떤 그림》이란 책이다. 딸이 있었으면 저랬겠지. 눈시울이 뜨거워진다. 창밖을 보니 그가 능수능란하게 말을 다룬다. 이제는 물려줘도 된다.

내가 아주 젊었더라면 이브와 산책이라도 매일 할 수 있었을 텐데.《몸의 일기》에 나온 주인공처럼 교묘히 시시각각 밧데리 멈추듯 그곳을 향해 달려가고 있다. 언젠가부터는 의사와 간호사는 모르는 나만 아는 몸의 변화도 생겼다. 복부 아래쪽 말이다. 신경질 나게도 그것을 말하기는 싫다. 나이에서 오는 내 몸의 변화는 나만 알 뿐. 그럼에도 나를 간호해 주는 사람이 있다는 것은 얼마나 좋은 일인가.

늙음의 선물이라는 죽음을 앞둔 뇌의 긴장감은 지각 변동이 크지 않다. 모든 것을 관조해 감정의 변화와 우울증에 노출되지도 시달리지도 않는다. 청춘과 중년, 장년까지는 호기심과 기시감도 컸지만 노년이 되니 모든 게 귀찮아졌다. 주사 한 방 맞으면 온몸에 약 기운이 퍼져 평생 꿈꾸던 그곳을 갈 수 있다. 이제 노화를 속일 수 없다. 거울을 보면 눈 밑, 손등, 목덜미, 배꼽 주위, 무릎, 허벅지, 발등, 페니스까지 나이를 먹었다.

"머리 감으시겠어요?"

스웨터를 벗으라는 신호다. 햇복숭아 미백도를 만진 듯한 차가우면서 까끌까끌한 손이 내 머리에 다가온다. 얼굴에 검버섯이 부르르 떤다. 우울했던 마음이 이브가 온 후 조금 더 살고 싶다는 마음으로 바뀐다. 빨리 눈을 감고 싶은데 그게 어디 마음대로 되겠는가? 섬세하며 까칠한 탄노이사 오토그라프 미니 스피커에서 흘러나오는 현소리는 일품이다. 창밖을 내다보니 그의 말발굽 소리가 탭댄스를 추는 남자 구둣발 소리 같다. 창밖의 기승자는 이제 말을 가지고 논다. 나의 젊은 시절을 보는 듯하다. 스피커의 악사는 심벌즈를 연주하고 말과 기수는 그 선율에 맞춰 춤을 추고 만다. 이러한 예술을 어디에서 볼 수 있나. 나는 탄식한다.

귀는 눈을 뜨고 눈은 귀를 감는다. 이브는 내가 기운도 없고 재미도 없어 하니 자신이 대학생 때 음반사에서 아르바이트한 이야기를 들려준다. 짓궂은 아저씨의 추근대던 이야기, 한 달간 라면만 먹은 이야기, 어느 고등학생이 음반을 훔쳐간 이야기. 그녀의 말이 매우 낭만적 교감의 애수로 들린다. 나는 포장한 물건을 꺼내 테이블 위에 올려놓으며 갈 때 가져가라고 한다. 음반과 책이다.

포장한 음반의 마끈을 만지작거리다가 창밖을 바라보는 이브의 뒷모습과 창밖의 뛰어노는 말 뒤로 하늘을 찌를듯한 낙엽송 끝 가지가 겹치니 의장대 사열을 받는 마거릿 대처의 모습이 내 눈에 스친다. 산꼭대기에는 표범 무늬 같은 나무들이 보인다. 다른 방향을 보니 고산지대 침엽수들 뒤로 백두대간 능선이 기차처럼 칸칸이 연결되어 있다. 산 결이 검은 먹물로 그린 수묵화 같다. 때론 푸른 달처럼 그림자의 그림자에 선을 그어 그 경계를 표시하며 하나의 모습으로 청정고원 형상들을 보여준다. 이러한 형상들의 끝은 결국 당신이었지만.

이브는 몸이 불편해 누워있는 나를 웃게 만든다. 그녀의 방문이 잦아들수록 나는 살아 움직이는 생명체 같다. 이 방에 오기 전 비밀의 방에서 구하기 힘든 레코드판 몇 장을 가져왔다. 그곳은 너무 고독하고 유령이 많아 나는 거처를 옮겼다. 마지막에는, 결국 그곳으로 가겠지만. 그곳은 고요와 그리움만 피어나는 곳이다.

이제 내가 기억하는 이야기를 누군가에게 털어놓고 싶다. 내 눈앞에 있는 문청 이브에게 말이다. 그녀라면 말하고 싶다. 죽기 전 한 사람에게는 털어놓아야 하지 않나.

이브는 종종 내가 좋아하지 않는 곡도 틀었다. 브람스 곡들은 너무 우울한 회색조와 서늘한 악구에 쓸쓸해 맞지 않았고, 교향곡은 평생 나의 스타일이 아니었는데 가끔 틀었다. 그녀가 아름다운 선율을 뒤로하고 머리를 감겨 주면 기분이 좋아 유난히 신경 쓰인다. 매일 씻지 못한 몸뚱아리와 겨드랑이에서 노인의 케케묵은 냄새가 나지 않을까, 미안한 생각도 든다. 그녀가 나의 머리를 감겨줄 때 나는 창백한 노인이 아닌 쾌활한 노인이 되었다. 창문으로 쏟아지는 빛이 나를 감싸 안으며 포갠다. 그녀가 코를 알 수 없게 갖다 댄다. 나한테 분명 노인의 냄새가 날 텐데……

이브가 부드러운 손으로 어깨 있는 곳부터 배꼽 위까지 씻겨준다. 배꼽까지 이브의 손이 다다르자 살이 파르르 떨린다. 이브가 새 잿빛 티셔츠로 갈아입혀 준다. 옷을 입는 사이 왼쪽 어깨 아래 땀이 좀 배어 있는 것을 부드러운 새 타올로 닦아준다. 꾹꾹 누르는 손가락의 힘이 분갈이 상토 흙을 부드럽게 만지는 손 같아 아프지 않다. 신경이 몰려 있을 손바닥이 등에 닿으니 시원하다. 늙으나 젊으나 보드랍고 연약한 피부가 주는 느낌은 좋다. 남자는 이래서 동물이라 하던가? 어쨌든 젊음의 쾌활함은 존재 그 자체만으로 싫지는 않다. 시간을 본다. 날짜도 생각나지 않는다.

눈이 피로하다. 내 눈의 시력은 이제 점점 약해진다. 이브가 희미하게 보인다. 그녀는 벽에 걸린 시계를 쳐다보더니 내 몸에 주사 놓을 곳을 만지작거린다.

"프로포폴을 놔주실 거죠?"

그녀가 웃는다.

"헤로인 주사를……."

"에이, 선생님. 장난치지 마세요."

"소리는 어때요? 선생님."

"참 아쉬운 게 없어."

"이 곡 끝나면 좋아하는 모차르트 〈클라리넷 협주곡〉을 칼 라이스터의 연주로 들으세요."

"난, K.626을 너무 많이 들었어요. 그 곡이 끝나면 다리가 불편해도 걷고 싶어요. 오대산에도 가고 싶어요."

"선생님 K.622 아닌가요?"

"아, 그렇군. 이제 죽을 때 다 되었나 봐요."

"선생님 자꾸 그러시면 저 안 올지도 몰라요."

이브가 까칠하게 얘기한다.

"우리 나가지."

"시간이 빠듯한데 그래도 부축해 드릴게요."

이브는 나에게 '선생님'이라고 부르는 마지막 사람이 아닐까.

이브가 밀어주는 휠체어는 매우 편안했다. 일어서서 걸을 수 있지만 부축받으며 걷기 싫었다. 계단을 내려오는데 방목 중인 말들이 서열을 매기며 뛰어다닌다. 후루시초프 녀석은 항상 저렇다. 다른 말이 자기 뒤로 다가오면 발을 쳐들어 그것도 점프해 뒷발을 차버린다. 후루시초프는 좋은 말이다. 내가 유난히 사랑했던 말. 후루시초프는 나의 가장 가까운 친구다. 녀석은 모든 걸 알면서도 하소연하지 않는다. 충실하되 노예는 되지 않는다. 나의 큰 산과 석양이다. 후루시초프를 평생 사랑했다.

차가운 북풍 사이로 이깔나무잎들이 하늘하늘 흔들린다. 공기가 차고 곱다.

하늘을 보고 상념에 젖어 있다. 순간 용기를 낸다.

"이브, 내가 잊을 수 없는 이야기를 해 줄까요?"

나를 바라보는 이브의 눈망울이 커졌다.

"어떤 이야기가 될지 무척 궁금해요."

"오늘이 마지막 밤이 아니길 빌면서요."

"자꾸 무슨 소리세요, 선생님."

"나는 이브에게 꿈과 이야기를 판 것입니다. 나머지는 알아서 하세요. 혼자 무덤까지 갖고 가던지, 내가 한 이야기라고 세상에 폭로하던지, 아니면 활자화시켜 작가가 돼 보던지요."

이브는 눈을 감더니 고개를 끄덕인다.

대관령 칼산 협곡에 가면 거무스름한
속새 군락지가 있었다
낙엽송 군락지 아래, 그 성황당 집 담벼락
그곳에는 늘 슬픔을 노래하는 새가 있었다

5

수신자 없는 사랑은 고통 그러한 낭만적 시심을 가지고 당신을 기다려요 당신은 알 수 없어요 내가 얼마나 당신을 사랑하는지 당신은 오지 않아요 올 수 없어요 나는 알고 있는데 당신은 모르는 이 사랑의 정체는 무엇일까요?

나는 당신과 이별을 많이 했어요 알 수 없는 이별 육체적 결합도 사랑의 뜨거운 키스도 하지 않았는데 그것만이 사랑은 아니지요 정신과 영혼은 혼미해도 사랑을 할 줄 안답니다 지켜주세요 당신을 사랑하지만 다가서지 않고 있다는 것은 신이 준 사랑이니까요 하지만 전 아프지 않아요 당신을 사랑하는데 아픔 따위는 고통이 아니니까요 존재기 미약한 부재를 밀어내고 저를 사랑하게 만들어요 달을 사랑해 보셨나요 나는 달을 알지만 달은 나를 모르죠 달과 키스는 행복해요 태양을 사랑해 보셨나요 태양은 나의 눈을 모르지만 나는 태양의 허리를 알아요 이루어질 수 없는 것이 사랑이에요

당신을 만났어요 운명처럼 스윽 하고 내 앞을 지나갔어요 단정한 옷에서 향이 났어요 그것은 풀 향이었어요 사랑은 또 하나 환영을 만들어 주고 미소는 아니더라도 부재를 통곡하게 하는 시간의 단상이 우리를 만나게 해준다고 생각해요

사랑을 하면서 다가설 수 없는 당신에게 매일 새벽 편지를 썼어요
편지 그 안에서 그러니 사랑이에요 묻지 말고 사랑하겠습니다 벚꽃이 피는 그날까지.

6

"난 어제 이곳에 땅을 사러 내려온 것 같은데, 내가 사랑하던 여자를 떠나보낸 것도 어제 같은데, 이렇게 누워서 어제의 일들을 이브에게 고백하네요."

이브는 작은 노트와 붉은 연필을 가지고 골반이 틀어질 듯이 다리를 꼬고 내 옆에 앉는다.

"나도 기억이 가물가물해 이제 어둡게 말할지, 환하게 말할지, 이브 나이처럼 말할지 모르겠어요. 말을 놓겠어요. 어떨 때는."

이브가 웃는다.

"나에게 신경안정제 주사를 놓지 않았나요? 맨정신으로 이런 이야기를 한다는 것이 매우 추접하고 쑥스럽네요."

이브는 붉은 연필을 만지작거린다. 손가락을 까닥거리며 이제 나의 이야기를 기다리고 있다. 엄지손가락을 살짝 흔든다. 어서 들어가자는 신호다. 그녀는 심각한 표정을 하다가 다시 미소를 지으며 루이보스 차를 마신다. 입술에서 루이보스 향과 꽃 향이 동시에 풍긴다.

"저기 잔잔하게 격동치는 모차르트 〈교향곡 25번〉을 틀어 줄래요."

이브는 레코드판을 한 번 확인하더니 턴테이블에 올리고는 조심스럽게 바늘을 놓는다. 나는 시작되는 선율에 귀를 갖다 댄다.

·키가 일정하지 않은 옥수수 장대만 가득했던 이 대지에 나의 발자국이 새겨졌다. 남자는 멋을 낸다고 나름 유명한 브랜드에서 산 피마 코튼 V넥 블랙 카디건과 소털색 레인 코트를 입고 이곳에 왔다. 이곳은 곪아 너덜거리던 배춧장과 산골 마을의 거름 냄새, 수확하다 만 무의 밑동이 썩어 마사와 섞여 불쾌하지만 알 수 없는 냄새가 사방에 퍼져 있었다. 무 무덤이 될지, 배추 무덤이 될지, 파슬리 무덤이 될지 그 당시 나는 알 수 없었다.

산골의 거대한 고목의 그림자는 보이지 않았고 너구리 떼들은 저 멀리서 비열한 인간들만 걸리면 두들겨 팰 것처럼 칼산 뒤에 숨어 있었다. 희미하면서 스산한 운해를 절기마다 끼고 살아야 할지는 당시에는 알지 못했다.

운해의 마을이라니. 눈, 바람 그리고 운해까지. 지금 생각하면 미친 것이었다. 아니 미친놈이었지. 하지만 외면은 푸르렀다. 끝없는 들판, 평화로운 바람, 넓게 펼쳐지는 무한한 곡식들, 사람은 하나도 없는 숲길. 나같이 사람을 좋아하지만 어울리기는 싫어하는 놈에게는 최고의 자발적 유배지였다.

"빵 빵 빵."

신경질적인 자동차 클락슨이 울린다. 작은 1톤 트럭인데 내 쪽으로 휙 하고 달려 온다. 나는 둔덕을 지나 밭고랑으로 몸을 피한다.

"어디서 왔더래요."

노인이 퉁명스럽게 물었다.

"네, 서울이요."

"여기서 무엇을 할 것이오?"

"집을 짓고 살려고요."

"어떤 집이오?"

나는 캐나다산 목조 주택을 짓고 홀로 살다가 나중에 마흔이 넘어 숲을 가까이하며 책과 음악, 꽃을 테마로 한 예술과 문화가 곁들인 공간을 만들고 싶다고 말했다.

"이거 하나만 알아두시오."

"어떤 거요?"

"놀러 갈 때는 좋지만 직접 살아보면 환상이 깨진다

오. 무슨 민박집, 게스트하우스, 복합문화공간은 내 돈 내고 이용할 때나 좋지 직접 관리하거나 주인이 되어 운영해 보면 쉽지 않다고 들었소. 특히 다양한 손님의 취향을 맞추는 건 굉장히 힘들다고 말이오. 아직 너무 젊어 이곳에 살기 아깝군. 무슨 사연이라도 있소."

"그냥 이곳 여행이 몇 번째인데 너무 아름답고 자연 풍광이 예뻐서요."

"그건 놀러 왔으니까 그렇소."

노인이 물었다. 어떤 점이 그토록 귀촌을 꿈꾸도록 좋았냐고. 나는 서늘한 여름 바람, 흔들리는 들판의 서정, 숲에서 들려오는 피아노 소리, 자연을 걷는 양들의 침묵, 대관령의 수척한 고요, 이국적인 숲의 모습, 책 읽기 좋은 환경을 이야기했다.

"감성적이군."

아무런 대답도 하지 않았다.

"세상에는 환상이라는 게 있소. 그 나이 때는 보이지 않지만 말이오. 그리고 이 바람의 언덕은 살기 힘든 곳이오. 반년이 겨울이라 난방비는 어려움이 될 것이오. 아니 난 잘 사나 볼 것이고, 아니 잘 견디시오."

나는 듣기만 했다.

"천국과 지옥은 같은 곳이오. 당신 나이 때는 천국과 지옥이 떨어져 있는 것 같지만 내 나이가 돼서 보면 천국과 지옥은 같은 곳이었소. 우리가 누군가를 사랑하면 천국과 지옥을 같이 얻듯이 말이오."

노인의 말이 이해되지 않았다.

"아픈 것이지. 사랑하는 것을 가지려면 말이오."

잠시 한숨이 나왔다.

노인은 눈인사도 없이 휙 차를 몰고 간다. 자기 말만 다 하고 누구인지 말도 없이 가다니. 먼지가 내 시야에서 사라진다. 첫 만남이었다. 국방색 누더기 같은 그러고 보니 일복 같다. 평상복일 수도 있다. 그러나 중요한 건 그 검고 주름진 매부리코 노인이 "난 잘 사나 볼 것이고, 아니 잘 견디시오"라고 건넨 말은 선전포고다. 그의 트럭 바퀴 자국에 비친 나의 실루엣은 흔들리는 촛불처럼 타기 시작했다. 그날도 마을에는 사람이 한 명도 보이지 않았다. 그러다가 사람들이 하나둘씩 나타나니 거짓말처럼 운무가 걷혔고 아카시아 향과 밤 향이 섞인 듯한 이상한 냄새와 배추 썩은 냄새가 났다. 온천지가 배추밭인 이곳은 동서남북 방향이 어딘지도 모르게 혼란스러웠다.

죽은 사람에 대한 기억을, 그토록 사랑했던 사람에 대한 기억을 끄집어낸다는 것은 괴로운 일이다. 감정에 따라 일어나는, 숨기고 산지도 꽤 시간이 흘렀는데도 한 인간의 젊은 날의 초상을 토해내는 것을 받아 적는다는 것은 또 얼마나 괴로운 일일까?

"기억은 잔인하게 괴롭네요. 그만 듣고, 그만 적고 싶어요."

"아니, 이브 계속해 주세요."

"아, 못하겠어요."

"어둠만 있지 않았어요. 꽃처럼 화창하고, 나무처럼 곧고, 정원처럼 우아한 날들이 더 많았어요. 그해 나는 정원을 뒤집기 시작했어요."

앞, 뒤 일천여 평 정원의 잔디를 다 걷어냈다. 나의 독재 권력이 시작되었다. 시대의 권력자였던 보안 사령관처럼 내 마음대로 내가 좋아하는 꽃들을 남들이 모르는 학명까지 입에서 소리 나는 대로 불러가며 꽃을 심었다. 가령 혼자 있을 때, 대관령 수호신 사스래나무를 이렇게 불렀다. 라틴 학명은 'Betula ermanii'다. 속명 버툴라, 종소명 에르만니 즉 성, 버툴라는 자작나무속이고 에르만니는 종소명으로 이름이니 혼자서는 에르만니 양, 에르만니 양이라고 소리 나는 대로 불렀다.

하지만 몇 해는 하루하루가 중노동이었다. 구근은 심기만 하면 되는 것이 아니었다. 추식구근, 춘식구근 모두 특성이 있으니 그것들이 머릿속에 다 들어가 있어야 했고, 얼마만큼의 간격을 두고서 심어야 할지도 고민이었고, 내 손을 지저분하게 만들어 줄 거름과 부엽토, 흙과의 상관관계 등을 생각하는 모든 일련의 행위들은 누구나 도전하기에는 어려운 것이었다. 남자가 꽃에 미쳐 있었다. 하루는 철학적 정원사 헤세, 하루는 익살스러운 체코의 정원사 차페크, 하루는 유전학을 창시한 요한 멘델, 하루는 북미에서 포도 품종을 발견한 에프라임 웨일스 불, 또 어느 계절에는 죽기 전까지 식물만 생각한 남자 찰스 다윈, 봄에는 라틴 이명법으로 식물을 성과 이름으로 나눈 스웨덴의 칼 폰 린네로 태어나 식물들과 대화를 했다. 벨라가 늘 옆에서 끼어들었지만 새로운 식물을 심을 때 뜨거운 태양과 손잡듯이 만족스러웠다. 새로운 씨를 구해 파종했다. 발아가 되어 가식을 한 후 꽃으로 피어나는 과정이 혼자 사는 외로움을 달래주었다. 정원은 새순이 나올 때가 가장 예쁘다는 것을 꽃을 매일 키우며 알게 되었다. 정원은 나의 어머니이자 왕국이었다.

담장에 철사를 꼬아 길게 연결해서 덩굴 식물이 자랄 수 있게 지지대를 만들었고, 장미를 전정해 머리숱이 많은 프랑스 스타일로 꾸몄다. 대관령에서만 자생하는 토종 장미인 생열귀나무, 만첩해당화, 흰인가목의 위용은 분홍색, 붉은색, 흰색의 화색으로 솜사탕을 연상시켰다.

산에서도 개체가 거의 없는 복주머니 난의 자태는 극적이었다. 또한 영하 30도를 견뎌야 하는 다알리아는 추위에 약해 서리 오기 전 괴근을 캤다. 백합은 겨울이 끝나고 초봄에 신품종을 심어야 여름에 완벽한 꽃을 볼 수 있어 매해 신상품을 구해야 했다. 식물이 늘어날수록 지난 숙근초들, 한해살이들은 퇴출당하는 구시대 무기처럼 서로 서열을 매기며 짙투하며 "나를 예뻐해 주세요. 저를 퇴출하지 말아 주세요." 노래를 불렀다.

정원에서 벨라와 나는 둘이 일을 했다. 일을 하다가 힘들면 잔디 위에서 그대로 잠이 들기도 했다. 익살스럽고 충성스러운 올드 잉글리시 쉽독 벨라. 혼자 사는 것이 두렵고 외롭지 않았던 건 늘 나를 스토커처럼 쫓아다니는 벨라가 있어서 가능했다. 사람만 한 체격에 블랙과 화이트로 멋을 낸 털, 아랫동네까지 짖는 우렁찬 목소리, 한 번 침을 흘리면 나를 목욕시키게 만든 대형견 벨라. 벨라는 정원의 에이스이자 왼팔이었다.

정원에 미쳐있을 때 나에게는 M이 있었다. M의 정원은 질투가 날 정도로 세련미의 극치를 보여줬다. 내가 본 대한민국 최고의 정원이었다. 감각의 올빼미 같았다. "형. 이건 이렇게 심는 거야. 이건 비올라속의 신품종이야." 꽃들은 새로운 종들의 반란처럼 다가왔다. M이 키운 클레마티스는 놀라움이었다. M과 교류하기 시작하면서 신품종을 더 많이 알 수 있었다. 비올라(Viola, 제비꽃속), 그러니까 제비꽃속에도 수백 품종이 있었다. 원예 선진국인 유럽에서는 우리나라 산에서 볼 수 있는 여러 원종들을 가지고 다양한 실험과 교배를 통해 어려운 환경에서도 잘 자랄 수 있게 만들었다. 우리나라에서 의아리라 부르는 클레마티스는 순박하고 화려하며 기품 넘치는 덩굴 식물인데 이미 유럽은 그 꽃마저도 주먹만한 꽃 덩어리로 만들어 내기 시작했다. 1980년대 우리나라에 들어왔다는 루드베키아 노란 품종은 전국 어디에서도 잘 퍼지고 일반화되었다. 어느 날 유럽 품종을 다시 만났는데 바로 Rudbeckia 'Cherry Brandy'였다. 적포도주색의 짙고 깊은 색이 나를 흥분하게 만들었다. 또 내가 메리골드를 새롭게 본 것은 Marigold 'Strawberry Blonde'라는 품종이었다. 붉은색과 오렌지색의 절묘한 배합은 메리골드를 더욱 화려하게 만들었고, 추운 대관령에서 파종도 잘 돼 키우기 좋은 식물이었다. 메리골드를 많이 심으면 뱀도 보이지 않았다. 화려한 촛대 같은 금어초 역시 몇 품종을 구해 파종하기 시작했다. 추운 대관령의 바람에도 잘 견뎌 발아만 되면 키우기 어렵지 않았다. 붉은색 꽃이 석류처럼 아름다운 블랙 프린스라는 품종은 나의 정원을 한층 더 돋보이게 했다. 카렌둘라도 빼놓을 수 없다. Carendula

'Candyman Orange'라는 품종은 오렌지색의 절정이다. 갓 채굴한 루비처럼 빛이 났고 감탄을 자아낼 정도로 꽃 색깔이 깊었다. 대관령의 꽃들은 극심한 일교차를 이겨내고 수태된 꽃이기 때문에 다른 지방의 꽃과는 차원이 달랐다. 아, 코스모스도 그러하다. 특히 'Double Click Rose Bonbon'은 너무 아름다웠다.

이 모든 색채의 마법사
그들이 모였네
우리는 그들을 칭송했네
나비와 벌, 거미와 흰가루병이 이곳에 모이고
사랑스러운 정원에
모든 동물과 곤충들이 찾아왔네
그는 꽃씨와 구근을 샀고
그녀는 파종하고 색채를 다듬었네
그는 잡초를 뽑고
그녀는 구근을 캐고 심었네
이곳이 우리에게는 천국이로소이다

튤립은 초봄 정원의 여왕이다. 나는 일찍 피는 진한 주황색 '벨로나'와 검은 계열의 '퀸 오브 나잇' 품종을 좋아한다. 튤립은 개화 시기와 꽃의 형태에 따라 나누다 보면 홀겹으로 늦게 피는 그룹(Division5)에 들어간다. 나는 스프링 그린, 차이나 핑크, 블루패롯, 프린세스 이레네 품종들 말고도 초봄의 튤립들을 색다르게 키웠다. 초봄에 가장 근사한 꽃은 튤립과 히야신스다. 히야신스는 튤립보다 더 일찍 꽃이 피는 구근 식물이다. 히야신스 오리엔탈리스 '블루 자켓'은 우수에 찬 여고생의 눈빛이었다. 얼음이 녹은 흙에서 히야신스 꽃대가 나올 때 정원에서 새콤한 히아신스 냄새를 맡으면 너무 좋다. 나는 히야신스 향을 그녀라고 생각한다. 정원의 식물들이 흙을 뚫고 나올 때는 경이의 브루스다. 두더지가 망을 보듯이 하루에 1센티미터 정도씩 빼꼼 올라오는데 그 희열감은 꽃을 키우는 사람만이 안다. 영하 30도까지 떨어지는 날씨와 칼바람을 식물이 견디기란 쉽지 않다. 5월 초까지도 폭설이 오는 이곳은 월동이 힘든 꽃들과 나무들이 많았다.

어느 해 심은 구근 식물 중 패모(프리틸라리아)는 여러 해 실패했다. 실패의 원인이 된 구근을 심는 경사와 물을 싫어하는 성질을 해결하기 위해 나중에는 처마 밑에 심거나 일부러 키가 큰 식물 아래 묻어 두었다. 다른 품종인 중국패모는 유독 쌉싸름한 향이 강했다. 땅속에서 올라오는 모습은 나를 유혹했다. 배알도 없이 자주 그 형상을 쳐다보았다. 영국에서 원예종으로 니온 진한 초콜릿색의 패모는 지갑을 자주 빈털터이로 만들어 주었다. 어느 해 겨울, 멜라아그리스패모 위로 눈이 내렸는데 흡사 뱀이 꿈틀거리다가 눈을 맞는 것처럼 보였다. 패모는 냄새가 쌉싸름했다. 나의 절친 벨라도 이 패모의 향을 좋아하지 않았는지 코를 킁킁댈 뿐 냄새를 맡지는 않았다. 초봄은 크고 화려하진 않아도 작은 꽃들의 잔치였다. 복수초를 선두로 다양한 품종의 바람꽃도 대관령의 요술쟁이 바람을 맞고 잘 자랐다. 뒷산에 가면 고산지대의 자존심 얼레지와 현호색도 피는데 이 녀석들은 참 까다로운 녀석이다. 워낙 까다로워 난 '까탈레, 까탈레'라 불렀다.

집 문을 열면 숲이다. 연감색 등산 모자, 배낭에 물 한 병, 손바닥만 한 도감, 스마트폰, 마크로 렌즈, 티슈를 챙긴다. 산 입구는 암갈색 나무 군락지다. 수피를 만져 본다. 따가운 감촉이다. 어느 나무는 수피가 벗겨져 있기도 하고, 어느 나무 아래는 작은 굴이 있다. 너구리나 다람쥐 혹은 청설모나 토끼의 임시 별장이다. 홀로 산에 들어오면 처음에는 기이한 기분이 들었는데 지금은 그렇지 않다. 매일 자유를 얻는다. 어느 나무는 새순이 나면 아주 특이한 수형을 가진다. 새순 잎은 얼마나 촉감이 부드러운지 어깨와 어깨 아래 있는 솜털 같다. 여름에는 연한 녹색, 가을에는 겨자색에서 황갈색으로 단풍이 드는데 그 변화가 나무를 보는 즐거움이다. 산 입구에 많은 이 나무는 암수 한 그루로 수꽃은 노란색, 암꽃은 담홍색이고 달걀꼴이다. 주로 방풍, 방설수로 많이 쓰인다. 바로 낙엽송(일본잎갈나무)이다. 우리나라 자생 잎갈나무는 주로 북한에 있다. 나무는 보기만 해도 좋다. 나무 아래서 물을 한 모금 마신다. 절로 즉흥시가 한 편 나온다.

나무야 나무야 어디까지 자랐니
나무야 나무야 어디까지 사랑하니
나무야 나무야 올해도 잘 견디자

나는 귀촌하고 나서 자연의 세계를 얻었다. 바람, 나무, 달, 태양, 고요, 소리, 잔향, 나비, 산벌레, 산도깨비가 다 내 것이다. 생강나무 군락을 지나니 그 아래로는 제비꽃이 장관이다. 눈이 다 부시다. 홀아비바람꽃도 요정처럼 날아다닌다. 속새, 박새가 반갑게 맞이한다. 참졸방제비꽃과 노랑제비꽃은 계절을 알고 찾아온다. 숲에는 커다란 방과 여러 개의 방이 많다. 하나의 끝은 하나의 시작이다. 걷기는 침묵과 초대, 꿈이다. 작은 방문을 열면 대숲이 나오고 그 안에 또 다른 물박달나무 군락지가 보인다. 다른 방으로 가면 천년의 나무 주목들이 나를 쳐다본다. 신발을 신고 고요하게 걷는다. 검은 숲이다. 검은 숲은 칙칙하고 습하다 보니 곤충이나 식물들도 그리 좋아하지 않는다. 거대한 잎사귀들이 하늘을 뒤덮고 있으니 그림자가 반 이상이다. 식물들이 좋아할 리 없다. 그곳에는 이끼류가 듬성듬성 보이고 거대 왕관족인 [13]관중들만 자태를 뽐내고 있다. 관중이란 식물에 매력을 느낀 것은 검은 숲에서 혼자 책을 보던 때였다. 나무들의 거리는 일정한 간격을 유지하고 수피들은 하늘을 향해 피라미드를 만들었다. 검은 숲 나무 사이사이에는 바닥의 시커먼 부엽토가 초콜릿 분말처럼 퍼져 있었고 곳곳에 관중이 섞여 있었다. 기분이 좋지 않은 음지의 차가운 바닥은 암갈색 마사토와 떨어진 피침형 잎들이 자연스럽게 섞여 오랜 세월에서 오는 응축의 모양을 하고 있었는데 나를 고요한 산책자로 만들기에 충분했다. 마술적 시공간이 가득한 숲에서 관중은 제각각 예술가인 양 커다란 왕관을 공작새처럼 뽐내고 있었다. 나뭇잎들은 곱게 썩어 향수보다 뇌를 더 상쾌하게 해준다. 검은 숲의 공기가 폐부까지 깊숙이 통과해 뇌까지 보내진다. 복잡한 인간의 뇌를 하나로 통일시키고 우울감과 불안을 없애주는 신비의 약이다. 검은 숲은 침잠했다.

---

13. 우리나라 각처의 산지에서 나는 숙근성 양치류.

7

대관령의 마을 장례식에 여운이 떠돌았다. 특유의 미
치광이 바람이 불었다. 입고 있던 옷이 찢어질 정도의
바람이었다. 천사의 나팔들이 우글거리던 그날 국사성
황당을 지나 마지막 당신의 [14]성(聖)에 마음을 담았다. 제
비꽃과 얼레지는 흔적도 없었다. 측백나무 담을 보고 소
박한 뜰에 인사했다. 무의식적 연서를 보냈지만 당신은
답하지 않았다. 모두 검은 옷을 입고 당신을 향해 눈물
흘리며 작별을 아쉬워했다. 당신이 울었다고, 당신이 죽
었다고, 당신을 영영 작별한다고. 당신과 배나드리 산
벚나무에 찾아가 손을 잡고 약속을 한 그날이 또 생각
난다. 그것은 그럼 거짓이었단 말인가? 사랑, 그 야속한
거짓말, 그 거짓말 약속.

휘추리가 날 감싼다. 화전민 마을 특유의 폭풍과 미치

---

14. 함부로 가까이할 수 없을 만큼 고결하고 거룩함.

광이 바람이 불었다. 좋아하는 것들의 배신에 며칠 새다시피 하여 얼굴은 엉망이다. 눈과 코, 귀와 혓바닥까지 나는 쓰라림을 느낄 수 있었다. 사람들이 공손히 손을 모아 기도를 하거나 목례했다. 꿈은 흔적도 없이 왔다가 사라졌다. 내가 본 차디찬 당신의 자궁은 물에 잠겼다. 버선코는 시퍼런 차가운 물에 둥둥 떠 있었다. 뻥 뚫린 당신의 뇌는 스펀지 녹듯이 흐무러졌다. 만첩해당화 같던 당신의 모습이 살며시 포개져 휘영청, 휘영청 나풀거렸다. 살결이 가루가 되었다. 당신의 연녹색 눈동자는 시야에서 멀어져 설국의 언덕에서 골짜기의 산호가 되어 바다 깊은 해저로 떠나 그곳에 뿌려졌다. 능선의 마지막 그녀의 화환(禍患)은 이렇게 끝이 났다.

연푸른빛 물과 맞닿아 수풀 같은 나의 영혼은 산벚나무와 함께 울었다. 그래, 당신은 고결한 성이었다. 당신은 영영 그 까마귀들과 함께 떠났다. 하지만 까마귀 떼는 푸드덕, 푸드덕하면서 수천, 수만 평의 그 옥수수 들판을 그들의 점령지로 만들었다. 자연도 서글픈지 백화(白樺)의 마을인 이곳에 대설을 보냈다. 무시무시한 함박눈이 순식간에 이곳을 설국으로 만들었다. 침묵과 어둠마저 모두 슬픔이 되어 해가 고래를 타고 깊은 골짜기까지 비쳤다. 당신의 연한 얼굴이 보였다. 나는 이 산간 마을로 당신을 초대했다. 만곡의 추억이 피라미드처럼 순식간에 세워졌다. 모든 게 꿈이고 환상의 빛이다. 붓꽃이 피던 무덤가에 나는 혼자 가지 않는다. 드디어 나의 '시력은 후루시초프의 엉덩이와 꼬리조차 보지 못한다. 세월은 야속하게 나를 늙은이로 만들었다. 세월이 얼마나 공평한지 이제 내 청춘을 지배한 할아버지들도, 그들과 함께한 시간의 반추도 기억나지 않는다. 육십 살이 수백 년 같았다. 정확히 [15]화갑(華甲)의 선물은 어둠의 무채색이었다.

"그녀를 묻었지."

나이가 드니 연식을 자랑하듯 마음에도 염증, 노화, 쇠퇴, 불안, 불면, 무기력이 자주 찾아왔다. 마음에 권태까지 더해져 인정하기 싫은 몸의 변화는 괴로웠다. 이유 없이 몸은 아팠지만 뚜렷한 원인은 찾을 수 없었다. 자주 피카소와 샤갈의 자화상이 내 얼굴에서 중첩되었다. 코는 이중 코, 얼굴은 각지고, 눈은 한 개, 목은 길고, 귀는 비대칭. 얼굴은 다양한 주름이 검버섯과 섞여 이제는 나이를 속일 수 없다. 세월의 부름이다. 어린아이로 회귀해야 하는 나이다. 슬픔은 나이 먹음에서 세월을 다한

---

15. 육십갑자의 '갑(甲)'으로 되돌아온다는 뜻. 예순한 살(61세)를 이르는 말.

진 꽃씨로 떨어진다. 얼마나 공평한가? 딱 30년 전 이곳
에서 땅을 보았다. 올해는 [16]수연(壽宴)도 않고 무덤가에
서 시를 읊었다. 이곳에만 사는 푸른 새 한 마리가 나를
부르고 떠났다. 망망대해의 어둠이 내 귀에 수용되었다.
그녀 역시 어린이의 세계로 돌아갔다. 당신에게 참으로
미안했다.

"나의 손을 잡아요, 당신. 이제 놓아주세요. 아주 멀
리 가볍게요. 아, 아, 멀어져요. 아주 멀리 멀어지는데
눈바람이 스치고 지나가네요."

바람의 신이 나에게 이야기했다. 한이 서린 매몰찬 바
람이 불었다. 마을을 쑥대밭으로 만들던 바람이 잠시 멈
추었다. 삼가 [17]흠향(歆饗)하소서, 삼가 흠향하소서.

16. 장수(長壽)를 축하하는 잔치. 보통 환갑잔치를 이름.
17. 신명(神明)이 제물을 받아서 먹음.

8

"당신에게 파산을 선고합니다."

도시는 잔인했다.

모든 것에 일찍 신물이나 불같이 정리하고 대관령으로 내려왔다. 땅이란 것을 보러 다녔다. 언덕 위에 전망 좋은 땅, 자작나무 숲 안에 그림같이 홀연히 있던 땅, 내 눈 아래로 지그재그 침엽수들이 펼쳐진 땅, 소나무 옆 뚝 떨어져 있는 땅, 첩첩산중 오지의 임도를 따라 올라가면 외딴섬처럼 있던 왕따 당하던 땅. 끝이 없었다.

대관령으로 가는 내내 피곤해 휴게소에서 잠깐 머물렀다. 장평인가 어디쯤을 지나니 다른 나라 같았다. 십 년도 넘은 중고차 포터에 실은 영하 30도를 견디는 측백나무는 앙상하기 그지없었다. 싣고 온 측백나무 수피는 너무 얇아 아름다운 관목의 형태는 아니었지만 사이

프러스 나무처럼 아름답게 변할 것으로 생각했다. 측백나무는 무릎으로 툭 치면 꺾어질 묘목이었다. 서울 외곽에 있는 나무 시장에서 300여 그루를 한 주당 만 원에 샀다.

종묘사 아저씨는 어린 측백나무를 십년만 키우면 커다란 재산이 될 것이라고 했다. 십년을 어떻게 키울지 고민이었다. 갑자기 붉은 점들이 내 몸에 찾아와 어지러웠고 뼈에 통증이 느껴졌다. 하지만 새로운 기대는 숨이 터질듯한 기분을 주었다. 그때는 한 몇 년 살다가 올 수도 아니면 다른 것을 하면 된다는 생각을 했다. 고통과 인내가 따라올지는 몰랐다. 그때의 나이가 오만하고 젊었다는 증거였다.

주머니에 손을 넣은 채 종묘사 아저씨에게 웃으며 말했다.

"대관령에 가려고요."

"그 추운 곳은 꽃도 잘 안돼. 그리고 모든 나무의 월동이 힘든 곳이지."

배 나온 게 이기적인 커다란 덩치의 주인장 아저씨가 모자를 눌러쓴 채 상업적인 말투로 퉁명스럽게 말한다.

"몇 번 다녀왔어요. 여름에 바람의 언덕을 지났는데 푸른 초원에 소와 말들이 나와 있고, 그 아래 땅 수천 평을 보았는데 꿀과 젖이 나올 것 같았어요. 그래서 바로 계약하고 이번에 가 잔금 처리하려고요. 칼산이라고 부르는 뒷산도 있고 다리를 건너 들어가는 데 작은 개울가에서 가재도 봤어요."

"엄청 추운 데야. 정선 옆 임계라는 곳에 내 친구가 농사를 짓는다고 갔다가 토박이들 텃세에 2년도 못 버텼지. 아무튼 잘 생각해. 나야 나무만 팔면 되지만……."

아저씨는 가지 말라는 표정으로 자기 아들에게 이야기하듯이 말했다. 그의 충고는 계속되었다. 듣기 싫은 순간도 잠시 다시 이야기를 이어갔다. 그래도 갈 거면 서양 캐나다 측백을 가져가라고 했다. 영하 30도까지 버티는데 이 묘목은 잘 키우면 담벼락을 유럽의 시골 마을 여느 성처럼 감싸줄 수 있다고 말했다. 밀라노 북부의 그 아름다운 산속 토스카나 지방의 성들에도 측백나무가 많다고 했다. 십년은 키워야 한다며 땅은 천 평이면 충분하다고 이미 산골 생활을 해본 사람처럼 말했다.

"화이트핑크셀릭스 3년생도 가져가. 이 버드나무류 신품종은 지금은 묘목이라 조금 작지만 자리 잡으면 정원의 포인트가 될 거야."

그는 흥분해서 이야기했다.

"이 나무는 처음에 흰색과 분홍색이 함께 한 잎으로 나오다가 연두색에서 여름에는 녹색으로 바뀌는데 정말 예술이야. 아직 우리나라 사람들은 잘 모르지만 네가 이

나무를 정착시킬 때면 주목받게 될지도 몰라. 버드나뭇과라 흑인 래퍼처럼 머리가 늘어지니 정말 아름다울 거야."

확신에 찬 목소리였다. 당시 나는 화이트핑크셀릭스 나무가 아저씨 말처럼 아름다운 나무로 자랄지 의문이었다.

"얼마예요."

"어, 이십만 원. 믿고 키워 봐.[18]하드니스 존(Hardiness zone)이 대관령은 얼마지?"

"5a죠."

"5b 정도 될 거야."

"비슷해요. 아저씨."

"다르다고."

나와 아저씨는 빙그르르 웃었다.

"좀 깎아 주세요."

"됐어."

"시이⋯⋯."

"그래. 특별히 이만 원 제하고⋯⋯ 잠시만."

"왜요?"

"헉, 영하 28도네. 바람 불면 체감은 영하 40도야. 눈도 한 50센티미터가 오니 정말 무서운 곳이야. 스키장

---

18. 식물 내한성 구역.

갈 때와는 다르다고. 정말 선택을 잘해야 돼. 아마도 차가운 봄바람에 식물들이 견디지 못할 거야. 나무들과 숙근초들은 반품도 힘들어."

아저씨는 다시 한번 말했다.

"나중에 사장님이 반품 받아주세요. 사랑해요. 아저씨."

순간 아저씨의 눈빛이 군대 보내는 아들에게 조심하라는 듯 서글퍼 보였다. 그는 평생 나무시장에서 장사했지만 수익만 따지는 장사꾼은 아니었다. 내가 어려서부터 꽃과 나무에 관심이 많아 꽃 시장이나 수목원에 자주 갔다가 여러 종묘사 주인들을 만나봤지만 아저씨처럼 멋진 분은 없었다.

"스키나 타러 오세요. 다다미방도 만들까요?"

신난 소년처럼 웃으며 말했다.

"난 진심으로 걱정이 돼서 하는 소리야."

"걱정하지 마세요."

"난 추운 거 싫어해. 집사람과 여름에나 갈게."

"전 그러면 기다리고 있을지도 모르죠."

"결혼도 안 하고 살 수 있겠어?"

"아저씨 걱정하지 마세요. 숲과 동물들이 친구가 될 거예요."

"스키는 이제 못 타. 예전에 용평에 처음으로 갔을 때 참 신기했는데 이제는 관심이 덜하고 나이를 먹다 보니 타기 힘들어. 그리고 나온 배를 봐봐."

아저씨의 익살스러운 표정에 순간 웃음이 뻥 나왔다.

"일단 측백나무, 화이트핑크셀릭스, 사과나무, 배나무, 자두나무, 가이스카, 단단풍, 벚나무 심자고."

"아저씨, 월동 되는 튼튼한 놈들로 밑둥 싸주세요."

폴짝거리며 활기찬 목소리로 어디 여행을 가듯이 말했다.

"아저씨, 그럼, 감나무는 어때요. 전 감나무가 좋아요."

감나무는 가을에 열매가 주렁주렁 열리니 색감과 모양에 더 환상을 품고 있던 나무였다. 그러나 감나무는 대관령에서 월동이 되질 않았다. 중국 양쯔강 원산의 그 감나무 말이다. 물론 키우고 싶던 배롱나무, 밤나무, 히말라야시다 역시 대관령에서 잘 되질 않았다. 으뜸은 감나무였다. 낮고 옅은 양철 지붕 옆으로 감이 주렁주렁 열리면 나의 가슴은 소년의 시심으로 각색되었다. 언제나 사춘기 소년처럼 그 감나무 아래는 애수에 찬 소박한 정취가 있었다. 감나무가 좋아 귀촌 다음 해부터 하슬라(강릉)에 자주 내려갔다. 감나무의 열매는 할아버지의 오래된 외투처럼 고즈넉했다. 감나무는 대관령에서는 되질 않는다고 아저씨는 단호하게 말했다. 그곳은 영하 30도에 한겨울 1미터가 넘는 눈 그리고 무엇보다 강풍에 다들 미친다고 호통을 치며 모자를 눌러썼다. 저기 11호 영풍화원 아저씨가 대관령 군부대에서 병장 제대했는데 겨울에 죽다 살아났다고. 그러니 각오 단단히 하라고 주먹을 쥐었다.

"그건 군부대잖아요."

"아냐, 사는 건 달라. 군 생활보다 몇 배 더 어려울 거야."

"그래요?"

"미칠지도 몰라."

그 당시 나는 '미칠지도'를 이해할 수 없었고, 이해가 되질 않았다.

"[19]된바람을 맞으면 절망으로 바뀔 수 있을 거야."

나에게 대관령은 푸른 섬, 영화에서나 보던 초원으로만 여겨졌다. 끝없이 펼쳐지는 대초원은 풀을 한가로이 뜯는 양이나 소, 뛰어다니는 말이 생각났다. 녹음이 가득한 초록색 분화구는 얼마나 아름답고 가슴 뭉클했는가? 지난해 가서 마셔본 삼양 목장의 우유는 꿀과 젖이었다. 생각도 잠시 종묘사 아저씨의 특이한 모자가 큰 머리 중간쯤에서 걸리니 자꾸 웃음이 나왔다. 나는 가분수처럼 보이니 아저씨에게 모자를 제대로 쓰라고 말

---

19. 매섭게 부는 바람.

하고 싶었다. 아저씨는 늘 저 모자였다. 아저씨의 이기적인 배와 모자를 보니 덩치들이 많은 보스턴 레드삭스나 뉴욕 양키스 모자가 생각났다. 아저씨는 덩치가 컸다. 얼굴은 종묘사나 농장 주인답게 시커멓게 탔고, 눈은 고생의 흔적인 잔주름이 가득했으나, 입매는 버선발처럼 단정했다. 코는 딸기코라 부잣집 인물은 아니다. 말은 느리고 톤은 높았다. 큰 덩치에 비해 몸은 재빨랐다. 아저씨와 상의 후 과감하게 월동이 힘든 감나무, 오동나무, 향나무는 모험하기로 했다. 또 월동이 되는 아로니아, 철쭉, 회양목과 다른 나무 몇 주를 차에 실었다. 아저씨가 덤으로 준 작은 소나뭇과 한 품종은 앙증맞았는데 티베트소나무 같았다. 차의 시동을 걸자 엔진이 놀란 듯이 소리쳤다. 너무 많은 나무에 차가 주저앉을 듯했다. 얼마 전 파산 후 중고차 시장에서 산 백오십만 원짜리 사륜 포터는 그다지 상태가 좋지 않아 이 많은 나무를 싣고 갈 수 있을지 걱정이었다. 시동이 한 번에 걸리지 않았다.

"백오십만 원짜리 티 내는 것도 아니고."

"내가 밀어줄게. 시동 걸어 봐."

은근히 창피했다. 오른손에 살짝 힘을 주었다. 또 걸리다 만다.

"그래서 가겠어?"

"다시 한번 해 볼게요."

손목 힘을 빼고 엄지와 검지에 살짝 힘을 주자 초콜릿 녹듯이 돌아갔다.

"털.. 털.. 털.. 털.. 부르.. 부르릉.. 부르릉.. 부르릉.....부르릉....."

"걸렸어요. 아저씨."

"만세, 만세."

"다음에 돈 벌면 좋은 사륜차로 가지고 올게요."

"아냐, 전화만 하면 내가 차 가지고 갈게. 나도 그 절경이 넘쳐나는 네가 말한 대관령에 가보고 싶어."

"그래요. 아저씨, 안녕히 계세요, 갑니다."

신이 난 소년처럼 나는 경적을 세게 울렸다.

"잘 가!"

"저 갈게요. 간다고요."

가슴이 뭉클해지며 눈물이 흘렀다.

빠 방 빵 빵 빵
빠 빠 방 빵 빵
빠 앙 앙 빠 빠

아저씨는 나를 계속 바라보았다. 사이드미러에 갇혀 멀어지는 그의 모습이 측은하게 느껴졌다. 좀 쉬면서 일하지. 혼자 중얼거렸다. 땡볕에서 얼마나 일을 했는지 볼이 붉다 못해 검으니 피부암이라도 걸린 사람 같았다. 도심을 벗어나 고속도로에 오르자 정말 멀게만 느껴진 강원도가 들어온다. 원주를 지나자 강원도의 매서운 산세에 나는 침몰당했다. 깊어지는 산, 유난히 반짝이는 강의 윤슬, 희미한 윤곽의 관목들, 멀리 기개 있는 장군처럼 서 있는 침엽수들. 강원도 오지로 들어갈수록 나무의 수종이 지역과 해발 고도에 따라 다르다는 걸 내 시야에서 확인했다. 골이 깊어지는 모습이 산 너머, 또 산 너머 보이자 나는 지휘를 했다. 트럭 운전사의 지휘는 우아했다. 한 마리 새가 포물선을 그리듯이 아주 천천히 차를 몰았다. 둔내에 들어서자 싸늘한 바람이 눈썹을 때린다. 해발 500미터를 넘어 900미터까지 올라왔다. 싸리재 언덕을 가까스로 올라 마사토만 보이는 곳에 차를 세웠다. 내 눈앞에는 얇고 낮은 산들이 해발 고도로는 깊고 높아 첼로와 콘트라베이스 몸통처럼 보였다. 시야만 돌리면 얼룩말 다리 같은 자작나무 숲이 나의 양쪽 가슴에 들어왔다.

도시 촌놈에게 하루하루가 여행이었다. 진부, 봉평, 장평, 정선, 미탄, 영월, 성산, 강릉, 오대산을 매일 들쑤시고 다녔다. 도시 남자에게는 아름다움을 넘어 새로운 행성에 도착한 듯한 경이의 풍경이었다. 가장 충격적인 건 '고요'였다. 강원도가 이렇게 아름답고 고요한가. 끝이 없었다.

그렇게 시작된 산골 생활은 눈부시게 고요하고 아름다웠지만 고단하기도, 배가 고프기도, 폭설에 눈물 흘리기도 했다.

9

바람은 아주 살갑게 내 피부에 와 찌른다. 모닥불을 피우는데 [20]냇바람이 분다. 산지방의 공기는 다분히 차다. 점점 세밀하게 차가워지는 매력이 있다. 팔목의 얇은 체인 팔찌가 피부에 닿자 솜털은 냉기가 돈다. 온도계 일교차가 10도, 마음의 내륙성 일교차는 20도. 차가운 공기에, 차가운 바람에, 차가운 눈에 떠나고 싶기도 했지만 그토록 싫던 매몰찬 바람과 차가운 공기와도 둘도 없는 친구가 되었다. 해가 바뀔 때마다 세찬 북풍이 기다려지다니 정말 이곳에 피를 묻어야 하나, 매년 나를 시험했다. 할퀴고 상처 낸 바람을 기다리다니. 바람에도 변주곡이 있다는 걸 알았다.

가끔은 나 자신이 싫고 알 수 없었다. 오랜 시간 내 눈앞의 아름다움보다 내 마음 안의 아름다움이 더 많았다.

---

20. 산마루에서 내리 부는 바람.

대관령의 처연한 바람의 변주곡을 맞으며 모닥불을 지피며 참나무류와 잡목을 태우면 나도 모르게 눈시울이 뜨거워진다. 가끔은 나무, 그 향에도 중독됐다. 자주 모닥불을 피우며 차를 마시는 이유는 아마도 차가운 공기가 살결에 닿을 때 그 선연한 바람의 중독이 아닐까 한다. 주머니에 넣은 양손이 바삐 움직이기 시작한다. 캐나다 측백나무 사이로 부는 골바람이 내 머리의 건방짐을 풀어 젖힌다. 오만하고 나약한 마음에도 메스를 댄다. 차를 마시다가 코코아 가루를 데워진 머그잔에 넣는다. 술을 마시지 않으니 세상 모든 커피, 녹차, 홍차, 초콜릿을 술처럼 마셨다. 머그잔 속 코코아 가루를 쳐다보다가 옆에서 끓고 있던 뜨거운 물을 붓는다. "지그럭, 지그럭." 가루가 바로 녹기 시작한다. 코코아 향이 나의 코에 잔잔한 풍미를 준다. 코코아는 가끔 추위 속에서 마취제가 되기도 한다. 눈이 감긴다. 눈이 감기니 예민한 귀는 소리에 저당잡힌다. 저당과 집착, 내 귀의 성격이다.

피아노 소리가 내 가슴에 연애편지를 쓴다. 새로운 편지가 도착한 것 같다. 그녀의 손놀림은 내 눈앞에서 핑거링 된다. 잔잔해진 소리는 귀를 목욕시킨다. 드뷔시 모음곡 〈베르가마스크〉가 맞다. 점점 잔향이 깊어지며 내 연약한 귀에 들리는 소리를 따라 자작나무 문을 열고 들어가니 영서가 연주하고 있다. 당신의 가냘픈 어깨는 〈베르가마스크〉를 끝마치고는 〈아리랑〉을 변주로 연주하고 있다. 고개는 왼쪽으로 조금, 오른쪽으로 더 살짝, 얼굴은 왼쪽으로 살짝, 오른쪽으로 조금, 허리 위 상체는 피아노 건반 앞으로 살짝 숙였다가 양손은 더 벌어졌다가 꽃게의 손이 되어 움직인다. 당신의 아티큘레이션은 농밀하게 세밀해진다. 손가락은 건반을 잡고 있는 듯하다. 엄지손가락, 집게손가락, 가운뎃손가락, 약손가락, 새끼손가락 모두 잘 훈련된 로봇이다. 빠르게 연주할 때는 얼마나 빨라지는지 손톱반달이 내 눈에 들어온다. 끝마디 뼈, 중간마디 뼈, 첫마디 뼈, 손허리 뼈, 손목 뼈가 따로따로 논다. 물컹거리다가, 딱딱하다가, 부드럽다가, 순백하다가, 연약하다가, 사랑스럽다. 손목뼈의 갈고리뼈, 반달뼈까지 우주에서 유영하듯이 논다. 내가 보고 있다는 것을 의식하는 건지 흥이 돋은 건지 어깨와 가슴 뒤까지 덮고 있는 윤기 흐르는 머릿결은 차분히도 나와 마주친다. 너는 왜 나의 뒷모습을 보고 있느냐고 묻는다. 멀어졌다 혹 가까워졌다, 멀어지는 사이의 거리에서 보니 가냘픈 어깨선 아래로 왼쪽 팔꿈치와 오른쪽 팔꿈치가 조용히도 스텝을 밟고 있다. 어깨선과 팔꿈치까지 떨어지는 라인은 한숨만 푹푹 나오게 한다. 내면의 악마와 외면의 신사가 악수한다. 이기는 자가 마음대로

하기다. 당신 팔꿈치의 마디는 순결하다. 당신은 아름답다. 목덜미 중앙 왼쪽 아래로 작은 검은 점이 있고 그 아래로는 보일 듯 잡힐 듯한 솜털이 수줍게 자리하고 있다. 솜털도 숲이 될 수 있다는 걸 그때 알았다. 흰 남방으로 투명하게 비치는 미색 브래지어 끈은 당신의 긴 손과 가냘프게도 터질 것 같은 긴 다리를 닮았다. 주름진 카키색 울 스커트는 그 소리에 맞춰 잔잔한 물결을 일으킨다. 당신의 다리를 감싸고 있는 금빛 펄이 들어가 있는 스타킹은 차분하다 못해 신비스럽다. 계란 노른자만 한 복숭아뼈와 농익은 발뒤꿈치 살색 피부의 움직임이 교만하기까지 하다. 그 몸의 지시적인 연주가 열한 번째 피아노의 손이다. 곡이 끝난다. 당신은 나의 종교다.

"짝, 짝, 짝, 너무 멋져요. 브라보!"

"조금 느리고 빠르기도 했지만, 미스터치도."

탄산수를 당신에게 건넨다.

"앙코르 부탁드려요."

당신은 다시 연주한다.

슈만 〈숲의 정경〉 중 제3번 '고독한 꽃'이다. 영서의 연주에 마음이 차분해진다. 그녀의 어깨에 손을 얹을까 하다가 관둔다. 감성적인 붉은 양손은 춤을 추고 이성적인 푸른 심장은 차가운 거리를 둔다. 피아노 연주의 관객은 나 하나다. 이 세상 최고의 홀에서 홀로 모든 걸 상상할 수 있다. 뉴욕 카네기 홀이 부럽지 않다.

"'고독한 꽃'을 저렇게 연주할 수도 있구나."

혼자 중얼거린다. 엉덩이가 떨어지질 않는다. 나가서 장작을 더 넣어야 하는데 마음은 폭풍이 불고 사막의 모래가 분다. 자작나무 문을 닫고 나왔다. 자작나무 문은 희다, 당신의 손처럼. 자작나무가 내 눈동자로 흐느적거린다. 숨을 내쉰다. 연주가 끝나면 뒷산에 가기로 마음먹는다. 피아노 소리가 귀에서 멀어지다가 들릴 듯 말듯 한 가벼운 소리가 들린다. 그녀가 연주를 다 마친 듯 고요해진다. 자작나무 문이 열리는 소리가 들린다. 그날따라 정원에 만개한 꽃들은 발레리나들처럼 우리들을 호위하며 사랑의 단상을 만들어 주었다.

"고요 속에 사니까 좋아요?"

"그럼요."

"왜 나가셨어요?"

"마음속에 야수가 있으니까요."

"야수를 좋아하지는 않지만 야수는 남자죠?"

"겉은 신사지만 마음은 돌변하죠. 그렇지만 누구 앞에서만 그래요."

"자기를 신사라고 하는 사람이 어디 있어요."

"선생님이 안 계실 때만 피아노를 치는군요."

"우연이에요."

"아니길 바랐어요."

"우연이 아닐 수도."

"중요한 건 보이지 않죠."

"다 보여요."

"선생님 올 때까지 함께 산책하러 가요."

"에두를 것 없이 말씀하세요."

"오늘 선생님이 오시지 않나요?"

"내일 오신다고 연락이 왔어요."

당신과 숲에 들어오니 녹음이 짙은 연둣빛 벌들이 우리 곁으로 와 윙윙거린다. 그들은 말이 없다. 우리도 말이 없다. 아주 커다란 들메나무가 우리를 위해 녹색 산소와 붉은 헤로인을 분출한다. 푸른 명아주는 웃고, 흰색 제비꽃은 떨고, 검은 앉은부채는 울고, 노랑 소루쟁이는 시를 적는다.

"시를 하나 낭송해도 될까요?"

"좋아요."

"즉흥시예요."

나는 나지막하게 입을 떼었다.

눈은 말하지 않는다 숲은 고요하다 자작나무는 침잠하다 전나무는 경탄스럽다 노르웨이가문비나무는 우아하다 충충나무는 찬연하다 상수리나무는 고풍스럽다 피나무는 강

건하다 물박달나무는 튼실하다 잣나무는 아름답다 금강송
은 명품이다 당신은 아름답다 내가 말한 나무는 모두 당신
이다 나는 당신이다 나와 당신은 나무다

그녀의 눈을 쳐다본다.
"거짓말."
"아름다우세요."
"전, 아름답지 않아요."
"아름다운 사람은 아름답다고 말하지 않아요."
영혼이 몸을 빠져나갔는지 영혼이 몸에 들어왔는지
우리는 잠시 아무 말도 하지 않았다. 바보처럼 나는 왜
"당신을 사랑하고 있어요"를 말하지 못했을까.

태양의 눈은 잠이 올 듯이 수척했으나 바람은 불지 않
았다. 나무들은 여상했다. 함께 깊은 숲으로 들어갔다.
선생님은 출장을 갔다. 이 계절의 청연한 숲은 산들바
람마저 우아한 교향곡으로 만들어 놓는다. 풀 향이 불고
나뭇잎들은 아름답다 못해 흐느적거리고 우리는 숲에
취한다.
"이 나무는 뭐죠."
당신이 묻는다.
"물박달나무요."

당신은 처음 들어본다고 한다. 나는 당신에게 연둣빛 동판의 최고인 자작나뭇과 중 물박달나무를 설명한다. 물박달나무는 자작나뭇과다. 그 하위분류로는 물박달, 박달나무, 개박달, 사스래, 자작나무, 거제수나무 등으로 세분돼 있다. 깊은 산속에서 나무만 보고 [21]동정(同定)하기는 어렵다고 말했다.

"아, 자작나무인 줄 알았어요."

"무슨 전공자가 나무도 잘 몰라요."

"모를 수 있죠."

"그래도 자작나뭇과 정도는 알아야죠."

"어려워요."

"맞아요. 정말 어려운 게 나무죠."

"전공으로 공부하고 그냥 외우면 되는 줄 알았어요. 그런데 나뭇잎이 왜 다 비슷비슷해 보이는지. 나뭇결도 비슷하고."

"내가 봐도 소나무, 잣나무는 동정하기 힘들어요. 거기다 리기다소나무도 비슷해요."

"그래도 엄청 아시는데요."

"나무에서 얻는 것이 많지요. 하지만 책과 이론, 경험과 관심은 별도죠. 나무는 산에서 한 10년 굴러야 알 듯 모를 듯 그렇게 되는 것 같아요. 사랑도 있어아 하고 언

---

21. 생물의 분류학상의 소속이나 명칭을 바르게 정하는 일.

민과 질투, 배신도 좀 있어야…… 전공했다고 자연 현상이나 나무의 분류, 여러 종들, 개체수를 다 알고 있으면 얼마나 좋겠어요."

갑자기 소슬한 바람이 우리 곁을 지난다. 바람이 내 허벅지를 베고 있는 당신의 머릿결에 구름을 쏟는다. 찬란한 빛이 숨바꼭질 하듯이 숲에 내려와 우리를 안아준다. 특유의 풀 향이 코를 끌어당긴다. 허벅지를 베고 있는 당신의 얼굴 아래 쇄골 협곡에 차가운 바람이 숨결과 만나 서늘한 아지랑이가 생긴다. 쓰다듬고 싶다. 구름이 속눈썹에 닿자 당신은 "아이 차가워" 하면서 콧등까지 찡그린다. 속눈썹이 바람에 출렁인다.

영서가 나에게 무언가 준다. 작은 호두나무 접이식 칼이다.

"칼이네요."

"오래전 스위스에서 산 호두나무 접이식 칼이에요. 가지고 다니세요. 숲에 들어올 때 꼭 챙기세요."

그녀가 팔짱을 낀 것처럼 느껴졌다. 왼팔을 쳐다보니 왼팔과 허리 사이로 바람이 지나갔다. 무거운 바람이었다. 호두나무 접이식 칼은 깊은 산에서 비를 막아주는 우산과 빛을 뿜어주는 태양의 존재처럼 소중한 '우산태양'이 되었다. 깊은 진달래 군락지까지 들어갔다. 비탈진 암벽 사이로 허리까지 오는 관목들이 산을 점령하고 있다. 어깨까지 오는 꽃이 진, 진달래 관목 사이를 걷다가 지젤 번천을 만났고, 우리는 쓰다듬다가 발소리도 들리지 않게 차분히 걷다가 숲을 나왔다.

10

이브는 옆에서 내 이야기를 적다가 다른 생각에 잠기기도 했다. 이브에게 호두나무 접이식 칼을 보여주었다. 그녀는 너무 멋지다며 섬세하게 만들어졌다고 놀란다. 푸른 초원을 거닐 때, 백두대간 외딴섬을 누빌 때, 강풍이 내 뒤통수를 때릴 때, 말을 타고 대관령의 초지를 누빌 때 언제나 이 칼이 있었다.

"그래요. 나는 그녀만큼 이 칼을 사랑했어요. 하루도 내 주머니에서 떨어진 적이 없었죠. 어느 날은 잠을 잘 때도 팔베개 한 그녀의 영혼을 생각하며 몸에 지니고 있었어요. 미안한데 물 한 잔 주시겠어요."

물을 마시다가 영서의 피아노 연주에 취한 날의 고백을 이브에게 말한 내가 바보처럼 느껴졌다.

나는 콧노래로 에메리히 칼만의 〈에헤야, 내 집은 산중에(챠르다슈 공주)〉의 가사를 시처럼 읊는다.

A Forest for Bach

에헤야, 에헤야! 내 집은 산중에 있다네!
에헤이야, 에헤이야, 내 요람은 저 높이
에델바이스 수줍게 피어난 곳에 있네.
눈과 얼음이 사방 사방 반짝이고
에헤야, 에헤이야, 가슴마다 거치고 격렬하게 고동치네.

트란실바니아에서 온 소녀가
그대와 사랑에 빠졌을 때
그녀가 그대에게 마음을 준 것은
장난으로 한 일이 아니었어요.
시간을 느긋하게 보내고 싶다면
다른 애인을 찾아보시구려.
그대는 일단 내 것이 된 이상 내 것으로 남아야 하고
영혼을 내게 넘겨주어야 한다오.
나는 그대에게 천국이자 지옥이 되겠지요!

　과거의 시공간을 침투하며 토해낸다. 얼마 전까지만
해도 내 기억의 윤리에, 또한 그녀에게 도덕적 위배가
될 것이라 죽을 때까지 나 혼자만 알려고 했다. 그간의
침묵을 어떻게 숨기고 살았는지 나는 신부에게 고해성
사하듯이 이브에게 작정하고 쏟아냈다.
　"선생님, 어떻게 그녀를 처음 만나셨어요?"
　나는 몇 초간 말하지 않았다.

"그녀를 처음 만난 건 언제였죠?"

"터미널 앞이었어요."

"우리 잠깐 쉬었다 해요."

"그래요."

눈을 껌벅껌벅한다.

"차 한 잔 드릴까요?"

"괜찮아요."

정적이 흐르고 천장을 보며 숨을 내쉰다. 바흐 〈마태수난곡〉 중 알토가 부르는 '주여 우리를 불쌍히 여기소서'의 슬픈 선율이 허공을 떠다닌다.

"선생님이 계셨죠. 아주 오래전에 만났어요. 매우 좋아하고 존경하던 선생님이셨어요."

"선생님요?"

얼굴이 일그러진다. 이브의 목소리가 들린다. 그녀는 맑고 청순한 목소리로 어쩌고저쩌고한다. 귀는 눈을 감지 못하니 언제나 피곤하다. 이제 곧 귀를 닫을 시간이 다가오니 얼마나 행복하단 말인가? 귀를 닫으면 더한 도취감에 빠지겠지.

"바람도 유난히 잘 차려입은 쾌적한 날이었어요."

그날은 정말 잊을 수 없었다. 벨라마저 아침부터 큰 소리로 이유 없이 짖었다. 어떤 운명적인 손님이 올 것인가 야릇한 쾌감이 들었다.

"이상하게도 아침부터 벨라가 짖으면 특별한 손님이
찾아왔어요."

"벨라요?"

"올드 잉글리시 쉽독이라는 영국산 목양견이에요. 나
의 친구였죠."

그날 약속된 손님은 선생님에게 들어 혼자만 알고 있
었다. 그전에 사모님과 왔을 때, 정원의 꽃을 본다고 선
생님 혼자 왔을 때 말해준 기억이 있다. 선생님에게 같
이 가자고 했더니 몸이 조금 피곤하다며 책을 읽고 있을
테니 다녀오라면서 약속된 손님의 이름을 알려 준다. 전
화번호를 적어 준다고 하길래 옆에 서 있다가 선생님이
읽고 있는 책을 보았다. 보르헤스의 소설 《픽션들》이다.

"자네, 이 책 읽어 보았나?"

"아니요."

"미셸 푸코 선생이 보르헤스의 《픽션들》을 읽고는 내
가 지금까지 익숙하고 당연하게 생각한 모든 사상의 지
평이 산산이 부서지는 줄 알았다고 했지."

그는 펼쳐놓은 책을 덮는다.

"산보를 좀 줄이고 이 책을 읽어봐."

책상 위로 책을 던져준다.

"네, 고맙습니다."

"보르헤스가 노벨문학상을 받았어야 했는데."

잠시 정적이 흘렀다. 그는 원예학과 교수였다. 지금은 명예교수로 있지만 영향력은 절대적인 사람이다. 선생님은 석 달간 새로운 프로젝트와 의뢰받은 정원 설계를 구상하러 내려왔다.

"영서가 2시 버스로 와. 내가 아주 예뻐하는 친구인데 우리 대학 제자야. 전공은 원예를 했지만 다시 문창과를 나왔고 지금은 작가야."

원예와 문창과라니. 나는 국어교육 전공이고 원예는 노동적, 탐미적 전공이니 이런 인연이 있나. 갑자기 섬광처럼 어떤 얼굴일지 그녀의 형상이 스쳤다.

"자네가 잘 데리고 와."

"선생님, 제 차로 함께 가시지요."

"이거 미안하네. 내가 마음이 고장나 힘드네."

"그럼, 드라이브 삼아 다녀올게요."

"아마 자네도 좋아할 친구야."

"어디 편찮으세요?"

"아니, 나이가 들면 자네도 느낄 거야."

선생님은 한 달 전에 이곳에 왔다. 나의 고요화원이자 천국인 대관령에서 석 달간 함께 있기로 했다. 나는 바흐와 숲을 좋아해 이곳을 '바흐의 숲'이라 부른다. 선생님은 내 집 옆에 있는 측백나무 사이 ㄷ자 모양으로 웅크리고 있는 작은 독채를 계약했다. 캐나다산 목조로 지은 친환경 목조주택이다. 20평 정도의 2층 복층구조인데 적삼목, 자작나무, 삼나무, 편백나무, 레드 오크, 소나무 등이 사용되었다. 이 게스트하우스는 '산속의 집은 자연을 훼손하지 않고 짓는 것이 목표다'라는 나의 철학이 깊게 반영된 집이다. 캐나다나 스웨덴에 호숫가를 끼고 있는 나 홀로 집처럼 폭설이 와도 끄떡없는 삼각 지붕으로 설계했다.

귀촌 초 나의 집과 서재이자 음감실인 바흐의 숲은 장인정신이 투철한 N사장이 만들어 주었고, 게스트하우스는 비밀의 정원에서 꽃을 기막히게 키운 동생 M의 부인인 H가 설계와 건축을 맡아 주었다. H는 이탈리아 밀라노 공대를 나온 실력파인데 감각도 뛰어났다. H를 처음 만난 날 그녀가 입고 온 의상을 보고 패션에도 탁월한 센스가 있다고 생각했다. 어쨌든 그녀의 손길이 닿자 게스트하우스는 튼튼하고 추위에 강하면서도 H만의 이국적인 감각을 소유한 대관령에서는 보기 힘든 디자인으로 완성되었다. 그녀는 늑대 같은 남자들 틈에서 건축을 끝마치고는 마술 치마를 입고 바람처럼 밀라노로 떠났다.

첫 번째 집과 두 번째 게스트하우스를 건축할 때 추위가 너무 강한 지역이라 단열에 신경을 썼다. 대관령은 캐나다, 노르웨이의 추운 지방과 최저 온도가 비슷해 극강의 추위를 느끼는 곳이라 기초공사부터 건축 마무리까지 완벽해야만 했다. 대관령과 노르웨이 오슬로는 자매 도시다. 첫 번째 집, 두 번째 게스트하우스 모두 한겨울을 대비했다. 물탱크실, 창고, 작은 온실, 하우스, 수도 배관, 창호, 외장, 지붕 마감까지 신경을 썼다. 잘만 관리하면 100년 이상 살 수 있는 것이 나무집의 장점이다. 게스트하우스는 첫 번째 집의 장단점을 다 파악하고 설계한 집이라 짓는데 조금 더 수월했다. 특히 방문할 손님에게는 최적의 공간으로 만들려고 노력했다.

대관령으로 내려와서는 정원에서 꽃을 키우고 가끔 글을 쓰며 말을 조련해서 다른 목장에 보낸다. 남들이 보기에는 꿈 같은 일을 하며 산골 집에서 산다고 할 수 있을 것이다. 하지만 낭만은 거저 얻어지는 것이 아니라 혹독한 시련을 거치고서야 얻어진다. 이곳은 눈과 바람, 추위가 매우 긴 곳이라 살아내기가 쉽지 않다. 사람을 싫어하는 사람에게는 천국같은 곳이지만 사람을 좋아하는 사람에게는 외롭고 지루할 수도 있는 곳이다. 우리는 늘 천국과 지옥을 다 가지고 있지 않던가? 나는 사람 없는 지옥을 좋아했다. 혼자 대관령에 내려와 집을 짓고, 작은 정원을 만들고, 서가에서 책을 읽고, 혼자 산책을 하며 살다가 어려움을 겪고 있을 때 선생님을 우연히 만났다. 선생님은 젠틀했다. 나이에서 오는 고집은 어쩔 수 없었지만 쇠고집 정도는 아니었다. 사상이나 철학은 날카로웠지만 남의 말을 듣지 않거나 인정하지 않는 꼰대나 독재자는 아니었다. 논쟁에서는 물러서기도 하는 부드러운 붓을 마음속에 가지고 있는 어른이었으나 때로는 이해할 수 없는 분이기도 했다.

선생님은 키케로처럼 '집에는 책과 꽃, 음악이 넘치게 하라'고 늘 말했다. 기억이 흐릿하긴 해도 그가 현역에 있을 때 대관령에서 처음 만났는데 이제 나이를 뒤로 하고 나오는 좋은 친구가 되었다. 그 후로도 꽃 필 때 몇 번 혼자 왔다가 나와 이렇게 숙명의 인연이 될지 몰랐다. 운명이라고 해야 하나.

오래된 자동차는 문짝이 맞지 않는지 퍽퍽 걸린다. 누군가를 태우러 가는데 서늘한 바람에 꽃잎들이 서쪽으로 늘어진다. 그림자는 주차장 바닥에 길게 누워 있다.

아랫마을로 내려가는 길에 핀 산철쭉은 천군만마처럼 겹겹이 포개져 있고 조금 멀리 해발 1,000미터 지점에는 만병초 군락지가 병풍처럼 펼쳐져 있으니 회화적 풍경이 가슴을 울렸다. 나는 기갑 부대장이 되어 바로 어느 방향만 바라보면 어느 나무들이 바람에 흔들릴지 알고 있었다. 얼마나 행복한 현실인가?

이 지방에서만 볼 수 있는 나무들이 최고의 품위를 보여준다. 여러 개의 길과 나무들이 끝이 보이다가 사라져 터미널로 가는 길은 마성의 휘파람이 나온다. 어느 여성분이 영서일까.

시골 터미널은 조용했다. 터미널은 작고 아담한 2층 건물이다. 작은 상가 정도로 생각할 수 있는 규모다. 누군가 키에 비해 매우 작은 밤색 여행용 가방을 들고 혼자 서있다. 아주 깊은 고양이 눈을 닮은 커다란 눈망울이 유리창으로 흐릿하게 비쳤다. 초점이 맞질 않아 멀어졌다 뿌예지고 다시 가까워진다.

청순가련하며 묘한 세련미를 풍기는 여성이 서있다. 아비시니안 고양이를 닮았다. 오래된 볼보 C30의 퍽퍽 걸리는 소리가 민망할 정도로 귀에 거슬렸는데 그녀는 아름다웠다.

"안녕하세요? 영서 씨죠?"

나는 어색하게 먼저 인사를 건넸다. 악수를 하는데 그녀의 손이 얼음물처럼 차가웠다.

그녀는 보츠와나산 에메랄드처럼 가공되지 않은 소탈한 세련미에 살짝 우울한 미가 흘렀다. 자연스러운 얼굴에 이목구비가 또렷해 들풀처럼 광채가 났다. 그녀의 얼굴은 투명도와 칼라, 컷까지 신이 준 하나의 작은 보석이었다. 쓸쓸한 관자놀이, 높은 콧대, 자연스럽지 않은 버릇 없는 버선발 콧날, 콧뿌리는 낮지 않고, 콧방울은 경사가 급하고, 코끝은 살짝 둥글게 각졌다. 신비한 각막, 혈관 막 속에 자리한 푸른 홍채, 검은 호수 같은 동공이 매력적인 눈이었다. 얼굴의 완성이라는 입매는 단아한 모습으로 윗입술과 아래 입 입술이 반반으로 얇고 단정했으며 [22]구각(口角)은 깊이가 묘했다. 검은색 찰진 머리털은 은사시 나무처럼 빛이 났다. 유난히 짙은 눈썹, 나와는 다르게 촘촘히 길게 늘어진 속눈썹은 하늘로 잘 말려 올라가 있었고 입매와 인중 사이의 비율은 완벽했다. 살짝 튀어나온 살구색 복숭아뼈가 운동화와 바지 밑단 사이로 빼꼼히 보였다.

"늦었어요. 미안해요."

나는 허둥지둥 둘러댔다.

"아니에요. 이곳 간판을 보며 눈꽃 마을이 어떤 곳인지 생각에 잠겨 있었어요. 구름이 낮은 하늘을 보며 '공기가 다르구나' 하고 쳐다보고 있었어요."

"식사는 하셨나요?"

"일찍 도착해 감자를 갈아서 만든 옹심이를 한 그릇 다 비우고는 여기 나와서 기다리고 있었어요. 식사하셨

---

22. 입의 양쪽 구석.

어요?"

"간단히 먹었습니다."

"공기가 참 좋아요."

"공기가 차고 맑죠."

"교수님은요?"

"집에 계세요."

"나오신다고 했는데요?"

"따로 연락이 가질 않았군요."

"아아."

"몸이 피곤하신지 집에서 책을 읽는다면서 저에게 영서 씨 연락처와 인상착의를 말씀해 주셨어요."

오래된 차를 자랑하듯이 경사가 아름다운 유리와 철로 만든 엉덩이를 올린다. 트렁크 문을 열어 그녀의 가방을 차에 실었다. 이럴 때 트렁크가 크면 얼마나 좋을까 생각한다. 오래된 차 특유의 냄새를 풍기는 트렁크 안에는 하필 장화와 말똥 묻은 부츠만 뒹굴뒹굴하고 먹다 남은 과자는 언제부터 거기 있었는지 얼굴이 감홍사과처럼 붉어졌다. 그녀의 에코백과 여행용 가방을 말똥 묻은 부츠 옆에 기대어 놓았는데 에코백이 중심을 잡지 못하고 옆으로 쓰러졌다. 차곡차곡 담겨 있던 소지품과 몇 권의 책이 트렁크 바닥으로 쏟아졌다. 소설과 시집이었다. 비스와바 쉼보르스카의 시집 《끝과 시작》이 눈에 들어왔다.

"타세요."

퍽퍽 걸리는 차 문을 열었다.

세차 좀 하고 나올걸, 하는 생각이 들었다. 하지만 입가에 미소가 더운 바람을 뒤로하고 귓가에 걸린다. 두 다리를 포근히 겹쳐 포개고 앉아 있는 영서의 모습은 암고양이 한 마리가 다리를 포개고 앉아 날 부르는 것 같았다.

은빛 달의 실루엣처럼 차 안의 공기와 밖의 공기가 섞여 그곳은 처음 발견한 사막처럼 오묘한 공기가 불었다. 들숨과 날숨이 섞이기 시작했다. 첫눈에 반한다는 것은 영화나 소설에서만 나오는 줄 알았다. 가슴이 뜨거워졌다. 차 문이 한 번에 닫히질 않아 그녀에게 문을 다시 닫으라고 했다. 역시나 오래된 차는 차문의 유격이 맞질 않아 퍽퍽 걸렸다. 나는 길지 않은 팔을 그녀 쪽으로 뻗어 차 문을 열었다 닫는데 그녀의 오른쪽 어깨에 내 팔 뒤꿈치가 스쳤다. 그녀의 풀 향이 내 코에 가득 들어왔다. 아무도 없는 대관령 들판에서 나는 향이었다.

이 차는 지구상에서 가장 곡선미가 아름다운 엉덩이를 가지고 있다. 연식은 15년이 넘었고, 주행거리는 이미 30만 킬로미터에 다다른 은퇴해야 할 할아버지다. 운전 초보자처럼 정신이 혼미했다. 작은 면 소재지의 풍광이 내 눈으로 들어와 앞 유리를 이젤 삼아 움직이는 그림처럼 그날은 시신경까지 환상의 빛을 보여줬다.

낯선 당신은 옆에 있었다.

"차 문이 퍽퍽 걸려 미안해요."

"아니에요. 괜찮아요."

"차가 매우 매력적이에요."

"볼보 C30입니다."

"이렇게 멋진 메이플 브라운은 처음이에요."

"네, 오래된 모델이에요."

오래된 친구를 만난 듯이 대화를 슬슬 풀어갔다.

"연식은 오래되었지만 가속 성능은 제로백 8초대, 연비는 15킬로미터, 이 차를 탄 사람 중 사망자가 역대 단 한 명도 없고 뒤태가 가장 예쁘다고 생각해요."

어떻게든 호감을 주고받아야 했다. 낡고 오래됐고 주행거리 30만 킬로미터에 다다른 이 경유차는 그날만큼은 멋진 세단으로 서울 아가씨를 태운 자동차였다.

"조금 더 구체적으로 말씀해 주세요."

"그래요. 이브."

내가 가지고 있는 기억의 계단들을 이브는 다 꺼내라고 한다. 언젠가 책이 될 수 있겠지. 이브는 매우 꼼꼼히 적는다.

브레이크도 밀리는 오래된 자동차로 그녀를 태우고 집에 도착했을 때 선생님은 뒷마당에서 작약을 보고 있었다. 나는 중정에 오래된 작약이 꽃대도 많고 수북하게 나왔는데 왜 저 빈약한 작약을 보고 있나 생각했다. 차를 대는 둥 마는 둥 하고 문을 꽝 닫고 내렸다. 선생님은 우리 쪽으로 고개를 돌렸다.

"예쁘고 멋진 숙녀가 오셨네. 환영해 영서."

"교수님 안녕하셨어요?"

"더 예뻐졌네. 이번에 나올 책은 기대가 커."

"이렇게 아름다운 곳에 초대해 주셔서 감사해요."

"영서와 매우 잘 어울리는 곳이 될 거야. 우린 멋진 일을 할 것이고."

"네, 저도 여기서 프로젝트 하면서 신간 집필 마무리하려고요."

두 사람의 대화는 아주 가까운 사이처럼 다정해 보여 그 대화에 나도 끼어들고 싶었다. 지적이고 세련된 도시 아가씨와 이런 산골에서 두 달간 함께 지낼 수 있는 시간은 드물다. 세상이 나를 구원하는 것 같았다. 선생님 제자라니 이를 어쩌면 좋은가?

"여긴 꽃이 참 예쁘네요. 너무너무 예뻐요."

"내가 우리 프로젝트를 진행하는데 아무런 곳에다가 숙소를 잡겠어."

"못 보던 외국 품종의 꽃들이 많네요."

"저 친구가 눈이 보통이 아냐."

"봄에 온실에서 파종 후 나오는 한해살이. 십여 년 모아 놓은 숙근초, 각종 구근 식물들, 덩굴 식물, 장미와 백합 등 겨울이 오기 전까지 이렇게 멋진 색깔을 뽐내는 정원은 드물 거야."

"조금 더 일찍 올 수 있었는데 너무 바빴어요. 죄송해요."

"괜찮네. 자네, 이리 와서 정식적으로 인사해."

"안녕하세요. 영서입니다."

"아까도 인사드렸지만, 너무 반가워요."

"교수님은 제 스승이자 인생의 멘토시죠. 돌아가신 사모님과도 잘 알고 지냈어요."

"반가워요. 이렇게 깊은 산골 작은 집에 아름다운 미인이 오셨으니 오늘 저녁에는 모닥불이라도 지피고 삼겹살이라도 구워야겠어요."

그날의 시간은 순수하면서 갓 잡은 연어회를 먹듯이 뭐 하나 넘치거나 부족한 것이 없었다. 가꾼지 십년이 조금 넘은 6월의 정원은 이기적이다 못해 자신만만하다. 혼자만의 왕국에서 그동안 얼마나 많은 식물을 수집했던가?

온갖 꽃들이 우리를 첼시 플라워쇼에 나오는 숙명적

인 파티장으로 순간 이동시켰다. 화려함의 대명사 숙근 양귀비, 루퍼너스 '러셀', 낭만주의 가든의 끝판왕 유럽 겹작약, 영국에서 온 오스틴 장미, 프랑스 자존심 자뎅 드 프랑스, 화려하지 않지만 단아한 토종 장미들, 화형 하나만으로도 존재감이 충분한 미국 아이리스, 어느 화가가 붓질한 듯한 독일 아이리스, 순박한 토종 붓꽃, 디자이너가 재단한 듯한 구근 아네모네, 안개꽃, 하설초, 유럽 민들레와 토종 야생화, 키가 작은 다양한 한해살이. 모두 우리의 만남을 축하하며 합창을 불러주었다.

꽃은 우리에게 듀센 미소를 선물했고 만남은 새로운 미래의 가능성을 보여주었으니 결혼도 하지 않고 혼자 살던 나에게도 사랑이라는 것이 다가왔다. 사랑을 처음 알았다. 그날을 기억할 수 없었지만 나중에서야 꺾어진 장미 가시에 찔린 사람처럼 나는 열병에 빠졌다. 언젠가 읽었던 《첫사랑》의 문장이 내 가슴에 핏빛 장미 문신처럼 새겨졌다. 어쩌면 나한테는 다른 종류의 사랑이 필요했던 것인지도 모른다. 꽃과 풍경과의 사랑이 아닌 다른 사랑.

예쁜 제자가 오자 선생님은 언제 그랬냐는 듯이 말이 많아졌다. 선생님은 아줌마로 변해 옛날이야기부터 지금까지의 이야기 전부를 꺼냈다. 이렇게 말이 많은 선생님은 처음이었다. 하긴 남자 둘이 한 달을 생활했으니.

그는 그전에도 방문하면 책을 읽거나 대학에서 연구한 주제나 학과 이야기를 짧게 나누거나 정원의 신품종 꽃을 가볍게 눈으로만 봤다. 그런데 이날은 나에 대해 잘 알지도 못하면서 자꾸 내 이야기를 꺼내니 기분이 좋지 않았다.

"이 친구가 사업에 손을 대 크게 빚을 지고 도망치듯이 내려왔지."

오늘따라 왜 이렇게 선생님이 말이 많은지 고개를 돌려 창고 문을 바라보는데 정원에 쓸 거름을 만들려고 쌓아 놓은 흙에서 오래된 장화가 눈에 띄었다. 여러 기억이 떠오르려고 하다가 기억이 기억을 먹는다.

선생님은 정원에서 대화를 마치고는 서재에서 차 한 잔 더 하자고 하고서는 혼자서 산책하러 갔다. 이곳에 와서 아랫동네 할아버지와 친구가 됐다. 나는 마을에 어여쁜 여성이 있는 줄 알았다. 한 달 동안 이삼일 빼고는 매일 갔으니 그런 생각이 들만했다.

"차 한잔하러 내려오세요."

"네."

미성이 가득한 그녀의 음성이 측백나무 사이로 휘날린다. 6월은 벌집들도 아름다운 계절이다. 처마 밑으로 내 머리보다 더 큰 벌집들이 곳곳에 보인다. 호밀빵 모양의 벌집들을 잘못 건드리면 핵폭탄처럼 터진다.

허둥지둥 정원에서 바흐의 숲으로 들어갔다. 그녀가 오페라 아리아를 좋아할까, 바이올린 소리를 좋아할까, 첼로 소리를 좋아할까, 명료한 피아노 소리를 좋아할까 고민이 되었다. 지금의 순간이 너무 좋아 아름다운 배경 음악을 틀고 싶었다. 슈만 〈피아노 사중주〉를 틀까 하다 가 더 몽환적인 바흐 〈샤콘느〉를 피아노 연주로 틀었다. 피아니스트 엘렌 그리모의 늑대 이빨 같은 한음 한음이 단단한 연주였다. 잠시 뒤에 자작나무 문을 열고 그녀가 바흐의 숲으로 들어왔다. 짙은 애수에 찬 그녀의 얼굴에 나는 양귀비꽃 진액을 먹은 사람처럼 몸이 녹는 기분이 었다. 서가에 배인 종이 냄새와 나무 냄새에 나와 그녀 의 숨결이 섞였다.

　영서는 선생님이 묵고 있는 게스트하우스 2층에 머물 렀다. 제자와 교수보다 딸과 아빠 사이 같았다. 무슨 프 로젝트 서류도 들고 왔는데 밤에는 글을 쓰는 것 같았 다. 그녀는 정원에서 책을 읽었고 아침에도 스프와 빵을 먹고 책을 읽었다. 그녀는 내 서가의 책에 눈이 휘둥그 레졌다. 나는 그녀를 비밀의 방에 데리고 가고 싶었다. 선생님의 제자인 영서를 만난 그날부터 내 마음은 요동 쳤다.

11

내가 사는 집은 20평 남짓한 단층 목조 주택이다. 혼자 살다 보니 거실에 방과 화장실 단순한 구조다. 벨라와 함께 산다. 음악 감상실 겸 서재 바흐의 숲에는 책과 음반, 오디오가 전부다. 나중에 건축한 집, 바로 손님을 받는 게스트하우스는 20평 정도의 복층이다. 게스트하우스에서 조금 걸어가면 잣나무가 늘어져 있고, 그 앞으로 이천 평 규모의 방목장에 우아하게 뛰어노는 말들이 있다. 방목장 입구에는 오래된 2층 창고가 있다. 창고는 말을 관리하는 중세 시대 같은 곳이다. 1층은 말을 관리하는 비품, 비상약, 안장, 패드, 복대 같은 것을 보관하는 관리 창고이고, 2층은 방목장을 바라볼 수 있는 전면 통창이 있는 작은 사무실이다. 그리고 2층 끝에는 목장과 나의 집이 보이는 편백나무 방이 하나 있다.

선생님은 이곳에서 가장 먼저 일어났다. 서울 집에서는 아침잠이 많다고 했는데 이상하게 새벽 5시만 되면 인기척이 들렸다. 물론 선생님의 인기척을 가장 먼저 눈치채는 녀석은 벨라였다. 영서가 온 후에는 늦게 나오기도 했다. 내가 너무 예민한 걸까? 늦게 나오는 이유는 뭘까? 궁금했다. 나는 6시면 일어난다. 컨디션이 좋으면 5시에도 일어난다. 샤워하고 밖을 내다보면 선생님이 한창 자리를 잡은 여러 꽃을 현미경으로 보듯이 유심히 쳐다보고 있었다. 그는 계절의 절대 지존 숙근양귀비꽃을 보고 신기해했다. 꽃대가 수십 개 잡힌 살색 품종을 한참이나 쳐다봤다. 중정 쪽으로는 보라색과 흰색, 두 겹으로 된 노란색과 주황색 품종이 있는데 아침마다 유심히 관찰했다. 하루만 꽃이 피고 지는 숙근양귀비는 대관령의 저온 저습을 좋아하니 다른 지방에서는 볼 수 없는 꽃이다. 나는 모시치마 같이 한들거리는 꽃잎의 유혹과 짙고 선명한 색감에 빠져 집과 게스트하우스 앞, 뒤로 많이 심었다. 내가 사랑한 꽃이었다. 숙근양귀비는 매년 6월이면 광란의 춤을 추었다.

아침 빛의 찰랑거림도 잠시 나는 선생님도 선생님이지만 영서와 함께 두 달간 지낸다는 믿기 힘든 현실에 벨라의 볼이라도 꼬집고 싶었다. 들판에 가서 벨라와 미친 듯이 달렸다.

터덜거리는 볼보 C30에 그녀를 태우고 대관령을 베이스로 그 안과 밖의 근사한 정경을 다 보여주었다. 어느 날은 벨라도 뒷자석에 태우고 셋은 우주로 떠나듯이 새벽부터 나갔다. 그녀는 비현실적이라고 말했다. 6월과 7월의 대관령을 인간이 만들어 놓은 언어로 표현한다는 것은 계절에 실례도 그런 실례가 없다. 영서는 며칠 사이에 이 계절의 이기심에 반해 밤과 새벽에 글도 술술 나온다며 여기서는 다른 작가로 태어나는 것 같다고 말했다. 6월, 7월에는 모기가 없다. 그늘과 나무 밑에만 가면 다른 나라였다. 영서는 바람이 그녀의 피부에 닿으면 서늘하다, 차갑다. 시원하다를 연발했다. 밤에는 당나라 시인 백거이처럼 시 한 편이 나온다고 너스레를 떨었다. 그렇게 여름밤은 시작되었다.

며칠 후, 대관령음악제가 시작되었다. 용평에서 처음 시작한 클래식 음악제인데 귀촌 후 내가 좋아하게 된 여름 축제였다. 어느 해인가, 횡계 성당에서 정경화가 연주한 바흐 샤콘느는 충격이었다. 독수리 눈빛을 한 그녀는 관객의 기침 소리조차 허용하지 않았다. 바흐 〈무반주 바이올린〉 샤콘느를 작은 고성당에서 숨죽여 들으며 나는 신과 포옹하고 싶었다.

선생님은 나에게 후배와 저녁식사 약속이 있다며 대관령음악제에는 영서와 단둘이 가라고 했다. 꿈같은 일이었다. 그날 나는 새벽부터 지하수로 세차를 했다. 오래된 볼보가 새 차처럼 번쩍번쩍거렸다. 호랑나비 한 쌍이 차 유리에서 밀애를 즐겼다. 독채 데크 아래 심어 놓은 흰색 프록스 앞에서부터 공중 포물선을 그리더니 차를 닦는 나에게 다가와 계속 밀애를 즐겼다. 꼭 영서와 나의 모습 같았다. 얼마나 차를 정성 들여 닦았는지 호랑나비에 이어 산제비나비도 날아올 것 같았다.

영서는 연옥색 치마에 겨자색 포켓 장식 린넨 셔츠를 입고 나왔다. 그 모습이 새의 깃털처럼 얼마나 눈부시던지 내 마음을 흔들기에 충분했다. 마음 같아서는 그녀의 손을 잡고 대관령음악제 레드카펫을 걷고 싶었다.

"아, 너무 멋지세요."

"쑥스럽네요."

"오늘 대관령에 사는 친구들이 저를 보면 부러워할 것 같아요."

"정말 용기 내 입었는데 좋게 봐주셔서 감사해요."

얼굴에 땀이 살짝 맺혀 있다. 평소 그녀답지 않게 굽이 높은 구두를 신었는데 나보다 키가 더 커 보였다.

"오늘은 러시아 색채가 강한 곡들이 나와요. 프로코피에프 〈세 개의 오렌지에 대한 사랑〉이 초연되고, 차이

코프스키 〈바이올린 협주곡 1번〉과 라흐마니노프 가곡들이 연주되니 완전히 상상 초월이네요."

"저는 멘델스존 〈바이올린 협주곡〉을 자주 들었죠. 그 애수에 찬 선율이 얼마나 아름다운지. 하지만 차이코프스키는 오늘부터 친해져 보려고 합니다. 많이 알려주세요."

"안다는 것보다 함께 듣는 마음이 중요하겠죠."

콘서트홀에 그녀와 단둘이 앉아 있는데 차가운 공기가 우리 머리 위를 가른다. 은은한 풀 향이 났다. 얼마나 기분이 좋은지 그녀만 있으면 이 세상 어디로라도 갈듯했다. 프로코피에프 초연 오페라는 굉장히 우아했다. 마린스키 관현악단의 금관 악기 소리는 홀을 지배했고, 러시아에서 온 12명의 성악가는 자신감 넘치게 그들만의 언어로 작당한 호랑이들처럼 대관령의 작은 홀을 지배했다. 그들의 자신감은 도대체 어디서 나오는 것일까? 부러웠다. 그들이 혼을 다해 노래를 부르는 모습과 프로다운 연기에 기립 박수와 영혼을 갈아 브라보를 외쳤다. 영서도 격양되어 끝없는 박수를 보내고 있었다. 잊을 수 없는 음악제의 밤이었다.

콘서트홀에서 집으로 걸어가는 동안 우리는 옅푸른

잉크색 하늘과 끝이 없도록 쏟아지는 은하수를 보았다. 마치 오늘이 마지막 같았다. 손을 잡고 싶었는데 용기가 나질 않아 자꾸 머리만 긁었다. 잎이 마른 것인지 대관령 배추는 옅은 초록색과 물 빠진 동판색이었고,[23]잎마름병도 보였다. 그녀와 걸어갈 때 봤던 여름 배추를 수확하던 베트남 아저씨들은 보이지 않았다. 마음은 이미 그녀의 가슴에 진입했다.

말없는 고요한 밤길에 영서가 자신의 시를 한편 들려주었다. 장마가 끝난 지 얼마 안 돼서 그런지 배추 썩은 내와 그녀의 풀 향이 섞여 새로운 향의 내음이 내 코끝으로 들어왔다.

---

23. 작물의 잎에 누런 반점이나 얼룩무늬가 생기면서 잎이 마르는 병.

12

선생님은 〈한국조경디자인대회〉 심사를 보러 서울에
갔다. 국내에서는 규모가 대단히 큰 정원 디자인 대회
다. 프로, 일반, 아마추어 구분 없이 모두 참가할 수 있
는 대회라 상금도 제법 있다. 이곳에서 석 달간 머무르
면서 일주일간 출장이라니 흥미로웠다. 선생님은 중국
식 정원과 일본식 정원, 한국식 정원 모두를 합친 동양
정원을 좋아했다. 나는 선생님과는 다르게 영국 정원을
좋아했다. 영국에서 잠깐 살았을 때 로즈메리 비어리 코
티지 가든을 보고 놀라웠다. 살아 숨 쉬는 듯한 숙근초
들, 먹을 수 있는 허브와 유화 같은 겹꽃들, 소탈한 그라
스와 감미로운 태양의 조화는 앞으로 내가 꾸며야 할 정
원과 살 집의 모든 것을 보여주었다. 놀이터처럼 찾아
간 영국왕실원예협회 정원은 강한 인상을 심어주었다.
큐 가든의 거대한 나무들, 위즐리 가든의 신선했던 가드

닝 문화, 케임브리지 대학 보타니컬 가든의 식물 보존과 역사, 그리고 웬만한 국내 식물원을 능가하는 다양한 소규모 공원과 영국 남자들의 꽃에 관한 사랑을 보고 많은 영감을 받았다. 끝도 없는 식물의 다양성에 눈을 떴고 그곳에서 내가 키워야 할 꽃에 관한 지식을 습득할 수 있었다. 그때 스웨덴, 프랑스, 독일, 포르투칼, 네덜란드, 벨기에의 왕실협회 정원들까지 볼 수 있었는데 우리와 다른 식물학의 다양성과 개인의 개성을 살린 정원 디자인은 질투심이 들 정도였다. 르네상스 시대 평면 기하학식 정원부터 자연 풍경식 정원까지 두루 볼 수 있었다. 그중에서도 최고는 인간과 자연의 조화를 추구하는 영국의 정원이었다.

피트 아우돌프의 정원을 보지 않아도 내가 사는 곳이 백두대간 자연 정원의 종결지다. 문을 열고 곳곳을 보면 지천으로 펼쳐지는 야생화의 보고다. 고산지대 종의 다양성에 매년 신비감을 느꼈다. 하지만 개화 기간이 짧은 토종 야생화에 흥미를 잃기도 했다. 나는 화형이 특이한 유럽의 신품종 꽃들을 가득 심어 내가 왕인 정원을 만들었다. 다른 정원에서는 보기 힘든 꽃을 식재했다. 그동안 몇 번 정원 디자인을 바꾸었지만 리본 화단이 가장 좋았다. 수목원이나 식물원처럼 땅이 넓다면 기식 화단이나 포석 화단도 생각했겠지만, 작은 정원에서는 초화

류만 가득하게 꽃만 돋보이게 하고 싶었다. '꽃만 돋보이게.' 개인적으로 우리나라 돌을 이용한 석벽 화단이나 함석 화단은 나하고 맞지 않았다. 내가 좋아하는 색감이 환상적인 꽃들이 계절마다 돋보이도록 투명하게 키우고 싶었다. 그래서 택한 것이 우리 원예 시장에는 없는, 영국 가든 쇼에 나오는 최신 원예 품종만 심는 것이었다. 꽃들은 일교차가 큰 추운 지방에서 개화하기까지 많은 스트레스를 받지만 꽃이 피고 나면 그 깊고 짙은 색깔은 따라갈 수 없다. 일교차가 큰 대관령은 꽃들의 색깔을 완벽하게 피워낼 수 있는 최고의 기후였다. 우리나라 원예의 권위자인 선생님도 이곳에 우연히 왔다가 나의 꽃 키우는 솜씨에 반해 가족 이상으로 지내게 된 것이다. 나는 보통 꽃을 풍부하게 볼륨감 있게 키우는 스타일을 좋아해서 전체적인 화형이 다른 정원과는 매우 다르다. 꽃은 어떤 정원사가 애정을 가지고 키우냐에 따라 많은 차이가 난다. 나는 꽃을 사랑했다. 우리가 알고 있는 꽃들은 다 피고 지는 때가 있다. 화단용으로 좋은 꽃은 비올라, 데이지, 금잔화, 페츄니아, 앵초, 꽃잔디, 스노우드롭, 수선화, 튤립, 무스카리, 패모 등 너무 많다. 나는 새로운 씨를 파종해 봄에 꽃을 볼 수 있게 만들었다. 봄꽃만 있나. 늦봄, 초여름, 중간 여름…… 정원을 사계절로 나눈다는 것은 정원사에게는 수치다. 정원에서 꽃을

A Forest for Bach

오랜 세월 키워 본 사람으로서 정원은 24계절로 나누어야 한다는 생각이다. 더 세밀하게 나누자면 36계절, 60계절로 나눌 수도 있다.

영서와 오늘은 김밥을 싸서 숲에 가자고 했다. 영서도 좋아했다. 오늘은 그녀와 숲속 음악제를 열 것이다.

내가 선곡한 열 곡

1. 파헬 벨 〈캐논〉, 조지 윈스턴
2. 바흐 〈안나 막달레나를 위한 음악수첩〉 중 미뉴에트, 칼 쓰만
3. 〈사랑하기 때문에〉, 유재하
4. 푸치니 〈라보엠〉 중 그대의 찬 손, 루치아노 파바로티
5. 〈One summer night〉, 진추하
6. 〈Once upon a time in America〉, 엔리오 모리꼬네
7. 바흐 〈파르티다〉, 글렌 굴드
8. 베토벤 〈피아노 소나타 23번〉, 스비아토 슬라브 리히테르
9. 라흐마니노프 〈피아노 협주곡 2번〉, 아쉬케나지
10. 슈만 〈숲의 노래〉, 미켈란젤리

그녀와 함께 숲으로 들어왔다. 숲은 고요하고 평화롭

다.

"도깨비 부채가 이렇게 생겼네요."

"예쁘죠."

"지난밤에 읽어 보라고 준 도감에서 봤는데 잎이 특이해서 검색해 봤어요."

"네, 아주 근사한 식물이죠."

"먹어도 되나요?"

"드셔 보시고 눈 뜨지 않으면 구해 드릴게요."

"뭐예요?"

청시닥나무 아래 돗자리를 펴고 앉아 선곡한 열 곡을 차례로 틀었다. 사랑의 언어가 꿈틀거린다. 사랑한다. 사랑해요. 사랑했어요. 사랑할 것 같아요. 사랑이죠. 사랑을 대체할 것인가. 그래서 유재하의 〈사랑하기 때문에〉를 듣는다. 여름이 주는 시원한 잔바람에 집에서 만들어 온 김밥은 입에서 솜사탕처럼 녹는다. 코는 웃는다. 눈은 소리친다. 귀는 편안하다. 입은 재잘재잘한다.

"음악과 숲속이라니 정말 좋아요."

"대관령 참 좋지요."

"그래서 홀로 이곳에서 강산이 바뀌도록 사셨군요."

"대관령 참 좋지요."

"들판의 색은 이렇게 찬란해요."

"저 숲 끝의 색과 지금 앞의 색을 비교해 보세요."

"다르네요."

"그러면 저기 잣나무 군락 위쪽과 이 앞 복자기나무, 개울가 너머 찔레꽃, 그 옆 속새 군락지, 산돌배나무와 벚나무 잎을 보면 색감이 다 다르죠."

"아, 정말 다르네요."

"자연에서는 연둣빛도 수백 가지는 돼요."

그날은 특별히 밤색 티셔츠에 청바지를 입었다. 내가 좋아하는 색이다. 영서는 흰색 통이 좁은 면바지에 초록 카디건을 입고 얇은 기하무늬 스카프를 맸다.

"전나무에 눈을 감고 기대어 보세요."

스부적, 부스럭, 스거적, 부스럭, 치이휙, 들풀 꺾는 소리가 들렸다. 조심스럽게. 나는 들풀을 꺾어 꽃다발을 만들어 주었다. 사랑의 고백이라고 해야 할지, 자연에서 사는 사람의 취미라고 해야 할지.

"자, 눈을 뜨세요."

정원의 열두 계절 중 당신과 나는 유월과 칠월의 고요를 좋아했어요 젠틀 허미언 오스틴 장미와 이곳의 들풀은 내가 당신에게 준 선물, 계절의 들꽃은 우주가 준 당신의 손, 나와 당신, 대관령의 일교차에 의해 만들어진 완벽한 자연의 꽃 색감에 놀라움과 신비스러움을 금치 못해요 대관령에서 7월의 여왕은 프록스가 아닐까 해요 베로니카는

옅푸른색의 진수를 보여주죠 벌거못이 또 머리까지 다가
와요 지금 곁에 없나요 이 넓은 우주에 정원이 있고 당신
과 나만

나와 당신만 있으면

13

잠을 청해야 하는데 잠이 오질 않는다. 잠이 오질 않아 숲에서 그녀와 들은 음악을 다시 듣는다. 침대 머리 곁에 있는 나쓰메 소세키의 《풀베개》를 한 장 읽는데 눈에 들어오질 않는다. 내일은 다른 숲을 걷기로 했다. 그녀에게 꿈같은, 시 같은, 자연 속 마을에 온 것을 매일 환영한다고 말해주고 싶다. 잠을 설치는 통에 몸을 벽쪽으로 틀었다가 창문 쪽으로 틀었더니 벨라가 눈치채고 침대 옆으로 다가온다. 내가 왼쪽 팔베개를 하라고 팔을 뻗자 머리를 가져온다. 외로운 마음이 푸근해진다. 그녀는 무슨 생각을 하고 있을까? 어떤 책을 읽을까? 누구랑 문자를 주고받을까? 죽은 고등어처럼 누워있다가 어스름처럼 잠이 들었는데 얕은 꿈에 눈이 떠진다. 새벽 2시경이다. 벨라는 나를 등지고 새근새근 아기처럼 잠자고 있다. 잠을 청해야지 하면서 녀석의 등판을 간지럽

한다. 새벽 3시, 소나기가 쏟아진다. 여름 장마도 지났는데 빗소리가 무섭다. 정원을 바라보니 두 시간만 더 내리면 정원의 꽃들이 다 잠길 것 같다. 너희는 퍼부어라, 나는 굳건히 견딘다. 하지만 바라만 봐도 흙의 냄새가 내 코 앞에서 진중함을 뽐낸다. 검은색과 짙은 갈색의 중간에 잔잔함이 묻어있다. 소리가 작아진다. 소리가 커진다. 빗소리가 좋아 정원 쪽 창문을 열었는데 방부목 사이로 떨어지는 빗소리가 투둑투둑 거침없이 빨라진다. 영서가 묵고 있는 게스트하우스를 쳐다보았는데 불이 희미하게 켜져 있다. 분명히 자는 것 같지는 않다. 무슨 책을 보는지 궁금하다. 포도주를 한 병 가지고 올라갈까 하다가 밤의 늑대라는 말을 들을까 봐 참기로 한다. 호주산 포도주 라벨이 자꾸 눈에서 가까워졌다가 또 멀어지고 손은 포도주 병을 잡았다가 놓는다.

아침에 눈을 떠 창밖의 정원을 살펴보니 밤새 내린 비에 꽃들은 생글생글 살아움직이는 유령 같다. 어제 일이 잔잔히 떠오른다. 새벽부터 일어나 그녀가 나오기만을 기다렸다. 한 시간이 하루처럼 아니 천 시간처럼 느껴졌다. 페니스가 노르웨이가문비나무처럼 꼿꼿하게 발기되어 있는데 유난히 건강해 보였다. 건강한 남자의 여름날 서정은 햇볕이 좋아 신선하다. 샤워하고, 삼나무 옷장에서 입지도 않던 적색 체크 남방을 꺼냈다. 거울에 대보니 이상야릇해 검은색 얇은 카디건을 꺼냈다. 매일 똑같은 바람막이 점퍼에 등산 모자를 눌러쓰고 다녔는데 머릿속은 어느새 옷장으로 들어가 그곳에서 수영하고 있다. 사랑은 피를 흘릴 텐데.

"그녀를 사랑하셨군요?"
간호사 이브의 종달새 같은 목소리가 방 천장까지 닿아 자작나무 벽으로 자로 잰 듯이 관통 후 이브의 붉은 연필까지 닿는 데 1초도 걸리지 않았다. 이브의 얼굴과 영서의 얼굴이 묘하게 포개져 자작나무 벽에 커다란 유화로 그려졌다.

"자작나무는 아름다워요."
당신이 나무를 묻는다.
"자작나무가 맞는데 전부 1970년대쯤 심어진 것들이에요."
영서가 나를 쳐다보는 눈빛은 언제나 애수에 차 있다. 코는 언제봐도 버릇없이 뾰족하다. 나는 말했다. 1970년대 그때는 나무가 땔감이었다고. 기름, 가스, 전기, 연탄도 없던 시대니 얼마나 가난했던가. 그런 시절도 있었다. 물론 내가 경험한 시대는 아니었지만.

"아, 저는 그 시절을 미처 몰라서요."

"잘 모르지요. 그 시대 어르신들의 부지런함이 한몫했다고 봅니다."

"저는 모르는 시대 이야기를······."

"당연히 알 수 없어요. 저도 늘 마을 어르신들과 살 맞대고 지지고 볶고 지내면서 귓동냥으로 들은 이야기죠. 언젠가 제가 마을 모임에서 설거지하니까 마을 남자 어르신들이 '남자는 부엌에 들어가는 것이 아냐.' 이런 말을 자주 들었어요."

"마을 할머니들과 여성들 앞에서 제가 다 미안했어요."

그녀가 푸른 눈동자를 내 쪽으로 돌리며 흰 도배지 같은 미간을 보여준다.

영서와 걷는 숲은 건강했다. 너무 건강했다. 판도라의 행성이 이곳이 아닐까? 그녀와 걷기의 열망은 사적인 것과 공적인 것을 탐색하는 여정처럼 소탈했고 진솔한 대화는 매혹적이었다. 영서와 걷는 길은 사유의 철학적 행위였다. 길고 따분하게 느껴진 숲길도 그날은 아주 짧게 느껴졌다. 휘파람새도 다정하게 피리를 불었다. 일정한 리듬이 소름 돋았다. 귀에서는 바흐 〈마태수난곡〉이 환청처럼 들려왔다. 실제로 나지 않는 소리가 마치 들리는 것처럼 느껴지는 환각 현상, 자연과 바흐가 준 선물이었다.

"저는 이 나무가 아주 예뻐요."

"이 나무는 소나무죠."

"아, 근데 정말 잣나무와 너무 비슷해요."

"자세히 보면 솔방울도 달라요."

"뭐가 다른가요?"

"소나무 솔방울은 동글동글하게 생겼고, 잣나무는 엉성한 타원형이라 자세히 보면 그 차이를 알 수 있어요."

그녀가 길고 가는 손가락을 쭉 펴서 솔방울을 만진다.

"소나무잎은 2개, 잣나무잎은 5개라 기억하기 편해요."

"하지만 저는 내일이면 잊을 거예요."

새색시처럼 걱정 없는 흰 피부에 윤기 나는 얼굴이 나를 뒤쫓았다. 신이 묘약을 주었다. 사랑이 서툰 사람에게는 달콤한 포도주만 주는데 서툴지 않은 사람에게는 산미가 강한 포도주를 준다. 사랑인가? 그녀와 함께 있으면 혼자 사는 괴로움을 떠나 하루하루가 일류 작가였다. 나를 괴롭히던 몸의 변화는 잔잔해졌다. 사랑이 아니었다고 말할 수 있겠는가? 온몸에 [24]미다졸람이 퍼지

---

24. 미다졸람은 벤조디아제핀계열에 속하는 약물이다. 뇌에서 억제성 신경전달물질의 작용을 강화시켜 진정효과를 나타내는 약물로 효과가 빠르게 나타나고 짧은 시간 동안 효과가 지속되므로 내시경검사나 수술 전에 진정 목적으로 사용되는 약물.

듯이 밤, 낮, 새벽, 동틀 녘 하루 종일 그녀가 날 지배했다.

먹색 남방을 입은 그녀와 걸었다. 숲의 산수국처럼 즐거웠다. 나의 유치한 말장난도 모두 받아 준다. 새들이 재잘재잘재잘재잘재잘거린다. 당신의 소리는 스믈스믈하다. 나는 스부적스부적.

"소나무 별명 그러니까 이명 아세요?"

내가 묻는다.

"책에서 본 것 같은데."

"작가가 뭐 그렇게 모르는 게 많아요."

"자꾸 이러기예요."

"어디 가서 책 읽었다고 하지 마세요."

"나무는 제가 잘 모르니까요."

"솔나무, 적송, 미송, 금강송 다 별명이고 잣나무는 홍송이라 그래요."

"잣나무가 상록침엽교목 중 가장 예쁜 것 같아요."

그녀가 말한다.

"잣나무가 예쁜 건 수피의 굴곡과 수간의 모양이 비율을 보면 나무마다 다르죠. 수피가 예술적으로 틀어진 모습도 잣나무에서 자주 느끼는데 오지 산속에 가면 종종 눈에 띄는 비현실적 수형의 생김새에 감탄을 자아내곤 해요."

"숲에서 나무 공부를 제대로 하니 집필할 때 참고가
돼요."

"나무는 제가 알려 드리고 집필은 영서 씨가 하니 저
도 공동 저자로 넣어 주세요."

"좋아요."

둘은 까르르 웃었다.

무슨 말을 해도 주고받을 수 있으니 그것은 사랑이었
다. '하하, 당신의 웃는 모습을 제 눈동자에 넣고 싶어
요.' 이렇게 말할까 하다가 멈추고 말았다. 날씨는 욱욱
청청했다. 새들은 또 재잘재잘재잘재잘재잘 울었다, 웃
었다. 우리를 감싸듯이 말이다. 너희는 사랑의 언어를
아는구나. 사랑한다고 말하고 싶었다. 우린 사랑하니까
이제 헤어질 수는 없는 것이다. 내 곁에 이렇게 있는데
프로젝트가 끝나면 선생님과 이곳을 떠나겠지. 쓸데없
이 불안한 생각이 간조와 만조 사이 바닷물이 육지 쪽으
로 들어오듯이 내 가슴에 침범했다. 하지만 그렇게 정이
들고 있었다.

연두색 모자를 쓰고 카키색 점퍼를 입고 코바늘로 뜬
굵은 흰 목도리를 칭칭 목덜미에 두르고 나온 영서가 나
를 쳐다보고 있었다. 주차장 옆 나무 창고에서 겨울 내
비용 장작을 쌓고 있는데 한참을 쳐다본다.

"나무들은 참 고맙죠."

영서의 목소리다.

"덥지 않으세요?"

목도리를 어이없다는 듯이 보며 말한다.

"여긴 어쩜 이렇게 서늘하고 춥죠. 한여름이 아닌 초봄 같아요."

"품종이나 역사까지는 모르지만 나무는 우리에게 위로와 휴식을 주는 것은 분명해요. 서울에 살면서 도시 외곽의 숲에 많이 갔었어요. 또 경기도 외곽 둘레길도 찾아다녔고요."

"잘하셨네요."

"소나무, 잣나무, 스트로브잣나무, 리기다소나무 다잊어 먹었어요."

"누구나 그래요. 매일 산에 다녀도 깜빡깜빡해요. 잣나무는 5월에 개화하며 [25]단성화예요. 천연 가습기로 솔방울이 좋다고 소문이 자자하죠."

나는 갑자기 식물 박사가 된 듯이 거침없이 말한다.

"신비로운 나무들이에요."

"산길을 다니다 보면 소나무는 꽃, 잎, 송진 모두 사용하죠. 소나무 아래 야생화를 심으면 잘 자라지 않아요. 우아한 독재자죠."

---

25. 동일한 꽃에 암술과 수술 중 한 가지만 존재하는 꽃.

"귀한 송이버섯은 얻을 수 있잖아요."

"잣나무는 열매를 식용하거나 약재로 매우 좋아요."

"고소한 잣을 먹을 수 있잖아요."

"빌려준 책 읽었어요?"

"도감이 참 좋았어요."

"어찌 이렇게 나무를 잘 아시죠."

"나무들은 나의 친구들이니 모를 수 있나요."

"결국 관심이군요."

"꽃도 십년은 키우며 아픈 시간을 견뎌야 화려한 꽃 송이를 보는 것처럼 자연도 우리 사람들의 관계도 그렇 잖아요."

"요즘 대관령에서 지내다 보니 자연 안에서 독립되고 처절했던 배고픔도 알고, 모르던 나무 이야기도 알고, 마을 사람들의 어려웠던 생활도 알고…… 제가 알지 못 했던 많은 것들이 이제서야 내 몫으로 찾아오는 것 같아 요."

"자연은 함께 살아야 몸으로 터득돼요. 지식으로 되 는 건 사실 어느 학문적 집합일 뿐이죠."

그녀는 동의하듯이 고개를 끄덕인다.

"자연은 엄마 같아요. 온유하고 모든 걸 다 주는 것 같지만 한번 화가 나면 굉장히 난폭해요. 보란 듯이 매 질해요. 모두 주는 것 같다가 하루아침에 정신 차리게 만들죠."

힘주며 말하자 영서는 나를 쳐다본다.

"아이, 제 눈에는 아름답고 예뻐만 보여요."

"맞아요. 아름답고 멋진 풍광이죠. 하지만 그건 옷차림에 불과해요. 겨울을 몇 번 나 봐야 이곳의 진가를 알 수 있다고 생각해요. 유명한 작가도 그 지방 사람들의 모든 삶과 애환을 느끼려면 사계절을 함께 지내봐야 한다고 하잖아요."

"그러니 영서 씨도 그걸 느낄 그날이 올 겁니다."

나는 피나무 갈림길에서 새로운 길로 청설모가 안내하듯이 걸었다.

"현대인들은 너무 바빠요. 자연, 자연을 좋아한다고 말하지만 정말 자연을 위하는 사람은 많지 않아요. 가질 수 없으니, 바로 갈 수 없으니 자연을 동경할 뿐이죠. 가치가 절대적으로 미화되지만 자연 안에서 산다는 것은 굉장한 고통이고 동시에 동경일 수 있죠."

영서는 듣기만 한다.

"지친 영혼을 달래는 숲. 그래서 저는 게스트하우스 손님들을 숲에 데려와요. 숲은 현대인들의 지친 정신과 육체를, 그들의 영혼을 닦아주고 치유해 주기 때문이죠. 사실 크고 작은 관계 속에서 얼마나 날카롭게 베이고 고개를 숙이나요. 야생의 치유와 위로는 대단하죠. 현대인들은 너무 바빠요. 모두 다는 아니겠지만 미래만 생각하고 현재를 즐기지 못하고 노후를 위해 달려가는 사람들이 안쓰러워요. 노후라는 그 문제가 언제부터 시작된 것인가요?"

숲의 언어들이, 자연의 언어들이 우릴 마중 나왔다. 걷다가 영서의 운동화 끈이 풀어지길 바랐다. 그녀가 쪼그리고 앉아서 운동화 끈 매는 것을 보고 싶었다. 아니 기회가 되면 내가 묶어주고 싶었다. 파란색 캔버스화는 심플했다. 늘씬한 키의 영서와 잘 어울린다. 자작나무 옆 개울가에 비친 영서의 긴 몸을 바라보며 자작나무 수피가 그녀의 육체 같다고 생각했다.

영서가 있었다. 나의 당신, 영서.

꿈에서 꿈을 꾸면 나는 현세라 믿는다. 손을 잡고 회화적으로 걷고 있었다. 그러니까 밤과 꿈 사이에서 뚜렷한 구별과 윤곽은 없어지고 단지 명암, 색채, 반점, 운동의 현상, 먹빛 구름만이 표현되었다. 꿈에서 손을 잡고 걸을 때 꿈을 꾸는 것처럼 느껴졌다. 소설에서는 둘이 여행이나 산책하러 가면 자동차가 고장도 나고, 집에 갈 버스가 끊기기도 하는데 영서와는 그럴 것이 하나도 없었다. 대관령이 집이자 별장이니 영화적 사고가 일어날 수 없었다. 하지만 어느 날은 파리지엔느가 되어 영화에서처럼 무릎과 무릎을 맞닿고 입술을 만지고 싶었다. 깊은 키스도 하고 싶었다. 두 번째 발가락은 어떤 느낌일까 궁금했다. 욕조에 따뜻한 물을 가득 받고 진한 버지니아 장미를 느껴보고 싶었다. 내가 변태성욕자는 아니지만 영서와는 그러고 싶었다. 자보가 주인공으로 나온 영화에서 주인공들은 욕탕에서 거품 목욕을 하다가 서로의 발가락을 만지고 노래를 불렀다. 사랑의 확장을 온몸 구석구석으로 했다. 자신들의 성을 만들어 성을 쌓았다. 온몸의 세포와 신경이 그녀를 위해 짜인 각본대로 움직였다. 그녀 앞에서 잘 보이려고 시를 밤새 읽었다. 국어 교육을 전공했지만 말 그대로 전공일 뿐이었다. 20대에 무엇을 알았단 말인가? 그냥 원서를 넣고 합격한 것이다. 지금의 정원사가 내게는 더 멋진 전공이었다.

다음 날 영서가 머무르는 게스트하우스 아래층 싱크대에 물이 막혔다고 문자가 왔다. 나와 단둘이 있을 때였다. 문자가 온 후 바로 가 봐야겠다고 하다가 전화를 한 통 받았고, 나도 모르게 한참 정원의 꽃을 바라보는데 갑자기 막힌 하수구 생각이 났다. 여름 정원이라는게 한번 취해 보기 시작하면 중독 상태로 빠진다. 나는 벨라와 정원의 꽃들에 취해 있었다. 나를 졸졸 쫓아다니는 벨라를 보면 시름도 잊곤 했다.

벨라는 대형견이다. 장난꾸러기다. 다부진 체구에 풍성한 털을 가지고 있다. 벨라에게 반한 건 우렁찬 목소리였다. 커다란 덩치에도 꽃밭에는 절대 들어가지 않았고 꽃 앞에서도 자존심이 있었다. 하지만 나는 꽃 앞에서는 배알도 없었다. 어느 꽃은 하루에도 수십 번 쳐다보았다. 훔쳐보았다는 표현이 적절할 것이다. 벨라와 꽃들의 유혹도 잠시 주인으로서 해야 할 일이 생각나 게스트하우스로 갔다. 단단한 자작나무 문이 반쯤 열려 있었다. 평상시 신발 끄는 소리가 없는 나는 조용한 발자국이라는 별명이 있다. 중문을 유령도 모르게 열었다. 라디오 수신이 어려웠지만 브람스 〈교향곡 2번〉이 들린다. 인기척 없이 안으로 들어갔다. 주방에 붉은색 싱크대는 배수구가 막혔는지 물이 반 이상 걸려 내려가질 않고 차 있었다. 영서가 혼자 뚫으려고 했는지 음식물이 조금 역류해 있었는데 불쾌하게 느껴지지는 않았다. 옆으로 콜마에서 사 온 인디쉬 블루 에스프레소 잔과 캔사스산 장미 문양의 홍차 잔이 가지런히 닦여져 있었다. 나는 평소처럼 내 할 일을 했다. 편백나무의 중후한 향이 공기를 지배한다. 당장이라도 바닥에 누우면 잠이 올 것이다. 막힌 배수구를 뚫으려고 가져온 공구와 약품을 아카시나무로 만든 싱크대 상판에 올렸다.

"이 간단한 것을."

나는 맥가이버처럼 혼자 중얼거렸다.

위층에서는 물 내려오는 소리가 났다. 영서가 샤워하는 소리였다. 나는 올라가고 싶은 욕망이 일었지만 큰일날 일이었다. 갑자기 물소리가 끊어졌다. 집밖으로 나갈까 하다가 주방 싱크대를 고치러 온 것이니까 그냥 계속 고치는 척하기로 했다. 심장이 뜨겁고 차가워지다가 갑자기 공황장애 걸린 사람처럼 두근두근하다가 내 목까지 더워졌다. 나는 딴청을 피우다가 샤워를 끝내고 나오는 영서의 반쯤 가린 몸을 보고 말았다. 벗고 있는 암고양이였다. 본능적으로 발목에 무슨 문양이라도 있나 확인하고 싶었다. 사춘기 소년처럼 머리만 2층 계단 쪽으로 돌리면 문양을 볼 것이었다. 가슴이 터질 듯이 두근거렸다. 그녀는 방으로 들어가지 않고 샤워실과 방 중간의 통로에서 커다란 흰색 샤워 수건으로 몸을 닦기 시작했다. 미리 나갔어야 했는데 이성이 본능 앞에서 깨진 것이다. 나는 눈을 크게 뜨고 귀를 토끼처럼 활짝 열고 움직이지 않는 마네킹처럼 숨도 쉬지 않았다. 어쩔 수 없이 보게 된 그녀의 하얀 피부, 긴 다리는 매혹적이었다. 참고 있는 들숨과 날숨을 내쉴 수밖에 없었다. 입안으로 달콤한 침이 고였다. 영서는 수건으로 몸을 닦는데 보란 듯이 허벅지까지 문질렀다. 검은 숲이 보일 듯 안 보일 듯 몽환적인 꽃이었다. 엉덩이를 닦는지 왼쪽 엉덩이와 오른쪽 엉덩이 사이에 수건과 마찰이 생겨나는 소리가 내 온 신경을 지배했다. 나는 고개를 돌려 배수구를 찾지 못하고 조각상 다비드처럼 꼼짝없이 서 있었다. 이제 영서가 부르면 어떤 말을 해야 하나. 아무 생각도 나지 않았다.

나는 사랑의 행위라도 할 듯이 거친 숨과 심장이 벌렁거렸다. 본능을 어떻게 감추어야 할지 이미 확인한 몸은 슥슥슥 고슴도치가 되었다. 그녀의 허리는 보기 힘들 정도로 아찔했다. 내 한 팔이면 충분히 감쌀 듯했다. 깎아지를 듯한, 인간이 정복할 수 없는 중앙 히말라야의 북단 고봉 K2의 남서벽을 보는 듯했다. 남자답게 야릇한 상상이 들었다. 아담하게 봉긋 솟아오른 연한 살구색 가슴은 풋풋한 향이 났다. 탐스런 살구색 복숭아 같았다.

몸을 다 닦은 그녀는 커다란 샤워 수건을 샤워실 안으로 던졌다. 샤워실과 마룻바닥에 한 발씩 홍학처럼 가늘고 긴 다리를 바닥에 디디고 고고하게 팬티를 입었다. 그녀는 방으로 날아갔다. 정신이 혼미해 일을 할 수 없었다. 그녀는 나오지 않았다.

14

파리에서 온 마리아쥬 프레르 홍차를 우려내 그녀에게 한 잔 건넨다. 영서의 왼손이 오른손 아래로 포개지며 찻잔을 받는데 손금이 투명하다. 운명선, 재물선, 생명선이 빛의 속도로 들어온다. 옅푸른색 찻 잔 소서가 나도 모르게 흔들린다. 그녀는 찻잔에 코를 갖다 댄다. 미간을 살짝 찡그린다. 차를 마시는 그녀의 옆 모습을 나는 훔치고 있다. 밤하늘의 잉크 빛 우주에다가 영서의 얼굴을 그리라면 나는 오리엔탈 백합을 하나 따 달 옆에 갖다 붙여놓고, 별을 정원의 작은 꽃으로 생각하고 달에는 영서의 얼굴을, 나머지 하늘에는 중간 화형의 꽃과 세상에서 없을 새로운 나무들을 그리며 푸른색으로 칠할 것이다. 샤갈의 밤하늘이 될 것이다. 정원에는 온갖 백합이 품종별로 요염하게 흐른다. 피소스테기아는 흰색, 벌가못은 붉은색, 프록스는 핑크색. 각양각색의 얼굴들이 연처럼 휘날리며 춤을 출 것이다. 정원 한가운데 그녀는 트렌스포머처럼 변신해 까막딱따구리와 춤을 추고, 벨라는 우리를 따라 올 것이다. 나는 어울리지 않을 턱시도를 입고, 그녀는 진한 녹색 이브닝드레스를 입고 화이트핑크셀릭스나무 옆에서 손을 잡고 정원을 걷고 또 걸을 것이다.

푸른 밤, 우리의 춤은 무죄에요
그 아래 백합이 피어있으니 더 무죄에요
달도 웃고,
나무도 웃고,
꽃도 웃지요
자 하나, 둘, 셋 다시 춤을 추어요

달빛이 푸른 7월의 밤 정원은 온통 여름 백합들이 지배한다. 백합의 눈은 달처럼 밝고, 백합의 코는 태양처럼 뜨겁고, 백합의 입은 별처럼 빛난다. 아마 여름 정원에 백합이 없었더라면 무슨 재미로 가드닝을 할지 나는 궁금하다. 농밀하고 진한 밤. 은하수는 정원에 뿌려진 꽃씨처럼 반짝인다. 달리아, 프록스, 피소스테기아, 아스틸베, 야로우, 이탈리아 해바라기, 히메노칼리스 모두 취해 있다. 꽃들은 밤에 취하고 나는 꽃에 취하고 밤은 정원의 몽환에 취해 이곳에 탐미적 밤을 내려 준다. 커다란 산사나무 아래 영서가 글을 쓰고 있다.

히메노칼리스 리리오스메는 밤이 되니 커다란 흰 거미처럼 창가를 기어다니고 있다. 히메노칼리스속 여러 품종들을 거미 백합이라고도 한다. 꽃색은 흰색이며 생김새가 독특하다. 구근 식물인데 나도 어렵사리 구했다. 습한 데를 좋아하니 정원에서는 힘들고 온실에서 키웠다. 흰 꽃이 움직일 때마다 진짜 살아있는 흰 거미같다. 외국에서는 설퍼 퀸이라는 연한 노란색 품종도 있다. 몇 해 전 설퍼 퀸 구근을 키웠지만 작년에 죽었다. 잘못 식재를 했는지 과습이었는지 구근이 썩은 듯했다.

나는 매해 새로운 꽃을 보여주기 시작했다. 누구에게도 없는 꽃을 심어야 직성이 풀렸다. 그것이 나의 자존심이라 생각하며 오랜 시간 동안 여러 신품종들을 구하기 시작했다. 올해만 하더라도 작년에 파종한 에레뮤러스가 각각의 화형과 빛깔로 놀라운 마법을 날마다 연출했다. 대관령에서 가장 실패를 많이 했지만 가장 신비스러운 히말라야 양귀비도 드디어 성공했다. 정말 역사적인 일이었다. 양귀비속 그러니까 파파베르 중 가장 좋아하는 식물을 꼽으라면 숙근양귀비지만 색 하나만큼은 메코놉시스의 그 푸른 양귀비를 따라갈 꽃은 없었다. 푸른 양귀비씨를 구해 파종 후 꽃을 보기까지는 십여 년이 걸렸다. 십 년은 실패의 연속이었다. 잔인했다. 그전에는 인터넷과 도감에서만 봤으니 얼마나 불행한 일인가?

1886년 히말라야로 선교를 갔던 프랑스의 신부가 히말라야에서 푸른 양귀비를 보고나서 전설의 꽃 이야기가 퍼진다. 하지만 살아있는 꽃이 아닌 이야기에 사람들은 푸른 양귀비의 존재를 믿지 않았다. 푸른 양귀비는 시간이 흐르며 전설의 꽃으로 여겨졌는데 1910년경 식물채집가 베일리가 히말라야에서 직접 푸른 양귀비를 서유럽에 전한다. 그러나 베일리 역시 푸른 양귀비를 책속에 눌려 말려진 상태로 가져왔기 때문에 직접 재배는 힘들었다. 1920년대 다시 히말라야로 날아간 영국의 식물학자 프랭크가 이번에는 아예 씨를 가져와 파종에 성공 후 전설의 히말라야 푸른 꽃이 영국 런던 한복판에서 피고 만다. 기적적인 일이었다. 콧대 높은 런던 사람들은 이렇게 칭했다. 동양에서 온 푸른 양귀비. 이 푸른 양귀비가 런던 템즈강 공원 일대에 푸르게 핀 역사적인 날이 있었다. '히말라야 푸른 양귀비 런던을 접수하다.'
나는 게스트하우스를 찾아오는 단 한 사람의 손님이라도 이 푸른 양귀비를 보여주고 싶었다. 그것도 씨를 유럽에서 구해 파종하니 얼마나 고귀하고 신비스러운 일인가? 나도 언젠가 '히말라야에서 온 푸른 양귀비가 대관령에 입성하였습니다.' 이런 말을 듣고 싶었다. 애석하게도 내가 푸른 양귀비를 살아있는 꽃으로 직접 마주한 건 영서와 선생님이 이곳을 떠나고서였다.

푸른 양귀비, 메코놉시스
당신은 어찌 이리 까다로운가
당신은 어찌 이리 아름다운가
나는 매년 곁을 맴돌기만 할 뿐

품에 넣지는 못한다오 그래서 당신은
푸른 양귀비. 히말라야 양귀비라 하지요
남들은 고산지대 히말라야에 핀 신기루라 하지요

하지만 당신은 푸른 양귀비를 닮았어요
영원히 피지 못하고 피는 신기루처럼

여름꽃의 여왕은 나무 백합이라는 품종이다. 보통의 백합보다 꽃이 훨씬 큰 대륜 종으로 거의 내 키 이상으로 자란다. 얼마나 거대한 백합 종인가. 그 옆에 서 있으면 나는 난쟁이 스머프로 변한다. 꽃대를 잡고 사진을 찍으면 가분수 백합 인형 옆에 내가 서 있는 모습이다. 우스꽝스럽기도 하고 거대하고 신기한 나무 백합의 형상에 감탄한다.

백합은 오리엔탈 계열을 시작으로 하이브리드, 아시안 틱, 롱지포룸 등 여러 스타일의 백합군이 자릴 하고 있는데 향은 사람을 질식시킬 수 있어 암고양이와 잘 어울린다. 우아한 볼륨과 프릴에 취해 여름 정원에 나의 마음을 바치듯이 다양한 백합들을 심었다. 나의 정원처럼 백합이 많고 탐스러운 개인 정원은 드물다. 여러 꽃과 몽상적 밤을 보내며 밤 데이트에 취해 있는데 영서는 읽던 책에서 무슨 인용구를 찾는지 종이를 먹어버릴 태세다. 무얼 읽고 쓰는지 어느 날 밤에는 몇 시간째 움직이지도 않았다. 차를 한 잔 더 내려 줄까 싶었는데 사양한다. 향이 좋은지 버지니아 장미 문양이 가득한 빈티지 잔에 코를 갖다 댄다.

영서는 한 스무 권 정도의 책을 가져온 것 같다. 마침 선생님도 없고 이때다 싶어 좋아하는 곡들을 여유 있게 들려주었다. 며칠 전 숲에서 선곡한 곡도 좋았는데 이렇게 밤늦게 단둘이 있으니 지상낙원이 따로 없었다. 선생님은 며칠 더 있어야 돌아온다. 어떤 정원이 선택받을지 궁금하다.

"선생님이 올해도 잘 선택하시겠죠?"

"최근 유행인 이즈네 디자인 풍을 손드실 기예요."

"저는 네덜란드 가든 디자이너 피터 아우돌프 스타일

이 될 것 같은데."

"글쎄요. 우리나라에서 피터 아우돌프 스타일이 맞을지 모르겠지만."

"화려함 안에 또 다른 자연 정원이 만들어지는 스타일은 굉장해요."

"저는 터키 채석장 같은 곳에 핀 들꽃으로의 회귀, 그런 자연 스타일이 좋아요."

"그럼 우리 어떤 디자인에 우승 트로피를 주실지 맞혀볼까요?"

"좋아요."

"그런데 왜, 등단은 안 하세요?"

영서가 갑작스럽게 화제를 돌렸다.

"저는 바람을 따라 글 쓰는 사람이에요."

"자유로운 영혼이란 말씀이죠?"

사실 신춘문예는 몇 번 떨어진 상태였다. 그녀 앞에서 솔직히 말하기가, 말할 수 없었다. 나랑은 맞지 않는다고 생각했다. 하지만 맞지 않는 게 어디 있나. 등단 작가라는 타이틀을 거머쥐면 좋은 것이지. 문예지 타이틀은 작가 지망생이라면 누구나 꿈꾸는 것이다. 영서는 이미 시로 내로라하는 신춘문예, 문예지 등단을 한 신인을 벗어난 중견 작가다. 등단한 시절 낸 책 세 권이 전부라 요즘은 왜 책을 내지 않았는지 궁금했지만 물어보지는 않았다.

"등단과 비등단은 자유지만 읽는 책을 보면 등단하기 좀 어려울 듯해요."

영서가 작정한 듯이 쏟아붓기 시작했다.

나는 순간 기분이 상했다. 찬물이 내 몸속에 들어오는 기분이었다. 그런데 영서의 말이라서 그런지 이내 기분이 괜찮아졌다.

"왜죠?"

그녀는 바로 대답하지 않았다. 몇 초 뜸을 들이다 말한다.

"글을 좀 두서없이 쓰셔서 그렇지, 차분히 깎고 다듬으면 가능성이 있어요. 욕심을 버리고 해보세요. 너무 철학적인 것은 대중성이 떨어지고 과한 은유를 넘치게 사용하는 것도 좋지 않다고 봐요."

"욕심은 없어요."

"아닌 것 같은데."

"없어요."

"마음속 착한 독재자를 펜으로 끌어내 원고지 위에 그대로 적으세요."

감정이 상했다. 그녀가 출간한 세 권의 책들을 모두 읽었다. 시집과 산문 아니던가? 아무리 등단 작가라 할지라도 나에게 '마음의 독재자' 운운하다니. 그것은 대가나 하는 말 아니던가? '당신이 뭔데 나한테 신춘문예를 시작으로 등단하라는 건가요.' 이렇게 말하면 더 큰 감정 싸움으로 번질 것 같아 말하지 않았다.

"저는 그냥 읽고, 생각하고, 끼적거리는 정도죠."

나도 모르게 비아냥 거리는 말투가 튀어나왔다.

15

〈한국조경디자인대회〉에 심사위원으로 참석하러 간 선생님은 잘 지내고 있다고 연락이 왔다. 벌써 덥다고 청정고원 대관령이 그립다고 했다. 우리는 선생님이 오면 올해 정원 디자인에 관해 이야기하며 창고에 보관 중인 포도주를 마시기로 했다. 오늘 밤은 바흐의 숲과 정원에서 음악을 듣거나 책을 읽는 대신 내 집에 영서를 초대하기로 했다.

"오늘은 저의 집으로 오세요. 신춘문예 얘기와 등단 후 이야기 좀 해주세요. 선배님."

그녀는 웃기만 한다. 미간 사이가 어쩜 저렇게 예쁜지.

작약이 필 때
당신은 다가왔지

풀 향을 가져온
당신은 나의 연인

"초대를 거절하면 혼자 집 보라고 하고 마을 친구네
놀러 갈지도 몰라요."

"그럼, 저도 따라갈게요. 진작 선배님이라 부르지."

"네. 선배님. 시인 선배님."

"단, 조건이 있어요. 음흉한 악마는 삭제시키세요."

"당연하죠. 오늘 밤 저는 문창과 후배가 되겠습니다."

우리 둘은 크게 웃었다. 저녁 8시에 만나기로 하고 가
까운 거리를 두고 헤어졌다. 그 사이의 거리만큼 그새
그리웠다. 나는 벨라를 목욕시킨다. 며칠 목욕을 안 시
켰더니 냄새가 났다. 나 혼자였으면 괜찮았을 텐데 영서
가 온다니 가장 급한 것은 벨라의 목욕이었다. 샴푸 중
가장 좋은 것으로 두 번을 사용했다. 벨라가 오늘 주인
이 미쳤나 하고 눈을 크게 뜨고 날 쳐다본다. 손놀림이
빨라진다. 벨라를 드라이기로 말리니 향긋한 냄새가 거
실에서 진동한다. 문도 활짝 열어 환기를 시키고 거실
소파 밑까지 구석구석 쓸고 닦았다. 포도주는 알마비바
를 꺼냈다. 대관령 살치살 스테이크를 준비한다. 살치
살 스테이크는 특별한 안주다. 가염 버터를 녹이고, 프
라이팬에 로즈마리, 아스파라거스도 함께 구웠다. 플레

이트에서 레스팅 5분 정도. 나는 웰던보다 미디움이 좋다. 영서도 좋아할 것이다. 정원에서 꺾은 오리엔탈 백합을 화병에 꽂았다. 유럽의 어느 산골 레스토랑 같다. 영서가 살로니 스타일의 고혹적인 이브닝드레스를 입고 왔다. 밤의 음악, 클래식 몇 곡을 이미 선곡했다. 로저스 사 스튜디오 1 스피커와 쇼팽의 〈녹턴〉은 최고의 조합이었다. 7월의 미풍 속에서 그 모든 것이 꿈의 유화였다.

나는 포도주 두 잔에 얼굴이 터진 토마토처럼 익어갔고 영서는 네 잔을 마시고서야 혀가 무너지기 시작했다. 현대적 감각과 자연을 투영한 듯한 로맨틱한 이브닝드레스 어깨선이 얇아 그녀의 어깨가 훤히 드러났다. 뽀얀 속살 위에 아슬아슬하게 걸쳐진 검은 브래지어 끈 한쪽이 어서 풀라며 나를 유혹하고 있었다. 영서가 술을 마실수록 검은 브래지어 끈은 내려갔다.

"아무도 없으니 다행이지. 레스토랑에 누군가 있다면 다들 저를 질투했겠죠."

"저는 질투할 외모가 아니죠."

영서가 단호하게 말했지만 그녀의 눈은 이미 포도주에 취해 반쯤 풀려있었다.

손가락만 까닥까닥. 마음은 이미 입김을 마신다. 의자

에서 일어나 바로 다가서면 둘은 섭씨 100도의 프라이 팬에 올려놓은 버터처럼 녹을 것이다. 따귀를 맞을 수도 있다. 그녀의 오른쪽 브래지어 끈은 이미 어깨 아래까지 흘러내렸다.

"그 검은 안전장치 좀 올리셔야 될 것 같은데요."

"왜 불안하고 설레세요?"

뜻밖이었다.

"일하다가 파트너끼리 관계 맺어 틀어진 인간들이 한 둘이 아니죠."

"우린 일로 만난 파트너가 아니죠."

"그럼 뭐죠."

사랑에는 타이밍이라는 게 있다.

"사람들이 실수하는 건 감정 때문이죠."

'저의 감정이 이미 치사량을 넘어섰어요.' 이렇게 말 했어야 했는데 나는 팔짱을 낀 채 잠자코 있었다. 갑자 기 선생님과는 어떤 관계냐고 물어보고 싶었다. 어떤 관 계길래 같은 공간을 쓸 수 있냐고. 하지만 나는 석 달 치 세를 받기만 하면 되는 주인장 아니던가. 여기서 말 을 잘못했다가는 모든 관계가 끝이 날 수도 있다. 사랑 한 만큼 다가서느냐 아니면 지금 이렇게 적당하게 좋아 하느냐 그것이 문제였다. 문제는 마음이었다. 그래. 사 랑, 더 하고 괴로워할 것인가? 그만하고 덜 괴로워할 것인가? 아니면 여기서 섹스까지 자연스럽게 갈 것인가? 관계와 감정 사이, 영서의 검은 브래지어 끈이 말해주고 있지 않던가. 순간 벨라가 멍멍 짖으며 내 다리 밑으로 엉덩이를 밀치며 들어왔다.

16

벨라가 웅, 멍, 웅, 멍, 웅, 멍. 목청이 크게 집이 떠나갈 정도로 짖었다. 선생님이 왔다는 신호다. 우리 셋은 반갑게 웃고 껴안았다. 하지만 영서와 나는 눈을 마주치지 못했다. 내가 뭐 실수한 것이 있나. 어제 너무 오랜만에 포도주를 마셨더니 정신도 육체도 혼미해졌다.

선생님은 올해 〈한국조경디자인대회〉에서 뜻밖의 정원 디자인에 우승컵을 줬다. 내가 보기에는 자연주의 정원의 대가 피트 아우돌프 스타일이 보이기도 했다. 네덜란드의 가든 디자이너 피트 아우돌프는 자연주의 식재 기법의 정원 열풍을 만든 장본인이다. 피트 아우돌프 자연주의 스타일은 아무래도 넓은 땅이나 대지 확보가 가능한 수목원, 국립식물원 혹은 지자체, 대기업 등에서 조성하기가 유리하다. 말 그대로 자연을 옮기려면 넓어야 하니까. 하지만 우리나라에서는 개인이 큰 정원을 소유하기는 생각보다 힘들다. 강원도나 지방은 또 사정이 다르겠지만. 작은 땅덩어리를 가진 우리나라에서는 전원주택에 사는 인구도 많지 않기 때문에 아파트 가드닝이란 말도 생겼다. 그래서 주로 관엽 식물이나 다양한 종의 제라늄 위주로 아파트 베란다에서 가드닝을 많이 하는 실정이다.

디지털에 지친 현대인의 마음을 달래고 받아 주려면 정원 안에 다양한 식물군, 숲속의 산책로, 안개, 나무 사이로 비치는 신비롭고 몽환적인 자연의 빛과 작은 호수까지 모두 필요하다. 드넓은 자연 정원을 축소해 놓은 현대 정원은 원예종들의 화려함을 뽐내고 있지만 산이나 숲의 자연스러운 모습이 함께 하지 않으면 인류가 꿈꾸는 진정한 자연주의 정원을 구현하기는 어렵다. 그런데 올해 우승한 디자인은 나의 마음을 사로잡을 정도로 자연을 축소해 놓은 듯했고 사초류와 글라스류의 조화가 신비한 분위기를 만들어 냈다. 개인적으로 사초류, 글라스류를 좋아하지는 않지만 유독 백록담 사초, 진도밀사초, 은사초, 보리 사초가 눈에 띄었다. 그리고 털수염풀, 흰색쥐꼬리새도 하늘하늘 섞여 멋진 정원을 연출했다. 선생님은 이제 정원 디자인도 바뀌어야 한다고 소리를 높였다. 영서와 나는 웃음을 참지 못하고 동양 정원 신봉꾼인 선생님이 이렇게 달라질 수 있는지 몹시 의

아해했다.

　존경하는 선생님이 이렇게 세월의 변화에 두 손을 드는 사이 나는 영국의 정신과 의사인 수 스튜어트 스미스가 쓴 《정원의 쓸모》라는 책을 읽고 있었다. 정원과 여러 식물이 인간과 우리가 사는 사회에 미치는 영향을 분석하고 식물이 인간의 정신에 어떻게 작용하는지 아주 세밀하게 적어 놓은 책이다. 오래전 읽은 에마 미첼의 《야생의 위로》 역시 우울증에 걸린 주인공이 정원과 숲에서 찾은 치유의 방식을 적었는데 나에게는 감동을 준 책이다. 이번에 선생님이 서울에 갔을 때 에마 미첼의 책을 영서에게 권했다. 어쨌든 이번 우승자에게 축하의 메세지를 보내기로 한다. 선생님이 서울에서 가장 맛있는 당근 케익을 사 왔다. 우리는 화이트 와인과 당근 케익으로 오랜만에 요란한 저녁 시간을 보냈다. 선생님이 심사를 보러 간 사이 영서와 정원에서 식물을 가꾸고, 음악을 듣고, 책을 읽고, 산책을 하면서 화양연화 같은 시절을 보냈다. 나는 국어 교육을 전공한 후 선생님은 되지 못했다. 하지만 내가 가장 하고 싶어 하는 정원 가꾸는 일에 대단한 성취감과 만족을 느끼고 있었다. 영서는 원예를 전공 후 작가가 되었으니 인연이었다. 인연이 뭐 별건가? 만날 사람은 만나고, 헤어질 사람은 헤어지고, 다시 만날 사람은 다시 만난다는 것. 그런 것이다.

나는 영서가 있는 동안 내가 어렵게 생각했던 시비법, 해충학, 채소육종학뿐만 아니라 작물이나 꽃을 수확 후 생리, 보관, 유통, 품질관리하는 법까지 조금 더 전문적으로 알 수 있었다. 확실히 취미로 키울 때와 전공으로 바라볼 때 다르다는 것을 알게 되었다.

나는 색감을 바라보는 눈, 색의 배합, 창의적인 디자인 구성, 식물 배치 등 누구 못지않게 타고난 감각이 있었다. 선생님에게 내색하진 않았지만 사실 선생님의 정원은 내 눈에는 멋지지 않았다. 대학에서 학생들을 가르치니 바쁜 것도 있지만 내가 보기에는 미적 감각이 없었다. 그리고 오래전 동양식 정원은 요즘 추세와 맞지도 않다.

선생님은 서울에 다녀온 후 정원의 여름꽃을 하루에 몇 시간씩 관찰했다. 그러던 어느 날 선생님이 뜬금없이 부탁을 했다.

"우리 영서 승마 좀 가르쳐 주면 좋을 것 같은데."

"저는 말 무서워요."

영서가 고개를 흔든다.

"그거 좋은 생각이네요."

"이 친구는 어려서 운이 좋아 승마를 했지. 물론 부상 때문에 일찍 접었지만 어려서 배운 운동과 자세는 평생 가잖아? 들어오는 다리 건너 들판에 풀어 놓은 말들은 다 이 친구의 소유지. 지인들이나 게스트하우스 손님들도 태워주고 가끔 이 친구도 타고 나가. 아마 영서는 이 친구 말 타는 것 보면 반하고 말걸."

"과찬이세요."

"꽃을 키운 것만 보고도 반했어요."

"그냥 취미죠. 뭘."

"동틀 녘에 혼자 말을 목욕시키고 말 다리를 관찰하다가 안장을 얹고 혼자 달리는 모습을 봤어요."

"말은 자주 운동을 시켜주어야 하고 발과 다리도 꼼꼼하게 관찰해야 해요. 또 배앓이도 하는지 주인이 잘 살펴보고 편자도 잘 있는지 확인해야 하죠. 은근히 관리할 일이 많아요."

"부자시네요."

"많은 사람이 오해하는데 말도 다 등급이 있어요. 올림픽이나 유럽 선수권 마장마술이나 장애물 선수용 말은 매우 비싼 건 사실이지만 퇴역마나 경주마 혹은 한라마 정도는 그냥 승용마라 생각하면 돼요. 가격도 몇백부터 다양해요."

"저는 말은 다 억대인 줄 알았어요."

영서는 말을 타면 잘 어울릴 것이다. 그녀를 위해 이미 여벌로 있던 승마복을 준비했다.

대관령은 선선하다. 7월이라고 해봐야 다른 지방의 5월 말이나 6월 초 정도니 얼마나 선선한가. 7월의 미풍은 얼마나 간들바람이 부는가. 말을 타면서 골바람과 꽃바람이 함께 불면 그녀도 좋아할 것이다. 바람이 영서의 이마에 쏘인다면 그녀는 환상의 빛으로 다시 태어날 것이다. 이천 평 정도 되는 넓은 대마장에서 그녀에게 말을 가르친다는 것은 설레는 일이었다. 선생님은 자기 제자를 맡겨 놓고 아랫동네까지 산책을 다녀온다고 했다. 아랫동네 산벚나무 할아버지와 바둑을 두러 가는 것 같다. 어제도 그곳에서 할아버지와 바둑을 두고 옹심이를 먹고 왔다. 산벚나무 할아버지는 농사를 짓지 않고 할머니가 돌아가신 후 홀로 지낸다. 마을에서 매우 조용하고 점잖은 할아버지다. 재밌는 건 할아버지가 마을에서 나와 유일하게 볼보를 타고 다닌다. 할아버지의 차는 구형 볼보 Xc90이다.

남들에게는 50회 정도의 기초 레슨을 그녀에게는 내 영혼을 불사르며 내가 아는 모든 것을 알려 주었다. 언젠가 그녀와 말을 타고 저 넓은 영혼의 들판까지 뛰어가리라는 목표가 머릿속을 지배했다.

"걷는 것을 4박자 평보, 조금 빠르게 2박자로 가는 것은 속보, 속보는 좌속보, 경속보가 있어요. 그리고 3박자로 뛰는 것을 구보라 합니다."

나는 있는 힘을 다해 기초부터 가르쳤다. 평소에 꺼내지도 않던 말의 역사, 품종, 습성, 자연인마술, 마술, 조련사, 마장마술, 점핑까지 다 얘기했다.

영서가 겁이 많을 줄 알았다. 그런데 말을 타는 것을 힘들어하기는커녕 매우 즐기는 모습이었다. 말은 호불호가 갈린다. 조련사가 리드선으로 잡아 주며 끌어주는 체험 정도야 누구나 할 수 있지만 기본기부터 말의 이해, 몸풀기, 균형, 포지션, 종아리로 타는 법, 고삐, 연결과 여러 가지 부조, 악벽까지 모두 알려주지 않는다. 본격적으로 승마를 시작하려면 시간을 오래 두고 교감을 빙자하여 말한테 상처도 받고, 호흡도 맞추고, 손을 잡고 춤을 추기도 해야 한다. 승마는 인내를 병행해야 말과 하나가 될 수 있는 매우 어려운 운동이다. 그녀는 아주 잘 따라왔다. 승마복을 입은 그녀의 몸은 마른 체형이었다. 몸에 밀착된 승마복을 입은 모습은 군더더기가 없었다. 등좌를 맞추는데 그녀의 긴 다리와 말의 긴 다리가 포개져 지구상에 새로운 종의 출현 같은 착각이 일어났다. 어깨부터 허리, 골반을 지나 엉덩이를 경유하여 발뒤꿈치까지 수직이 되도록 자세를 잡았다. 여성의 몸과 말의 알몸은 수려했다. 환상이 갑자기 몽정하듯이 스쳤다. 이미 내 눈으로 영서의 알몸까지 확인했으니 시선을 어디에 두어야 할지 몰라 힘들었다.

"말을 보내려면 왼발 부츠를 지긋이 말 왼쪽 배에 갔다 대면서 살짝 누르세요."

"이렇게요?"

"조금 더 과감하게."

"아니 이곳이죠?"

"본인이 생각하는 것보다 두 배 정도 더 힘을 주세요."

"이렇게요?"

"그건 아이들 장난이고요."

나는 영서의 발목을 보호하고 있는 부츠에 왼손을 갔다 대고 힘을 주었다. 그녀의 돌출된 복숭아뼈를 누르자 말이 무서워 겁을 먹었는지 남자가 예민한 곳을 누르자 떨린 것인지 사시나무 잎사귀처럼 부들부들 떨었다.

"뭘, 이걸 가지고 떠세요."

"제가 떨었나요?"

"당신의 불안이 심장을 관통해 발에게 말하고 있잖아요."

"……"

"무릎 힘 빼세요."

"이거워요."

"다시 이렇게요."

"아니 힘들어요."

"말이 간을 보잖아요. 더 세게 하세요."

"다시, 다시, 다시."

내가 큰 소리를 내자 그녀가 어쩔 줄 모른다. 말이 간을 본다. 이미 고삐 연결은 고사하고 더 이상 과감하게 다루지를 못하자 말은 자기의 상대가 안 된다는 걸 바로 알아차리고 꾀를 부리며 쉬려고 한다. 말도 산전수전 다 겪었기 때문에 기승자 싯팅과 고삐만 보면 바로 눈치챈다. 나는 이때다 생각하고 영서에게 내리라고 말하며 하마를 시켰다. 처음 말을 배울 때는 말을 타는 것이 아니라 말과 호흡하는 정도다. 말에게 끌려간다는 것이 정확한 표현이다. 말에게 얹혀가거나 말에게 간보임을 당한다. 말은 굉장히 영리한 동물이다. 지구상에서 가장 아름다운 육체를 가진 동물이다. 말은 교감이 없으면 움직이지도 않는다. 당근과 채찍이 필요하다는 것은 말에게도 연애편지를 잘 써줘야 한다는 뜻이다. 동물도 그냥 넘어오질 않는다. 말에게 배신과 상처도 받는다. 남녀 관계도 그렇지 않은가? 정말 말을 사랑하게 되면 사람의 관계처럼 된다. 그런데 말과 영서라니. 그것도 내 앞에서, 내 눈앞에서 참 신기한 일이 펼쳐지고 있었다.

오후에 한 40분 기승했다. 말도 조금 지치고 기수도 더 이상 말을 보내지 못하니 말도 사람도 눈치를 본다.

몸에 착 달라붙은 진한 밤색 승마복을 입은 그녀의 몸은 말과 하나의 선으로 연결되어 있다. 싱크대를 수리하러 들어간 그날처럼 나체로 말 위에 앉아있는 듯했다. 영서의 긴 목덜미와 허벅지가 말 다리보다 더 아름답게 보였다. 바람막이 지퍼 뒤로 그랜드캐니언 같은 쇄골이 훤하게 보인다. 몇 번의 기승을 마치고 그녀가 어설프게 엉거주춤한 폼으로 내린다.

"잠시 의자에 앉아 계세요."

"정신없어요."

"어렵죠."

"무슨 말인지도 모르겠어요."

"말은 강아지나 연인에게 대하듯이 순하게 다스릴 때도 있어야지만 어떻게 보면 지배해야 해요. 저도 처음에는 말에게 상처를 많이 받았어요. 아니 상처가 뭐예요. 어떨 때는 써클 운동을 해야 하는데 그게 되겠냐고요. 800킬로그램의 거대한 동물이 직진하는데 저는 술에 취한 놈처럼 비틀비틀, 15미터에서 5미터로 원을 그리고, 다시 5미터에서 15미터로 원을 그리고, 다시 원운동을 하며 싯팅, 기좌 훈련을 많이 했어요. 죽어라 했어요. 안 됐어요. 안 되더라고요. 포기할까 했어요. 그런데 늘 우습게 봤던 동물조차 다루지 못하면 과연 세상을 어떻게 버티며 살 수 있을까 하는 생각이 들었어요.

날씨가 매일 좋나요. 눈이 오고, 비가 오고, 바람이 불고 그랬어요. 그것이 생각보다 어려웠습니다. 말에게 지배당하기 일쑤였죠. 말은 로데오 치며 떨어트리려고 하고, 가끔 앞발도 들고, 그래서 부상도 당하고, 하루는 수장대 옆 느티나무 아래서 나무를 손바닥으로 치며 울기도 했어요. 정말 안 되더라고요. 하지만 전 말을 사랑하게 되었지요. 꽃을 사랑하듯이요. 내가 한 말에 말을 빼고 '꽃' 자를 집어넣어도 똑같을 겁니다. 사랑은 정말 지독하죠."

그날 나는 왜 그렇게 열변을 토했을까? 알 수 없었다.

그녀는 의자에 털썩 앉으면서 포카리스웨트를 집어든다. 긴 손가락이 캔을 한 번에 낚아챈다. 운동 신경은 나름 좋은데 살짝 상체가 말린다. 몸은 가벼운데 아직 초보다보니 말과의 신경전은 고사하고 전형적인 속보도 못한다. 경속보에서 엉덩이가 내려올 때 두 번 터치가 된다. 말의 빠른 반동을 몸이 받질 못하니 벌어지는 현상이다. 앞 발가락에 힘이 들어가 엉거주춤 가까스로 일어난다. 좌속보도 말이 빨라지면 엉덩이가 또 찍어대니 말도 불편해한다. 승마를 배우는 초보의 전형적인 모습이다.

나는 보란 듯이 양손을 벌리고 말 안장 양쪽을 한 번

에 잡고 기계체조 도마 선수가 점프하듯이 올라탄다. 승마 부츠를 신지 않고도 그녀 앞에서 말을 다스리는 능력을 보여주려는 오만함도 들어가 있다. 영서 앞 아니던가? 길고 긴 마장마술 채찍을 하나 뽑아 말 등 위에서 다양한 기술을 부릴 수작이다. 일부러 타자마자 긴 마장마술 채찍으로 왼쪽 뒷다리 위 펑퍼짐한 엉덩이를 내려치자 말은 화들짝 놀라 0.1초 만에 재갈을 물고 튈 태세다. 순식간에 1톤의 무게가 기중기처럼 급하강한다.

내가 탄 말은 지젤이다. 지젤 번천. 슈퍼 모델 다리를 닮아 그렇게 부른다. 박차를 살짝 말의 배에 갖다 대자 말은 서 있다가 용수철처럼 바로 달려 나간다. 곧바로 구보를 하는 건 어느 정도 말과의 교감이나 밀당할 수 있는 기술이 있어야 한다. 보통 속보를 하다가 구보를 하는데 말이 뛰어나거나 기수 실력이 좋으면 서 있는 상태에서 바로 구보를 할 수 있다. 좌속보를 하다가 갑자기 구보하고 다시 속보로 떨어뜨리고 이행한다. 나는 양쪽 고삐를 좌, 우로 팽팽하게 긴장을 준다. 말의 컨디션이 좋다. 벽 쪽으로 붙어 운동하고 싶어 왼손 새끼에 힘을 살짝 주고 왼발은 벽을 만들어 마장 중앙으로 나가지 못하게 했다. 말은 나의 종아리와 발목 신호를 알아챈다. 엉덩이 밑 골반 아래에서 힘을 준다. 왼쪽 엉덩이, 오른쪽 엉덩이부터 양쪽 발목까지 물컹 물컹거린다. 몇 바퀴를 좌속보로 돌다가 코너에서 바로 하프 패스(Half-pass), 플라잉 체인지(Flying change)를 한다. 영서는 계속 쳐다본다. 말도 나도 몸이 풀렸다. 반대 방향으로 말을 이끈다. 말도 땀이 난다. 순식간이다. 꿈쩍하지 않을 것 같은 말은 기승자와 교감, 기승자의 기술에 의해 지배당한다. 나는 20분 정도 말을 타고 사뿐히 내려왔다.

"와우, 말 위에 매달린 푸른 나비 같아요."

나는 웃고 만다.

다음 날, 꽃은 심지도 않고 승마 레슨을 한다. 말이 레슨이지 연애편지를 적는 심정이다. 하지만 말과의 훈련이라 때로는 거칠게 때로는 섬세하게 다루어야 한다.

"속보하는데 엉덩이가 벌써 저러니. 뭐, 어쩌겠어. 더 기다려 봐야지. 시간을 좀 더 주자고."

혼자 중얼거린다.

"좌속보도 그래, 반동을 서서히 받고 하나가 돼야지. 무슨 골반만 저렇게 설렁설렁."

말 앞에서는 그 누가 타도 정확한 시선과 균형을 가지고 있어야 한다. 잘못하면 목숨이 걸린 문제라고 나는 생각한다.

나는 예민하고 날카롭게 그녀에게 말한다.

"경속보도 손에 힘이 너무 들어가 있어요. 그리고 업,

다운하면서 좀 부드럽게 털고 일어나야 해요. 왜 그리 말을 탈수록 겁이 많아져요. 의자에서 일어나는 게 버릇이 되어 있어요. 바로 위, 아래로 일어나야 하는데. 그리고 어깨, 골반, 등판, 손목, 손등, 발등, 발바닥, 발뒤꿈치, 허벅지 모두 힘을 빼고 하나가 되어야 해요. 더 힘을 빼요. 어깨, 엉치뼈, 뒤꿈치 모두 수직이 되게요. 말을 엄마라고 생각해요. 어렸을 때 엄마의 등에 업힌 것처럼 편안하게 생각해야 하는데 왜 그리 겁이 많은지. 말을 타고 시를 쓴다고 생각해 보세요. 참 답답하죠. 말을 타고 춤을 추는 거예요. 승마는 정말 정직한 운동이니 더 노력하세요."

이제 며칠 안 되었지만 그녀를 언젠가 들판에 데리고 나가야 하니 기수를 훈련 시키듯이 혹독하게 마음먹고 가르쳤다.

17

며칠 후 영서와 나는 마을 친구네로 갔다. 노루오줌이 새털처럼 고산지대 공기 위에 펼쳐져 있었다. 마을 친구가 우리를 반겼다. 안경잽이. 나는 그를 안경잽이라고 불렀다. 늘 그레고리 팩 검정 뿔테안경을 썼다. 까칠하고 말은 없지만 나와는 눈빛만 마주쳐도 단짝인 친구였다. 옆 동네에 사는 그 친구는 산을 좋아하고 종종 말을 타는 대관령 인디언이다. 그는 그녀가 인사를 해도 받는 둥 마는 둥 받지 않는다.

"어떻게 둘이 좋은 시간 보냈어?"

그가 묻는다.

우리는 저녁을 먹기로 했다. 트럭을 타고 깊은 산에서 내려오는데 백두대간은 핏빛으로 물든다. 자작나무와 낙엽송이 한들한들 웃고 있다. 트럭이 읍내에 다다르자 제법 사람이 보인다. 감자전과 옹심이를 먹고 영서와 안경잽이 둘은 소주 한 잔, 나는 제로 콜라를 마셨다. 저녁 식사는 화기애애했다. 식사 후 산에 있는 그의 집으로 올라가는 길은 첩첩산중 칠흑이다. 트럭이라 그런지 악셀을 밟는 대로 거칠게 나간다. 내 구닥다리 장난감 같은 차와는 비교가 되질 않는다. 우리는 미화시키지 않아도 즐거웠다. 시간은 빠르게 지나갔다.

안경잽이가 말을 탄다. 그의 목장은 꽤 넓다. 그날 난 은근히 그에게 질투심이 들었다. 말이나 되는 것인가? 그에게 질투하다니. 난 그날 알 수 없는 열등감에 시달렸다. 안경잽이는 나보다 말을 잘 탔다. 평생 말을 탔으니 비교 자체가 되질 않지만 대신 그는 우아한 예술미는 없었다. 산을 능숙하게 잘 타는 그에 비해 나는 꼬마 어린이 같았다. 그러니 그의 남성미에 난 바보처럼 굴었다. 안경잽이가 말 위에 앉아 있으면 목각 인형이 앉아 있는 듯하다. 어떠한 말이 와도 그의 자세는 똑같다. 그건 말을 많이 타보고 경험이 많다는 것이다.

영서가 나에게 묻는다.

"오늘 좋았죠?"

"우린 괴로운 시간이었어요."

"나물도 캐고 좋았잖아. 하여간 이 친구는 니악하고 왜 이리 생각이 많은지."

안경잽이는 평소 말투대로 거칠게 몰아부친다.

"나약하지. 인간은 나약한 동물이잖아."

"책만 보고 똑똑한 척해도 자연에서는 바보도 그런 바보들이 없지."

안경잽이가 잽싸게 말한다.

"그래."

"이러다 싸우겠어요."

"난 척 보면 아는데 뭐 그렇게 뜸을 들이는지."

"넌 평생 산에서 살았잖아."

믿지 못하겠지만 종종 흐릿한 먹빛과 달콤한 달빛 아래서도 셋은 말을 타고 나갔다. 그의 마을에도 드넓은 들판이 많아 이국적인 풍광을 원하면 그쪽으로 가서 말을 탔다. 졸참나무 아래가 우리들의 놀이터였다. 어느 날은 안경잽이가 부르는 지역 방언으로 된 노래와 시를 읊고, 어느 날은 산라면을 먹고, 어느 날은 영서가 준비한 샌드위치를 가지고 그 나무 아래로 달려갔다. 자연과 함께하니 많은 음식은 필요 없었고 우리는 그날의 풍경이 최고의 음식이었다. 하루는 깨나무 군락지에서, 하루는 곰치가 가득한 계곡에서, 어느 날은 시도 돌아가면서 읽고 감명 깊게 본 영화를 이야기하며 셋은 친하게 지냈다. 옌롄커의 소설에서나 나올법한 안경잽이의 화전민 마을 설화 같은 이야기들을 믿을 수 없이 생생하게 들었다. 눈이 올 때 그 풍광에 빠져 백석의 함경도 방언으로 된 〈백화〉를 읊으며 우리는 문장을 훔쳤다. 종종 들판을 걷고 트레킹하며 오지 협곡에도 들어가고, 어느 날은 숲속 우리만의 아지트에서 세상을, 인간을 비판하기도 하고 예나 지금이나 변하지 않는 에고이즘과 우리 마음을 털어놓기도 했다. 그 안에 대관령 대자연이 있었다.

18

이브가 소형차 헬레나를 끌고 집으로 갔다. 새로 나온 전기차는 20분이면 충전이 끝난다. 세월이 무섭다. 6G 시대라 비행기 안에서도 지상에서처럼 성냥갑만 한 스마트폰을 고성능으로 사용할 수 있다. 우리나라도 곧 달에 도착한다니 믿기지 않는다. 하지만 이런 오지 산골은 체감 속도가 둔하다. 멀리 나무들은 그대로다. 창밖의 말들이 뛰어논다. 지금은 전성기가 지났지만 말은 말이다. 후루시초프가 신경질을 내며 먼저 달리자 지젤은 갈기를 휘날리며 뒤를 쫓는다. 커다란 얼음 경기장에서 아이스 댄싱을 하듯이 경사가 있는 방목장을 미끄러지지 않게 달린다. 후루시초프와 지젤은 낙엽송 군락을 지나 금강송이 매혹적으로 자리하고 있는 방향으로 달리고 있다. 잠시 눈을 감았다, 감았다가 뜨다가. 푹 자질 못하니 힙노스가 내게 찾아와 주사를 한방 놓아준다. 편백나무 향이 가득한 낯선 방에서 눈이 감긴다.

나는 반게로프, 내 이름이다. 발이 네 개다. 배는 무척 불룩하다. 눈은 귀 아래 옆에 커다랗게 있고 몸은 언제나 온기 가득 찐밤색 털로 뒤덮여 있다. 내 심장은 불타는 로켓으로 변하기도 한다. 몸무게는 850킬로그램이다. 경주장에서 뛰다가 폐출혈이 와 이 산골로 내려왔다. 고향은 네덜란드 어느 시골 마을인데 가족들과 헤어지고 비행기 타고 사계절이 뚜렷한 동방의 나라로 왔다. 여기 사람들은 성질이 급해 말도 느긋하게 키우질 못한다.

경주에서 바로 성적을 내지 못하면 퇴출이거나 채찍을 들기도 한다. 동물의 세계가 다 그렇겠지만. 성질 급한 사람은 머리통을 때리기도 한다. 발로 허벅지를 깐다. 아주 기분 나쁘고 불쾌한 행동이다. 우리나라에서는 동물보호법으로 당장 잡혀간다. 내가 화풀이 대상인지 어느 조련사 놈은 날 부츠를 신은 채로 무릎 주위를 때렸다. 난 큰 키를 으스대며 그놈을 노려보았는데 이놈이 더 화를 냈지 뭐야. 가소로웠지만 참았다. 사실 우린 피부가 두껍고 털로 중무장 되어 있어 아무리 때려도 충격이 없다. 쇼할 뿐이다. 귀찮아서. 날카로운 채찍으로 때리면야 모르지만. 사람의 성격에 따라 우리를 다스리는 법도 다양하다. 참 재미있다. 인간과도 친해지면 친구처럼 지내기도 한다. 여성들은 우리를 남자 친구 이상으로 대한다. 그래서 우리도 인간을 잘 만나야 한다. 나는 경마 대회에서 미친 말처럼 뛰었다. 매 대회마다 무리하게 뛰니 코피를 흘렸다. 정말 심장이 터지도록 불화산처럼 달렸다. 1군에서 몇 승도 하고 잘 나갔다. 하지만 그놈의 부상에 우리 말들도 인생이 바뀐다. 내 친구들이 이곳에 온 사연도 다양하다. 기증 한 말, 팔려 온 말, 부상으로 온 말, 누가 타다가 놓고 도망간 말, 어느 여성이 애지중지 보살핀 말, 누가 영업하려고 폼으로 산 말, 남들 타는 것 보고 강아지처럼 생각하고 산 말, 대형 승마장에서 뛰다가 후구나 패출혈 부상으로 내려온 말.

나를 사랑한 그는 스메타나 오페라 〈팔려간 신부〉를 좋아했지. 그는 내 등에 올라타 오페라 아리아나 간주곡, 서곡을 즐겼다. 그 사람 때문에 문화적인 말이 되기도 했다. 나의 이름은 주인을 잘 만나 '슈만'이었는데 이곳 산골에서 우리 품종을 사랑하는 친구가 나의 이름을 '반게로프'로 바꿔주었다. 나에게 반게로프라니. 예전 이름 '슈만'은 경마 기수가 타는 말이나 서커스단에서 몸과 영혼을 파는 말이 아닌 고상한 말이었다. 가끔 몸을 판다는 표현이 좀 웃기지만 우리는 몸을 담보로 밥을 먹고 산 것이다. 나는 악벽이 있다. 심리적 갈등에서

A Forest for Bach

오는 악벽이다. 사시나무처럼 예민하니 겁도 많다. 후구가 완벽하지 않다. 왼쪽 대퇴부도 통증이 심하다. 인간 같으면 병원이라도 가볼 텐데 여기까지 퇴출당해 온 내 몸을 누가 그리 알아주랴. 동물의 인생이 뭐 그러하겠지만. 살처분 당하는 소나 닭, 돼지도 있는데 그래도 우린 좀 상황이 나은 편이다. 인간들도 딱하긴 마찬가지다. 어느 해 인간 세계에 불어닥친 바이러스가 우리 말들에게는 다가오지 못했지. 사람들은 마스크를 쓰고 내 차례가 아니길 기원했지. 그들은 똑똑하고 영리하지만 겁은 또 얼마나 많은지. 그러면서 컴퓨터나 로봇을 만들기도 하다가 바이러스에 비실대고 자연을 좋아한다며 온통 자연을 헤집어 놓는다. 하여간 재미난 종들이다. 지구와 인류발전에 기여도 했지만 지구를 파괴하기도 했으니 알 수 없는 동물이다. 사랑한다면서 파괴하는지……. 이중 성격은 인간이라는 동물을 따라갈 수가 없다. 나를 타고 지배하려고 수 많은 인간이 쇼를 했다.

이곳 산골로 퇴출당한 우리는 그를 호기심 많은 인간 종이라고 부르기도 한다. 매일 이곳에 각설탕과 당근을 가져온다. 하지만 이곳의 말들이 이렇게 각각의 목장에서 일을 하고 밤마다 모이는 걸 모를 것이다. 그는 따뜻한 말을 자주 해 우리 말들이 좋아한다. 마음이 여리고 따뜻하다. 손님들이 놀러 오는 게스트하우스, 꽃이 많은 정원, 음악 감상실을 운영하는데 이번에는 무언가 또 차렸으니 정말 특이한 성향의 남자다. 아무래도 내가 보기엔 여성의 감성을 훨씬 능가하는 남자다. 하지만 외모만 보고 판단하는 것은 이르다. 가끔 우리들의 몸을 보고 혼자 웃는다. 뭐, 혼자 있으면 린다 에반젤리스타, 신디 크로포드, 케이트 모스, 카를라 부르니 등 우리와 비슷한 몸매를 가진 슈퍼 모델이 다 나온다. 그러나 그는 날 반게로프라 부른다. 난 다리가 길고 허벅지가 두껍고 엄청나게 크고 광폭한 성격 때문에 그렇다. 주로 여성들이 날 좋아한다. 외모가 멋져서 그렇다고 믿는다. 나는 흑각설탕을 좋아한다. 그도 각설탕을 좋아한다.

가끔 나도 수말이다 보니 여성 기승자가 오면 너무 신나고 반갑다. 머리가 흑갈색에 어깨는 아담하고, 개미허리, 작은 할로윈 호박만 한 엉덩이, 짧고 굵은 허벅지와 다리를 가지고 내 등 위에 올라타 나를 지배하려 한다. 골격이 커 봤자 인간종이다. 가끔 체구가 작은 유소년들이나 마른 여자들을 태우면 깃털을 내 등에 얹어 놓은 것 같다. 또 조금 체격이 크고 통통한 남자나 여자들이 힘으로 위에서 아래로 쿡쿡 찍어대며 나를 가지고 놀려고 하는데 기본기가 없으면 어림없다. 나는 그런 인간들을 경멸한다. 보통의 사람들은 자기 실력도 없이 허리를

A Forest for Bach

찍어대니 내 친구들은 더 예민해지고 말을 듣지 않는다. 인간들이 귀찮게 하면 참고 참다 다들 머리, 어깨, 등, 엉덩이, 뒷발을 이용해 신경질을 부린다. 교감은 어렵다. 몸과 마음이 교감이 되어야 한다. 인간 세계의 청춘 남녀를 보면 바로 알 수 있다. 일부러 그렇게 하기도 힘들 텐데 하여간 하루 종일 찍어댄다. 온몸에 힘이 들어가 있으면서 옷은 뭐 어울리지도 않게 입고 입만 동동. 무슨 말이 어쩌고저쩌고, 반동이 다르고 저쩌고, 컨디션이 안 좋다느니. 하지만 그는 늘 무릎과 허리도 만져주고 쓰다듬어 주고 날 자기 여자친구 이상으로 대한다. 그는 외로움을 많이 타긴해도 내 고향 네덜란드의 할아버지를 닮았다. 할아버지 이름은 홀쇼프다. 튤립을 참 좋아했다. 나는 고향 알크마르에서 초원을 뛰어놀며 자랐다. 고향의 정경은 이곳 못지 않게 평화롭고 아름다웠다. 나는 그 들판의 야생화들을 많이 먹기도 했다. 다시 돌아간다면 그 누런 들판의 제비꽃과 홍색 민들레를 먹고 싶다. 네덜란드 우리 마을에도 베겐호프 가든쇼가 있는데 언젠가 할아버지가 나를 데리고 가든쇼까지 걸어갔다. 그는 내 등 위에 탔는데 굉장한 멋쟁이다. 시내를 지나 마을과 마을 외곽을 연결해 주는 돌다리를 건널 때 많은 사람이 우리를 보고 함성을 질렀다. 할아버지는 나를 데리고 나갈 때 늘 목욕도 시키고 갈기도 따 주었다.

집에서 나가기 전 항상 본인은 흰색 남방과 베이지색 승마 바지를 입었다. 그리고는 체크무늬 멜빵을 곱게 차고 연녹색 얇은 핸드메이드 울 조끼를 흰 남방 위에 입는다. 조끼 위로 자신이 좋아하는 스카프를 두른다. 마지막으로 중후해 보이는 모직 승마용 코트를 걸치고 중절모를 쓴다. 네덜란드 할아버지도 무언가 컬렉션 하는 걸 좋아하는 사람이다. 아 피곤하다. 인간들은 무언가 컬렉션 하는 걸 좋아한다. 뭘 저렇게 모아두는지 자기들끼리 난리다. 우리는 그들이 애지중지하는 물건 위에 똥도 싸는데 백 년, 이백 년도 지난 것을 두고 거래하니 참 웃긴 종이다. 하여간 코리아란 나라에 온 나는 우울했다. 여기 한라마, 더러브렛, 루시타노 종들이 나를 따돌렸다. 내 외모에 다 선빵을 날리는 듯했다. 일부러 나를 두고 뒷발차기도 하고, 자기들끼리 나를 둘러싸고 밥 먹을 때 내 밥통을 일부러 밟고 지나갔다. 뭐, 인간 세계든 동물 세계든 다 텃새와 서열 문화가 있다. 인간들이 몰라서 그렇지 말들의 세계는 서열이 더 강하다. 하지만 우리는 치장하지 않고 알몸으로 대결한다. 그들이 우리의 언어를 모르는 게 천만다행이다. 우리 주인은 비밀이 있다. 인간종들에게는 말하지 않은. 하지만 나는 알고 있고 여기 친구들도 안다. 하지만 말할 수 없다.

나의 조상들은 [26]달리 아라비안, 바이얼리 터크, 고돌핀 아라비안이다. 나의 고귀한 친구들이 이 지구상에 참 많다. 달리 아라비안은 튼튼하며 순발력이 뛰어나다. 바이얼리 터크는 주로 흑갈색이 영국에서 많이 살고 있다. 터키와 영국의 전쟁 중 바이얼리 대위가 포획하여 기병용으로 활용했다. 고돌핀 아라비안은 북아프리카 모로코 왕이 프랑스의 루이 14세에 선물한 종이다. 아랍 반도가 원산지인 아랍말들도 있다. 이 녀석들과 뛰어놀 때 참 좋았다. 아랍말들은 전 세계에 분포하는 친구 중 오래된 말이다. 참을성이 많고 귀티가 줄줄 흐른다. 현재 많은 경주마, 승용마의 모체가 되는 몸값이 비싼 친구들이다. 하여간 내 친구들은 지구상에서 가장 우아한 종족인데 인간들은 자신들이 더 우아하다고 한다. 러시아 슬라브 계열들 여성들은 우리처럼 미모가 뛰어나지만 그래도 한계가 있다. 영국이 원산인 샤이어는 정말 예쁘고 덩치도 크고 맘모스 같은 친구다. 이 넓은 들판은 이 나라에서 보기 어려운 수십만 평의 초원이다. 우리들 놀이터이자 삶의 자락이자 일터이다. 우리도 자주 일을 한다. 어떨 때는 쉬고 싶은데 쉬는 날도 일을 한다.

---

26. 바이얼리 터크, 고돌핀 아라비안과 더불어 서러브레드의 3대 시조 중 한 마리. 증손주 대에서 전설적인 경주마이자 종마인 이클립스가 나왔다. 현재 존재하는 서러브레드의 90% 이상의 직계 시조가 되었다.

며칠 전 나, 명가수 사파이어, 날센돌이 수프라모, 고집 센 하늘이, 챔피언 미주, 점잖은 영웅이, 촐랑이 그리고 할아버지 말 황제 모두 전나무 숲이 우렁찬 초록 들판 안에서 수풀을 뜯고 있었다. 후루시초프와 지젤은 오지 않았다. 우리에게는 맛있는 점심이자 간식 시간이었다. 대관령 대자연에서 살다 보니 풀은 지천이다. 마사회나 도시 근사한 승마장처럼 고급 사료나 과자는 없지만 우리에겐 너무나 훌륭한 자유 공간이다. 심장이 터지도록 마음껏 달릴 수 있으니 얼마나 좋은가.

각각의 구역에서 일을 하던 우리는 우리들만 아는 산 정상에서 만났다. 대화는 유쾌했다. 날센돌이 수프라모가 말을 꺼낸다.

"아이고, 이제 추워질 때도 됐는데 말 타는 인간들이 계속 오네."

"허리가 휠 것 같아. 너무 힘든데 주인은 돈벌이에 혈안이 되어있지."

수프라모가 짜증 내는 투로 말했다.

우리의 명가수 사파이어가 에헤헤헤, 에헤헤헤 소리를 지르더니 한마디 한다. 이 녀석은 마장마술을 하던 말인데 유명한 승마장에서 이곳으로 왔다.

"우리 주인도 돈벌이가 중요하지! 목장 운영비에, 우리 사료비에, 자기 술도 마셔야 하고, 지역 후원 회비도 내야하고."

사파이어는 덩치가 큰 웜블러드 종이라 걸음걸이가 우아하고 승마의 예술이라는 발걸음과 마술 기술이 좋다. 발레하는 말이다. 목소리는 성우처럼 중후하다. 주인을 잘못 만나 그 기술이 다 발전되지는 못했다.

그러자 성격이 더러운 고집 센 하늘이가 바로 쏴붙인다.

"그는 손님들을 많이 데리고 와. 뭐 우리도 운동을 하니 좋긴 한데 그놈의 초보자들은 왜 이리 겁이 많은지. 어제는 어느 여성 초보자를 데리고 왔길래 좀 심통이 난 것처럼 좌, 우로 스텝을 밟으니 무서워 소리를 지르는 거야. 이곳에 와서는 도도한 척 공주님인 척 다하더니."

하늘이가 심통이 난 것처럼 말했다.

점잖은 친구 할아버지 황제가 말한다. 황제는 이제 사람의 나이로 치면 80대 할아버지다.

"그래도 아가씨들은 귀엽기라도 하지. 그제 잘난 체하는 아저씨가 온갖 폼은 다 잡고 나를 채찍과 박차로 힘차게 찼어. 당당히 버티다가 아니꼬와서 뒷발을 찼는데 겁을 먹고 비틀거렸어. '말이 이상하네' '말이 말을 안 듣네' 하더니 자기 와이프에게는 '오늘 내가 컨디션이 별론가 봐' 하고 내리더라고."

늙은 황제는 숨도 안 쉬고 폭주기관차처럼 말한다.

"인간 종들은 허세와 폼의 왕이지. 예술 한답시고 부모 등골 휘게 하는 사람들도 있잖아. 물론 근면 성실한 사람도 있지만 자기 잘난 맛에 살지. 우린 이렇게 알몸으로 춤도 추고, 달리기도 하고, 풀만 먹고, 넓은 초원에서 뒹구는데……."

황제는 더 거칠게 콧등에서 날숨을 압력밥솥 김처럼 뿜어냈다. 챔피언 예쁜 미주가 말한다.

"야, 얘들아, 어느 칠칠이는 마술에 걸린 중에도 나를 가지고 운동 한다고 냄새나는 골반을 흔들어 대서 아주 혼났어. 또 어떤 아저씨는 한 열흘은 안 씻었는지 담배 냄새, 땀 냄새가 섞여서 너무 불쾌했어."

모두 웃었다.

"히히히힝~ 히히히힝~"

며칠 전에도 나는 몇몇 다혈질 말들과 회의를 했다. 저 녀석이 늘 우리 뒤통수를 때리는데 다 밀어붙여 대관령의 모든 말들과 탈출할까? 여기 목장에서 탈출하면 옆 동네에 있는 그쪽 말들에게 가자꾸나. 그쪽 말들과 함께 황병산 넘어 백두대간 따뜻한 남쪽으로 갈까?

미주가 말한다.

"그래, 한 번 들이받든지 해야지. 뭐, 자기들은 좋은 것 많이 먹으면서 우리에게는 늘 이것저것 사료만 주고 등이 휘어지게 일만 하지. 정말 신물이 난다."

다른 친구가 말한다.

"여긴 우리가 뛰어놀 수십만, 수백만 평 초원이 있잖아. 다른 데 잘못 가서 못된 인간들에게 잡히면 우린 다 뼈를 어떻게 하니, 고기를 어떻게 하니, 아니면 마차 끄는 말로 팔려 갈 수도 있고, 그것도 아니면 도시의 비좁은 승마장으로 가 마방에서 갇혀있다가 생을 마감하게 될 수도 있다니까."

"여기서는 뭐 일 안 하나."

하늘이가 다시 이야기한다.

"그래도 어디 가면 좀 대우는 해주겠지. 밥도 질 좋은 것으로 먹을 수 있고. 기분 안 좋으면 꿀밤을 때리는데 난 다시 한번 그러면 들이받든지 아니면 일부러 로데오를 해 낙마시키려고."

"참아야 해. 우리 모두 주인들과 조련사가 채찍으로 때릴 수도 있어."

"다 들고 일어나자고. 인간들 이제 잘난체하는 꼴도 못 보겠어."

"자연을 사랑한다면서 강풍 부는 곳에서 무슨 산악회에서 온 사람들이 정신이 있는지 없는지 라면을 끓여 먹질 않나. 담배꽁초는 산에 버리고 동물을 좋아한다며 동물들은 쇠창살에 가두고 돼지와 소는 도축해 먹질 않나. 저번에 보니 양도 잡더라고."

"어떻게, 어떻게."

가장 얌전한 영웅이가 말한다.

"다른 마을 그 인간이 우리의 친구인 양을 도살하는 걸 봤어. 지난달 마을에 [27]금음(琴音)이 내 귀를 사랑스럽게 할 때 달이 정말 밝았지. 바람은 고요하고 수풀과 잣나무들은 얼마나 회화적인지 잎 휘날리는 소리 하나 들리지 않았어. 먹과 점, 선과 경계만이 보였지. 그가 저녁을 줄 때 난 상수리나무 언덕에서 혼자 풀을 뜯고 있었지. 너희들이 밥 먹으로 뛰어갈 때 나는 가지 못했어. 누가 멧돼지나 고라니를 잡으려고 했는지 커다란 덫을 이곳에 설치해 놓았는데 뛰다가 살짝 걸렸어. 다행히 발톱은 깨지지 않았고 큰 부상은 없었지만. 살짝 절뚝거리며 비탈진 언덕으로 내려갔는데 어느새 해가 서쪽 능선을 넘어가더라고. 너희들은 집에 들어가고 나만 배가 고파 쩔뚝거리며 혼자 마장 옆 대마장 구석에 남은 밥을 먹고 어슬렁거리다가 후미진 계곡에 자릴 잡았어. 그냥 그곳에서 자야겠다 생각했지. 해가 끝이 뾰족한 산으로 넘어가고 어두컴컴해지자 그놈이 나타났어. 곧바로 창고에 들어가더니 연장통에서 칼, 목을 감는 두꺼운 줄, 망치, 피나무 몽둥이와 가방, 커다란 양동이를 가지고 나오더라고. 침을 두 번 뱉고 담배를 피우더니 양들이 모여있

27. 거문고 소리.

는 우리로 들어갔어. 한 5분 후 양들이 비명을 질렀어. 눈이 가장 작은 통통한 엄마 양이었어. 이름이 미키였나? 그놈이 커다란 손으로 엄마 양 미키를 끌고 나왔어. 그 인간에게 미키는 끌려가지 않으려고 허리 뒤로 있는 힘을 주며 발버둥을 쳤지. 다른 양들은 눈물을 글썽이며 미키를 쳐다보았어. 참 불쌍하다 했어. 울부짖는 양들이 삼삼오오 짝을 지어 어떻게 해보고 싶었지만 피나무 몽둥이에 다들 겁에 질려 벌벌 떨고 있었지. 아기 양은 오줌을 줄줄 싸더라고."

"몹시 나쁜 놈이네."

하늘이가 다시 말한다.

"그래 그놈은 그러고도 남아. 맨날 술에 절어 살잖아."

"그래서 어떻게 됐어?"

"나는 눈을 껌벅이지도 않고 숨어 봤어. 미키를 데리고 졸참나무 뒤로 끌고 갔어. 나무가 두 그루 있잖아. 거기에 그 엄마 양을 묶으려고 하는 것 같더라고. 이미 몽둥이로 두들겨 맞고 목이 두꺼운 끈으로 묶인 상태라 다리가 휘청휘청했어. 그놈이 나무 뒤로 가더니 묶여 있는 미키의 뒷다리 정맥을 끊어버리자 피가 바닥에 줄줄 흘렀지. 얼마 후 미키가 축 처져 늘어져 있더라고. 그놈이 작은 칼로 미키의 가죽을 능숙하게 벗기기 시작했어. 정말 잔인하고 끔찍했어."

우리는 흥분했다. 다들 연장이라도 들고 습보로 뛰쳐나갈 태세였다. 인간 세상을 향해 투쟁할 이유가 점점 많아졌다. 말 털군복을 입고 강철같은 말발굽과 거대하고 육중한 알몸으로 단단히 무장한 분기탱천한 혁명군이었다. 깃발을 들고 전진하는 부대, 실전에 강한 장애물 부대, 마장마술 부대, 산악트레킹 부대. 우리 모두 흥분했고 거친 숨소리에 살기가 감돌았다. 이제 벽과 울타리를 뚫고 집을 부수고 차고에 불을 지르고 이 평화롭고 때론 어두운 계곡과 산속을 뛰쳐나가기 일보 직전이었다. 대장 말의 명령만 남았다. 하지만 문제는 서열 1위 대장말이 패출혈 때문에 뛰지 못했다.

기다림의 시간이 길어지고 투쟁의 목소리가 줄어들기 시작했다. 흐린 먹빛 눈이 내렸다. 눈을 뜨자 벨라가 내 옆에서 자고 있고 비가 내리고 있었다.

"넌 왜 내 흉내를 내니, 벨라"

"나야 뭐 가끔 네가 불쌍해서."

벨라가 짖는다.

"인간들이 불쌍하다고. 주인도 불쌍하고."

"우리 사는 게 그리 자랑할 것이 못 돼."

"사실 인간들은 소통을 가장한 불통쟁이들이지. 지구

상에서 유일하게."

"아, 나도 사실 그건 인정해. 우리가 만들어 놓은 각각의 법과 규율만 봐도 그렇지."

나는 벨라의 족집게 같은 소리를 인정하지 않을 수 없었다.

"자연을 좋아한다며 자연을 파헤치고 자연을 사랑한다며 자연을 망가트리고."

벨라가 숨 가쁘게 짖는다.

"난 벨라 너의 민첩한 움직임과 지치지 않는 체력이 늘 부러워."

"말 돌리지 마! 주인장은 왜 산에 있는 야생화를 다 캐다 심는지……."

"난 오늘 운동하기 싫어."

"알았어. 벨라 오늘은 우리 쉬자."

벨라는 가끔 나와 자기를 혼동한다. 자기가 이곳의 주인행세다. 나를 보고 늘 응응댄다. 벨라는 한겨울에 폭설이 와도 끄떡없다. 벨라는 전기세 걱정, 수도세 걱정, 물 걱정, 난방 걱정, 폭설 걱정, 장마 걱정, 세금 걱정, 충치 걱정, 관계 걱정을 하지 않는다. 그러니 나를 얼마나 딱한 눈으로 볼까. 어느 날 낙엽송 군락지를 지나 벨라와 손잡고 멋진 동물들이 있는 곳으로 갔다. 오래된 집까지 가는 길 내내 우린 생강나무에 핀 노랑꽃을 보며 걸었다. 다른 방으로 이동한다.

눈이 오기 시작했고, 그렇게 말들이 내 머리 위를 지나갔다.

19

촛불이 활활 타다가 껌뻑껌뻑한다. 나의 눈도 물고기처럼 껌뻑껌뻑한다. 무겁긴 해도 아직 어둠만 보이지는 않는다. 어둠만 보이면 어떻게 될까? 빛이 없겠지. 빛이 없어도 당신은 보이겠지. 혼자서 창밖을 보니 아무도 없다. 1층으로 내려가니 아무도 없다. 내 살림집을 보니 아무도 없다. 게스트하우스에 가도 아무도 없다. 정원에는 유령만 가득하다. 고요하다. 가끔 당신만 정원을 거닐고 있다.

어느 해, 내가 늙기 시작했다. 몸의 변화가 시작된 것이다. 무엇보다도 갱년기가 오니 한 달은 발기도 되질 않았다. 그리고 무기력증이 찾아왔다.
와, 신이시여. 무기력했습니다. 인생이, 저의 삶이 결국 이거였나요? 무기력, 무기력에서 헤어날 수 없었다.

죽고 싶었다. 아니 몸이 그쪽으로 유도했다. 밤, 그 밤의 멍함 속에서 나는 몇 시간을 잔 것 같은데 깨어나면 삼십 분, 한 시간, 푹 잔 것 같은데 눈뜨면 기껏 한 시간 정도 지나 있었다. 기분이 나빴다. 몸이 불쾌했다. 육체와 정신이 녹았다 사라졌다 물텀벙이가 된듯했다. 미원을 마시고 시궁창에서 수영하는 기분이었다. 이유 없이 쇠사슬에 묶여 개같이 끌려갔다. 아무리 운동해도 기분이 좋아지거나 무기력한 마음이 사라지지 않았다. 다리의 근육은 탄력이 없었다. 육체적 변화, 정신의 변화도 괴로웠다. 나의 뇌는 정밀한 신호로 돌아가는 오케스트라 단이다. 슬픔, 기쁨, 행복, 우울, 불안을 추진하는 기관이 바이올린, 비올라, 첼로, 관악기, 금관악기 파트처럼 각각의 충실된 역활이 있는데 어느 한 곳이 고장이 난 것이다. 황홀한 선율이 흘러야 할 곳에서 뒤죽박죽 불협화음이 나오니 견딜 수 없었다. 나의 몸과 뇌가 그랬다. 지금은 차라리 혹사한 몸의 후유증으로 육체는 불편하지만 정신은 그때보다 더 좋은 듯하다. 그때는 정신이 지배당했다. 이제 노인의 몸은 볼품이 하나도 없다. 볼륨감이 하나도 없다. 여기저기 아파 이브에게 요양 받는 처지지만 사실 더 편안했다. 누가 나에게 청춘으로 돌아갈 것인가 묻는다면 다시 돌아가고 싶은 마음이 하나도 없다. 환갑쯤이 내 인생의 마지막이었으면 좋겠다는 생

각을 일평생 했다. 더 살아서 무얼 한단 말인가? 인생은
한 번이면 족하다. 이제는 목에서 무언가 걸리는지 자꾸
가래와 헛기침이 나온다. 눈은 모든 게 희미하게 보일
뿐이다. 일찍 찾아온 붉은 점들은 견디기 힘들었다. 겪
어보지 못한 사람은 알 수 없었다.

20

"이렇게 깎아지를 듯한 산이 있네요."

"칼산입니다. 사연이 많은 산이에요. 6.25 때 총알받이 한 한이 많은 산이지요. 귀촌하고 얼마 지나지 않아 어디 국방부인가? 군인들이 유해 발굴을 하러 왔었어요."

나는 기다렸다는 듯이 이야기한다.

"이 산에는 어떤 동물이 사나요?"

당신은 묻는다.

"멧돼지 목욕탕이 있어요."

"네? 멧돼지 목욕탕이요?"

그녀가 커다랗게 놀란 눈으로 되물었다.

"멧돼지요."

"멧돼지가 살아요?"

"그럼요. 여기는 멧돼지들의 서식지잖아요."

"아……."

나는 멧돼지 말고도 뱀, 다람쥐, 청설모, 고라니, 노루, 너구리, 오소리, 까마귀, 들고양이, 여우, 나비들. 셀 수 없는 여러 동물과 곤충들이 숲에 산다고 말했다. 인간들도 숲에 살았다고 하지만 동물들의 주거지가 숲이며 숲의 주인은 동물이라고 강조했다. 영서는 고개를 끄덕이다가 메모한다. 숲속을 걸을 때마다 취재하는 기자 같다. 그녀도 글을 쓸 때 이 숲에서 메모한 지식과 경험에서 영감을 얻을 것이다. 나는 오래전에는 곰과 호랑이도 살았다고 했더니 그녀는 믿을 수 없는 표정을 지었다.

"저는 칼산을 영혼의 산이라고 불러요."

"영혼의 산이라. 점점 심각해지는군요."

"영혼의 산에는 우리나라에서 보기 힘든 많은 나무와 야생화들이 있어요."

"맞아요. 이곳의 특산 식물은 매력 있어요."

가냘픈 그녀의 목소리가 빙글빙글 메아리쳐 산 가까이 벌통을 돌아 내 귀에 들려왔다.

국사성황당을 끼고 백두대간 줄기로 올라가면 선자령 가는 길이 있다. 숲을 혼자 걷는데 바람이 굉장했다. 낙엽송과 전나무가 얼마나 휘청거리는지 무서운 강풍에 가지가 꺾여 내 머리로 쓰러지면 어떡하나 할 정도의 요란한 소리가 펼쳐졌다. 혼자 걷기에 <u>으스스</u>하고 바람 소리는 갈수록 둔중했다. 담배꽁초 하나면 모든 것을 초토화시킬 냇바람과 노대바람이 세차게 불었다. 산에는 갓 피어난 노랑제비꽃이 그들의 존재를 거침없이 산죽과 속새 사이사이 보여주고 있었다. 그날은 이상하게 바람 소리에 질감이 있었다. 멀지 않은 거리에서 나는 멧돼지의 숨소리였다. 나도 몰래 몸이 경직되었다. 그 순간 세찬 바람이 내 엉덩이를 만졌다. 깜짝놀라 엉겁결에 고개를 돌렸는데 멧돼지가 보였다. 서로 눈이 마주치고 말았다. 순식간에 일어난 일이었다. 그날 숲속에서 마주친 멧돼지 세 마리는 잊을 수 없다. 서로 놀라 미친 듯이 뛰었다. 멧돼지들은 자기들끼리 계곡 아래로, 나는 무거운 카메라 가방을 메고 계곡 위로 눈썹이 휘날리게 달음질 쳤다.

"내가 태어나서 가장 빠른 날이었어요."

"아, 듣기만 해도 땀이 나요."

언제부터 강원도 아리랑과 방언은 나의 시였다. 무뚝뚝한 말투는 이곳의 환경을 닮았다. 뒷산 칼산을 오르거나 내려올 때 무언의 암호로 즉흥 가사를 읊었다. 칼산 중턱을 오르면 칼같이 깎아 놓은 듯한 경사가 아찔하다. 검고 괴상하게 생긴 붉은 암석이, 인고의 세월에 세수한 화강암이 이곳의 서글픈 역사를 세월이라는 난해한 명

제가 아닌 실존의 표상으로 확인시켜 주었다. 돌을 디디며 이런 생각이 들었다. 석영과 장석류를 주성분으로 하는 대관령 지방 화강암은 얼음장처럼 단단했다. 늙은이는 아직 꿈을 꾼다.

이브가 오랜만에 찾아왔다. 여자는 오늘따라 기분이 우울해 보인다. 이브가 레코드판을 올리자 바흐의 선율이 공간을 지배한다. 기억은 아련하지만 포개지기도, 쪼개지기도, 떨어진 조각을 붙이는 일처럼 어렵기도, 얼음처럼 녹았다 다시 붙이 붙기도 한다. 한 이 주간 몸 상태가 좋아 그녀를 볼 수 없었다. 삼 일에 한 번 이브가 온다. 내 집에는 이제 아무도 올 수 없다. 아무도 오지 않게 다 틀어막아 놓았다. 영서, 선생님, 그리고 만났던 수많은 친구들 모두 바람처럼 다가왔고 바람처럼 떠났다. 선생님은 어떻게 살고 있을까? 그때 내가 조금 더 과감하게 영서를 붙잡았으면 어땠을까? 내 젊을 적 음악을 나 대신 선곡하는 여자는 매우 예리한 시선과 안목을 가지고 있다. 영서, 이브 모두가 스쳐 지나간다. 이브를 다시 보니 내가 한참 건강했을 때 이 집에서 만났으면 어땠을까 한다. 한때 듣기만 하면, 보기만 하면, 읽기만 하면 모두 외워버렸던 멍청한 솜씨를 가진 나의 모습을 보는 것 같다.

"이브."

"네, 선생님."

"나는 그 선생님이란 소리가 세상에서 제일 싫어요."

"내가 세상에서 가장 경멸하고 때론 좋아한, 때론 싫어한 단어 하나가 '선생'이오."

"그냥 별명을 불러 주세요."

"'클래식 할아버지'요."

우린 웃는다.

"할아버지 좋네요."

"아직 젊으세요."

"아니요. 환갑이 낼모레인데 늙었어요."

"이렇게 젊은 할아버지가 어디 있나요?"

그녀가 미소를 짓는다.

"그리고 결혼도 안 하셨잖아요."

이브가 오니 호박 같은 얼굴에 미소가 돈다. 그녀는 정말 바흐 음악에 매우 탁월한 감각을 지니고 있다. 그녀가 꺼내 놓은 앨범을 쳐다보는데 점점 보이질 않는다. 그녀는 이제 간호사가 아니라 나의 전담 음악 DJ 같다. 어젯밤에는 능청맞게 그녀와 탱고를 추고 싶었다. 내 나이에 그녀와 탱고를 추고 싶었다니. 탱고는 실수할 게 없다. 우리 인생이야 실수투성이지만 말이다.

내가 천장을 응시하는 동안 그녀는 무릎을 포개고 책

을 보고 있다. 산장을 떠날 시간이 되었는데도 자기 무릎에서 책을 내려놓지 않는다. 존 버거의 《결혼식 가는 길》이란 책이다. 아직도 책의 문장이 기억에 남는다.

"제 꼴이 엉망이에요. 지노가 뭐라고 할까요? 봄에 지하실에서 꺼낸 묵은 감자 같아요. 삶으면 불쾌한 단맛이 나죠. 피부도 부어 있어요."

지금의 내 모습 같다. 독특한 화법의 불친절한 구성은 다중 화법으로 때로는 아름다운 슬픈 서사를 돌아가며 말한다. 존 버거는 절묘한 작품을 우리에게 선사했다. 이브는 어떠한 생각으로 저 책을 읽는지 물어보고 싶은데 턱을 괴고 책을 응시하는 뒷모습에 다분한 슬픔이 묻어 있다. 언젠가 이브와도 이별하겠지. 내가 결혼했으면 이제 저만한 딸이 있어도 무방한데 세월이 너무 빠르고 폭풍 같다고 생각한다. 은숙이가 마지막 일을 하러 내게 다가온다. 차각, 차각 발걸음 소리가 난다.

21

억새 사이로 쏟아지는 별을 받아 마셔본다. 대관령의 밤은 우아한 거짓말이었다. 노르웨이 트롬쇠처럼 아름다운 밤이 연출되었는데 그곳에 반해 나는 이곳에 왔을까? 커다란 달 같은 호수, 쏟아지는 바람의 군중, 너무 촘촘해 그 끝을 포기하게 만든 우주의 꽃별, 끝이 보이지 않는 너른 들판, 동물과 인간, 자연에 존재하는 비밀스러운 약속, 홀로 사는 고독, 들꽃이 준 고유한 색채. 커다란 달이 나의 마을 칼산 아래까지 벌겋고도 희게 비추어 주고 은빛 윤슬처럼 놀라운 은하수를 보여 준다. 나의 고독한 마음을 별은 시기하거나 질투하지 않고 늘옆에서 다독거려 주었다. 밤 비행기를 타고 홀로 가던 그곳은 매우 정적이고 아름다웠다. 우주의 자연적 연출을 모두 볼 수 있는 잣나무 아래서 나는 숫자를 세었다. 나무는 모두 나와 어깨동무를 하는 친구였고 달이 우아한 낭만적 춤을 추는 칼산 일대는 영혼의 산, 나의 절친이었다. 나의 고유한 산책로 중 1번으로 부르기 시작한 만첩해당화 군락지에는 가끔 당신도 초대가 되었다. 어느 날 숲에 가면 침엽수 가지 소지가 꺾일 듯이 흰 눈 냄새가 났고 설레는 마음은 늘 '흰' 앞에서 맹세를 했다. 혼자 가는 하늘은 매력적이었다.

혼자 살다 보니 아무런 방해도 받지 않았다. 자유는 돈으로 해결되는 것도 아니고, 휴가로 해결되는 것도 아니고, 예술로도 해결되는 것도 아니고, 그냥 숲에서 자연과 홀로 지내면 가능했다. 활자화된 선비 같은 책, 자연에서 기보된 음악, 엄마가 준 튼튼한 다리, 중독된 바람, 애수에 찬 태양. 이것이면 백만 불짜리 사색이 가능했다. 도시에서는 무언가를 하려면 쫓기는 게 많았는데 여기서는 두세 가지를 포기한 대신 수십 가지의 꿈꾸던 자유를 얻었다. 도시에서는 소음을 피하기 위해 얼굴을 찌푸리고 돈을 들여야 한다. 좋아하던 스피커도 산골에 와서야 제 실력을 발휘했다. 바이올리니스트의 신들린 듯한 연주가 섬세한 귀에 들렸다. 피치카토를 두들기는 소리가 막 하나 없이 얼음 깨지듯이 투명하게 쏟아져 나왔다. 자연에서 기보된 소리는 자연을 닮아 더 자연스럽게 나왔다. 자연스럽게 리듬이 생기니 글도 잘 써졌다.

아침에 눈을 뜨니 새들이 반긴다. 뒤척일까 하다가 시계를 본다. 발기된 성기를 바라보다가 왼손으로 만져본다. 딱딱하다. 규칙된 생활은 이곳의 새들과 똑같다. 매일 걷기를 하고 밤에는 거의 술을 마시지 않고 특별한 일이 아니면 밤 10시에서 11시 사이에 잠을 청한다. 호숫가를 바라보며 조깅을 하고 말을 조련한다. 도시에서 받는 출퇴근 스트레스를 받지 않는다. 매일 타잔처럼 숲에 들어가 침팬지도 만난다. 아직도 양쪽 허벅지는 철근같다. 남성의 고민인 발기 컴플렉스는 상상할 수 없다. 아마도 내가 결혼했으면 딸 셋은 만들었을 것이다. 기지개를 켜고 물을 끓인다. 지하 200미터에서 끌어올린 지하수로 깨끗하게 샤워하고 물을 한 잔 마신다. 아주 오래된, 내 나이보다 더 오래된 진공관 앰프를 가열하고 엔리오 모리꼬네 할아버지의 음악과 바흐 〈프랑스 모음곡〉을 들으며 그날 할 일을 노트에 메모한다. 오늘은 자작나무 아래 빈 구역에 잔디를 걷어내고 정원과 텃밭의 경계를 확실히 할 예정이다. 그러기 위해서는 붉은 고벽돌이 좀 필요해 주문해 두었는데 어제 도착했다. 어제는 오랜만에 그가 찾아와 커피를 한 잔 내려 함께 마셨다. 우편배달부였다. 그는 마을 소식을 전하고 면 소재지 소식도 알려준다. 나는 그에게 작은 종이 가방 하나를 건넨다. 책이다. 잉크색 포장지를 곱게 잘라 황마끈으로 둘둘 말고 정성스럽게 편지도 한 통 썼다. 우편배달부 곰은 싱글벙글한다. '곰'이라는 별명은 그가 키가 크고 덩치가 산만 하고 몸은 느려 내가 붙인 애칭이다. 씨로 파종한 깻잎과 상추를 따 산채 비빔밥을 만들어 먹었다. 점심을 먹고 뒷산에 가서 수형이 근사한 개암나무와 신나무가 어느 정도 화려해졌는지 확인해 볼 것이다. 산에 들어가면 매일 감탄한다. 어떻게 사람이 전정하는 것도 아닌데 한 치의 오차 없이 수형이 완벽하고 잎은 풍성한지 인간의 개입 없이도 질서정연한지 놀라지 않을 수 없다.

1960년대 빙앤그뢴달 엠파이어 찻잔을 하나 꺼낸다. 초콜릿 향이 깊은 에스프레소를 한 잔 진하게 내리고 창밖의 꽃을 바라보며 몸의 불편한 것들을 숲으로 보낸다. 정신의 혼미함도 육체의 통증도 사라진다. 잠시 바람을 느끼며 명상한다. 나는 가끔 혼자 피아노를 치기도 한다. 아무도 없는 밤, 쇼팽 〈에뛰드〉를 연습한다. 물론 누구 앞에서 연주할 실력은 아니다. 세탁해야 할 때는 물탱크실에 있는 세탁기를 이용한다. 삼일에 한 번 세탁하는데 혼자 살다 보니 세탁물이 많지는 않다. 예민한 코를 가진 나는 냄새를 싫어해 늘 깔끔하게 세탁하려고 한다. 마을 사람들을 자주 만나지는 않는다. 성격 자체가 누굴 만나 이야기하거나 들어주는 걸 피곤해하고 에너지 소비가 많아 특별한 일이 아니면 혼자 지낸다. 귀가 예민해 사람들을 많이 만나면 실신하기도 한다. 귀는 눈꺼풀이 없고 닫지 못하니 듣지 않는 게 더 편할 때도 있다. 혼자만의 여백이 좋다. 혼자 내려와 산 지도 꽤 오래되었는데 고독의 시간이 좋다. 고독이 좋다는 건 어떻게 보면 이기적인 사람의 고백일 수도 있다. 인간은 또 괴상한 군서동물이라 마음이 바뀌기도 한다. 하지만 가끔 눈치 없는 것은 타고난 거라 고치려고 하지도 않았다. 세탁을 끝내고 집 뒤에 있는 잣나무 언덕에 가면 까막딱따구리가 날 반긴다. 소나무와 잣나무 사이 해먹을 설치해 놓았다. 해먹에 누워 시도 한 편 읽고 낮잠도 잔다. 그곳에 친구가 있다. 대관령 자락에 사는 멸종 위기종 오대산 긴점박이올빼미다. 우랄 올빼미라고도 한다. 이 녀석들은 나무를 닮았다. 학명을 찾아보면 종소명에 우랄렌시스가 붙는다. 긴점박이올빼미는 생김새나 깃털색이 워낙 나무 수피나 가지와 비슷해서 시력이 아무리 좋아도 찾기 힘들다. 까막딱따구리와 긴점박이올빼미와 나는 같이 있다. 아마도 수리부엉이가 나타나지 않는 한 우리는 행복할 것이다. 동물은 약육강식이다. 여기서는 내가 대장이 아니다. 해먹에 몸을 맡기고 바람을 맞고 꿈을 꾸면 까마귀들과 산새들이 나를 호위한다. 까막딱따구리는 오른쪽, 긴점박이올빼미는 왼쪽에 날개를 펴고 나는 그 아래 내 몸의 거리만큼 떨어져 거리를 유지한다. V자다. 아래 꺾이는 지점에서 삼각편대를 형성한다. 우리는 하늘로 서서히 가려고 엔진을 켠다. 다른 새들은 우리를 뒤쫓으며 공중 비행을 한다. 마을 전체가 내려다보인다. 우아한 쾌감, 바람의 환영, 언덕의 영원, 하늘로 회귀. 잣나무 위로 비행하니 잣나무가 버섯모양이 된다. 내 눈과 버섯 잣나무들의 거리가 손에 잡힐 듯하다. 내 집과 정원 그 옆은 수천 평의 밭, 아기자기한 산세, 외계인 암호처럼 보이는 작은 길, 대마장, 산들은 내 시야에서 멀어졌다 가까워진다.

귀여운 스머프 같은 사람들이 사는 미니 행성으로 보인다. 모형의 세계다. 모든 게 장난감 같고 게임 같다. 대열을 정비한다. 까마귀는 V자 세 마리 아래 왼쪽으로 다른 산새들은 오른쪽 아래로 서서 별 모양을 만든다. 자유롭고, 온유하고, 차분하다. 우리가 산을 하나 넘으면 빛이 따라오고 또 다른 산을 넘으면 그림자가 쫓아온다. 하늘에서 내려다보는 이 지구라는 행성은 너무나도 평화스럽다. 바람은 또 얼마나 나의 피부를 차분하게 때려주는지 이러다가 안나푸르나까지 갈 태세다. 편대는 발왕산 주목 군락지까지 올라간다. 수피가 붉고 검은 주목이 모진 세월을 견딘 할아버지 손 같다. 주목 옆

으로는 사스래나무, 거제수나무, 물박달나무가 자작나
뭇과의 위용을 멋진 수피로 뽐내고 있다. 우린 잠시 천
년을 산 주목 위에 앉는다. 고개를 돌리니 푸른 동해가
잠잠하다. 느린 편대는 황병산 자락으로 출발한다. 목장
의 능선들이 다 내 밑에 있다. 오대산 자락으로 가면 노
인봉 아래로 멧돼지들이 뛰어다닌다. 낮은 곳의 짐승들
은 새들을 바라보지 못하니 그들은 머리 위에 무엇이 나
는지 알 수 없을 것이다. 우리는 더 높이 날아 이곳을 손
바닥처럼 보이게 하는 높이까지 올라간다. 멀리 말들이
외승을 나왔다. 우리는 신호를 보낸다. 흰말, 검은 말,
회색 말, 점박이 말이 모두 하나가 되어 사람들을 태우
고 달린다. 두 번째 말이 선두 말을 치고 나가려고 하는
데 노련한 선두 말 기승자가 제지한다. 미친 듯이 여자
가 선두에 서서 남자 기수를 이끄는 듯하다. 저 멀리 능
경봉 쪽으로 가려다가 다시 안착한다. 발밑에 운해가 깔
리고 침엽수들이 거짓말처럼 사라졌다. 대관령은 매일
돌고 돌아도 꿈의 연속이다. 우린 마음을 가다듬고 나의
뜰 뒤 잣나무 요새로 돌아와 모닥불을 쬐며 파티를 연
다. 새들과 파티는 아무도 모르는 나만의 비밀이다. 새
들은 말한다. 모두 건배를 한다. 벨라가 쳐다본다.

쿠 쿠 쿠 쿠 쿠 쿠 쿠 쿠

따다다 닥 따다다 닥 따다다다다
자, 오늘도 무사 비행 고마워요 친구들 건배
쿠 쿠 쿠 쿠 쿠 쿠 쿠
따다다 닥 딱다다 딱다다다다
당신들의 날개에 건배

22

선생님은 요 며칠 꽃만 보고 있다. 당신의 여름 별장, 내가 만든 오래된 정원에서 매일 놀라는 눈치다. 구역 구역 신비한 모습에 자주 카메라도 꺼낸다. 그해 외국에서 들여온 신품종으로 국내에서는 보기 힘든 특이한 품종들을 가져 왔으니 선생님도 잘 모르는 꽃이었다. 어떤 꽃은 나에게 물어보고 싶은 표정인데 체면 때문인지 참고 있는 듯했다. 남자들은 별것 아닌 것에도 자존심을 건다. 사모님이 돌아가신 후 이제는 꽃의 다양성도 잊은 것 같았다. 대학도 은퇴했으니 사실 제자 양성에도 관심이 없을 것이다. 오늘은 암석정원 입구에서 홍화 민들레와 숙근양귀비잎만 보고 있다

선생님이 갑자기 홍화 민들레는 처음 본다고 한다. 나도 처음 이 꽃을 보고 너무 신기해 라틴어 학명인 '필로셀라 아우란티카'로 불렀다. 서양에서는 '악마의 붓'이

라고 불리기도 하는데 내 정원 구석구석에서 핀다. 잎 촉감이 얼마나 좋은지 양의 귀를 만지는 느낌이다. 식물을 오래 키우고 만질수록 내 손은 감별사가 된다. 스위스 여행 갔을 때 산장에서 본 꽃이 홍화 민들레였다. 월동도 어렵지 않다. 우리 집 들어오는 입구에 거대한 촛불처럼 자리하고 있는 캐나다산 측백나무 아래에도 많이 심었다. 정원 바위틈이나 비탈진 곳에서도 거름 없이 잘 자란다. 잎은 솜털이 많고 까끌까끌하다.

어제는 느닷없이 산림청에서 주최하는 〈개인정원콘테스트〉 대회에 나의 정원을 출품해야겠다는 생각을 했다. 이유는 단순했다. 겨울이 너무 길어 혹독한 겨울 난방비를 벌어야 했다. 혼자 살 때는 몰랐는데 게스트하우스가 생기자 사정이 달라졌다. 6개월의 난방비는 언제나 부담이었다. 이곳에서 난방 보일러는 사실 여름 빼고는 매달 가동해야 했다. 따뜻한 지역에서 온 손님들은 한여름에도 서늘하다고 보일러를 틀어 달라고 한다. 난방비는 하늘을 찌를 듯하다. 한편으로는 나의 정원을 세상에 더 알리고 싶은 열정이 생겼다. 선생님은 지금도 너무 아름답고 멋지지만 콘테스트에 나갈 정원은 메세지가 있어야 한다고 말했다. 대회는 한 달 뒤였지만 나의 정원은 오래전부터 가꾸어 왔으니 큰 어려움은 없을 것이라 판단했다. 다만, 어떤 메시지를 세상에 알릴지

고민을 했다. 계획은 바로 실천이었다. 돈이 문제지 가드닝 예술품은 전 세계에 넘쳤다. 구입하고 싶었던 이탈리아 테스토나토 화분을 샀다. 중정원 가운데 놓을 다나에를 닮은 청동 여인상이 오자 영서는 흥분했다. 그녀는 우리의 계획을 소설로 집필한다고 했다.

대관령의 여름 정원은 늦봄의 정원보다 조금 덜 파괴적이긴 하지만 다알리아가 피고 지고 토종 의아리는 흰색의 자존심을, 정원의 트럼펫터 카라도 색채의 무한함을 보여줄 것이다. 백합 '카지노 로얄'이 피면 심사위원들은 놀라겠지. 글라디올라스 '비올레타'는 또 어떠한가? 운이 좋아 심사위원들이 이달에 온다면 그들은 기절할 것이다. 나에게 7월 정원은 눈부시다 못해 정원사가 가장 오만한 마음을 가지는 달이다. 모든 것이 자신감 넘쳤다. 세상의 모든 꽃을 키우려고 한 내 청춘의 놀이터를 뽐낼 기회였다. 나의 정원을 세상에 내보인다고 생각하니 너무나도 설레기 시작했다. 선생님과 영서가 있으니 이런 기회는 평생 한 번뿐일 것이다. 심사위원들이 방문할 즈음에는 유럽 원예종 아스틸베도 풍부해져 있을 것이다. 노루오줌이라 불리는 유럽 아스틸베를 몇 해 전 심었는데 파스텔톤의 색감이 정원을 동화 속으로 빨려 들어가게 한다. 노루오줌은 대관령 깊은 산에서도 자주 봤지만 유럽 원예종들의 색채는 더욱 화려했다. 황

A Forest for Bach

병산 자락에서 본 노루오줌은 잎자루가 길어 소박한 아름다움이 있다. 숙은노루오줌의 종소명은 Koreana가 붙는다.

선생님은 이 지역의 작은 대나무인 조릿대를 '난쟁이'라 부른다. 나는 킥킥 웃었다. 대관령 지역의 조릿대는 산죽이라 불리기도 하는데 벼과의 식물로 담죽엽이라는 생약명도 있다. 20센티미터도 안 되는 난쟁이 조릿대 군락이 산천지를 덮고 있었다. 차로 우려서 먹기도 한다. 매서운 칼바람에 이리 비틀, 저리 비틀. 영서는 비탈진 산으로 허리를 숙이더니 조릿대를 몇 잎 딴다. 나는 커다란 산돌배나무 뒤 부스럭거리는 곳을 쳐다보았다. 너구리였다. 엉큼하게 우리를 쳐다보다가 갑자기 산 위쪽으로 도망가는데 익살스럽다. 영서는 놀라지도 않는다. 길이 나고 마을이 형성된 것이다. 동물들의 고향이다. 집 밖을 나가면 선생님과 나, 영서는 관다발식물 속새를 시작으로 둥굴레, 은방울꽃, 천남성을 보고 웃는다. 독초도 있고 약초도 있다. 뱀 똬리를 틀고 있는 듯한 천남성이 지천으로 우리를 반기는데 살모사가 우리를 노려보는 것 같다. 깊은 산에서 천남성 붉은 열매를 보면 멍게 같다.

나는 식물학을 자연에서 배웠으니 얼마나 고맙고 신

비한 일인가. 대관령의 숲 곳곳에 여러 자연 현상이 보이면 신기했다. 촛대 모양의 박새는 겹겹이 쌓여 누가 보면 명이나물로 보일 정도로 비슷하다. 명이나물인 줄 알고 채취해 먹으면 죽음을 가까이할 수 있다. 며칠 날씨가 푸근해지면 광대수염도 보이기 시작했다. 우리는 야생화의 다양성을 경험하며 하루만 자고 일어나면 변화하는 식생 지리에 놀라워했다. 생각도 잠시 언덕 습지에서 본 식물은 속새다. 한 마디를 잘라 손톱 소재로 사용하기 좋아 옛사람들에게는 손톱 정리를 위한 식물이었고, 입에 갔다 대면 삑, 삑 하는 소리가 나는 피리, 자연 악기였다. 영서가 처음 보는지 신기한 눈으로 쳐다보길래 속새 한 마디를 꺾어 영서의 희고 고운 손톱을 스걱스걱 밀어주니 환하게 웃는다. 서로의 눈빛은 무엇을 의미하는지…… 내가 더 애틋했나? 그녀의 눈을 또렷이 쳐다보기 힘들었다.

선생님은 우리를 뒤로하고 저 앞에서 혼자 걷다가 우리 쪽을 바라보는데 아무 표정도 없는 얼굴이다. 언제부턴가 바라보는 게 아니라 살짝 노려보는 느낌이 들었다. 선생님이 무엇을 하나 쳐다보니 저 멀리서 소나무를 바라보고 있다. 눈부시게 아름다운 금강송이다. 버섯 모양으로 아주 품위 있고 수형도 우아하게 잘생긴, 내가 반한 천연기념물. 깊은 백두대간 오지 내 집 뒤에 있으니 믿기지 않는다. 그 아래로 세밀하게 모여있는 은방울꽃, 둥굴레, 관중, 고사리류가 보인다.

"이 나무는 자작이지?"

선생님은 사스래나무를 만지며 말했다.

"비슷해 보여도 사스래나무 군락입니다."

"아냐. 사스래보다는 자작이야. 만주 갔을 때 자작나무를 보고 왔거든."

"사스래는 잎은 삼각형이지만 계란형이고 측맥이 7-11쌍입니다. 자작은 잎이 일반적으로 삼각형이고 측맥이 6-8쌍으로 가장 적다고 알고 있습니다."

"내가 자작이라면 자작인 거야."

나는 대답하지 않았다.

"나는 평생 대학에서 원예학을 연구하고 가르쳤지. 그런데 책만 읽고 활자에서만 경험을 쌓은 사람은 아마 추어를 벗어날 수가 없어."

"무슨 말씀인지."

"전문가는 한 번만 봐도 안다고. 평생 실수한 적 없어. 핀란드와 러시아에서 몇 번이나 보고 왔어. 우길 걸 우겨야지."

집으로 가 도감을 보며 확인해 보자고 말하고 싶었지만 참았다. 영서는 표정이 굳어 보였다. 감정이 묘하게 상하기 시작했다. 선생님이 아무리 권위있는 교수라 해도 사람이니 실수할 수 있다고 생각했다. 기억이 가물가물한 나이기도 하다. 여느 때처럼 나무 아래서 좋아하는 문장을 읽고 싶었는데 머릿속에는 자작나무와 사스래나무가 칼싸움을 하고 있었다. 집으로 돌아오는 내내 선생님과 나는 아무런 말도 하지 않았다. 긴 침묵이 이어졌다. 선생님은 평소와 다르게 내 눈앞에서 보이지 않을 정도로 빨리 걸었다. 집에 다다르자 그는 보이지도 않았다. 영서는 나에게 다가와 저녁에 선생님과 프로젝트를 하기 싫다고 귓속말을 한다. 내가 나무에 대해 아는 체를 많이 한 것인지 그저 알고 있는 것을 말한 것인지 나는 잘 모르겠다.

영서와 정원을 걷는다.

"숙근초는 야생에서 보면 얼마나 위대한지 알 수 있죠."

"전 들풀이 좋은데."

"이 꽃은 당신을 닮았어요."

"아, 프록스."

"내가 프록스를 왜 좋아하는지 알아요?"

"자연을 닮아서요. 영서 씨를 닮아서요."

얼굴에서 둘만의 언어를 쏟아냈다.

우린 꽃 이야기만 해도 행복했다. 그날 시간이 멈춰지

길 바랐다. 그러나 그날 이후로 우리는 어디로 달려가는지 아무도 알 수 없었다. 멀리서 누가 쳐다보는 듯 검은 눈동자가 노래를 부르기 시작했다.

23

살랑살랑 거리는 산사나무 아래서, 꿈이 내게도 온다.

매일 밤, 선생님과 영서가 혹시 사귀는 것이 아닌가 하는 생각이 들었다. 웃음은 말한다. 웃음은 대변한다. 설마 사랑하는 사이는 아니겠지 하는 의심이 들었다. 물론 그럴 수 있다. 하지만 '사랑'에 관한 정의나 사랑의 본모습을 대입시키면 어지러워진다. 우정, 연민, 집착, 그것도 사랑의 다른 이름 아니던가? 사랑의 정의는 잔인하다. 하지만, 영서만은······.

나에게는 프로젝트라 했지만 도대체 무슨 프로젝트인지 말을 하지 않았다. 물론 나에게 말해야 할 의무는 없다. 하지만 내 게스트하우스에서 석 달을 함께 사는데 귀띔이라도 해 줄 수 있지 않나. 정확히 밤 8시가 넘으면 영서와 선생님은 단둘만 있었다. 그 시간만 되면 불이 꺼졌다. 설마⋯⋯. 해서는 안 될 상상이 들었다. 함께 있는 건 그들의 자유였지만 영서와 나는 이미 사랑하는 사이 아니던가? 나의 몽상이었을까?

살과 살이 여름꽃을 만든다. 당신과 나는 잣나무 아래 손깍지를 끼며 걷는다. 어느 작가의 책 서문에 박혀있던 노르웨이 숲은 이 숲으로 다가왔다. 꿈과 현세는 안에 있고 현세와 꿈은 밖에 있고 내 안에 있다. 한바탕 날이 더워 해먹에 누워 있다가 잠이 들었다. 잠이 드니 꿈 안으로 들어가 '꿈'이라는 문을 연다.

오솔길을 지나자 검은 말 한 마리가 서 있고 그 안에 당신이 있었다.

키스 해 주세요
키스 해 주세요

거친 숨소리가 내 안에서 들렸습니다. 당신의 짙은 흑색 고니가 저를 손짓했죠. 입자가 고우며 더욱 부드러워 몽환적인 펄이 들어간 이탈리아산 실크 스타킹이 풀어져 날 가지고 어슬렁, 저슬렁, 흑고니가 내 손에 포도주와 시집을 주며 낭송해 달라고 손짓했습니다. 후크조

차 내 손에서는 혁명군이었습니다. 이기적인 마음과 참아야 하는 마음은 풀리고 헤쳐져 심장을 떠나 손으로 자극을 받으라고 토스했죠. 보드라운 지퍼도 불편한 것이 아닌 나폴레옹이 조세핀을 만지는 손결이었습니다. 숨결은 사막의 바람처럼 뜨거웠습니다. 들숨과 날숨은 사막에서 눈이 내리듯 신성시됐죠. 당신 등판의 솜털은 나의 신약성서였습니다. 솜털이 모여 눈꽃을 피웁니다. 파르르 떨다가 녹죠. 그날 기시감의 몽상이 아닌, 눈앞의 리듬이 들렸습니다. 눈과 눈은 손과 허리를 잡고 변주곡이 되었습니다. 입과 입은 조금 틀어진 아늑함이 펼쳐지는 모순의 예술이지만 나와 당신의 육체적 당착만은 아니었습니다. 손가락의 촉감은 전시 상태였습니다. 눈은 총을 쏘기 일보 직전 사수의 눈빛처럼 매서웠고 당신의 입은 미간까지 파르르 떨렸으며 실크 드레스의 레이스가 나풀거렸죠. 살며시 안았습니다. 우주에서 영구적인 키스는 존재하지 않는다고 했지만 그날만은 아니었습니다. 손등과 손으로 시작된…… 그 몽상은 윗입술과 쇄골의 협곡이 더해져 현실이 되었습니다. 바닷물이 고였습니다. 침은 우물에서 마르고 다시 샘에서 생기고 바람은 우리들의 코와 코 사이로 찾아오며 코에서 나온 숨이 밤꿈이 아름다워라를 연발했습니다. '목덜미'라는 연못에서 땀을 닦으며 포도주를 쏟아부었습니다. 귀, 등판, 어깨, 가슴까지 덥고 따뜻한 공기가 흘렀습니다. 포도주 한 잔은 이 찬미의 성이요. 눈빛이 쏟아져 날 구원했습니다. 그날 당신의 손톱은 허벅지와 무릎에, 나의 꿀은 당신의 목덜미와 등판에 짐승 같은 침을 쏟았습니다. 우유니 호수 같은 등판에 손톱자국이 습작처럼 그려졌습니다. 얼굴과 육체의 환영은 뭉개진 중세 시대의 다리나 청동상처럼 아름답게 보였습니다. 모든 게 기마 대장처럼 자신감 있게 움직였습니다. 연한 살과 더 연한 허벅지 안쪽 살이 맞닿아 영혼은 소리치듯 도망치지 못했습니다. 달과 구름을 찾아 매서운, 헐벗겨진, 맨살의 이미 알고 있던 다리에서 만남은, 반사의 영역을 벗어났습니다. 살냄새가 풀색의 자연인 양 아름다웠습니다. 그 안에서 떨고 있는 나의 심장은 마음과 섞여 더불어 갈아졌고 우리의 육체도 함께 잔불에 타고 있었습니다. 녹고, 녹아, 입맞춤은 가볍게 윗입술을 더 살짝, 아랫입술은 깨물지 못하는 그 반격의 자태처럼 당신을 감싸며 나를 만지며 밀고 당기는 눈물 속에서도 허리와 골반 사이의 호수는 육체의 신처럼 부드러웠습니다. 히프노스를 꿈에서 만나 다나에와 키스한 것처럼 말입니다. 달콤하고 농밀하고 샘물이 더해져 풀어졌습니다. 그 밤 어두웠던 그때, 골반의 자연이라는 친구와 달콤한 꿀이 있는 유혹이라는 친구는 범벅이 돼 나비는 그 성문을 침범했고 이

데올로기가 존재하지 않은 그 섬에는 환상의 열매만 가득했습니다. 어느 열매만 따 먹어도 천국의 그 에덴동산의 사과였습니다. 지독한 배신이 아닌 성과 성이 하나의 말의 요새로 알려져 철썩, 파도가 들어왔습니다. 처얼썩, 파도가 빠졌습니다. 수말과 암말이 옥수수 들판에서 매끈한 암말이 교성을 질렀습니다. 교성이 골짜기 골짜기 눈 마을과 바람 마을을 영혼의 징표처럼 질식시켰습니다. 사랑이라는 게 무엇이었을까요? 몽환의 환타지, 방랑자의 꿈 한 번이 연주되었습니다. 꿈이라는 나비가 방으로 안내합니다. 방을 잠그고 나옵니다. 수말의 등판에 손톱자국이 났으며 암말은 호수 같은 땀이 스며들었습니다. 키스로 끝이 났고 검은 갈기 같은 머릿결을 매만졌습니다.

24

 심사위원들이 오기 전, 선생님과 영서와 나는 열심히 회의하고 정원을 가꾸고 잡초도 뽑았다. 매일 신품종이나 화려한 원예종이 가득한 외국 정원 사이트를 살펴보고 우리나라 유명 종묘사나 식물원의 새로운 식물을 확인했다. 지저분한 꽃들은 미리미리 꽃대를 잘라주었다. 창고에서 오일스텐을 꺼내 데크나 화단 앞 방부목들을 다시 한번 칠해주었다. 그네 뒤쪽으로는 더 깔끔하게 페인트도 칠했다. 둘은 나를 도와주는 든든한 보조다. 달리아를 다듬는데 굉장한 실력을 발휘한다. 코와 볼은 붉어져 땀이 줄줄 흐른다.

 "꽃 데드 헤잉 하는 솜씨가 역시 군."

 "자꾸 놀리지 마세요."

 "아주 멋진 정원사를 고용했군. 영서 양이 감각이 뛰어난 가드너야."

선생님은 나와 영서가 가까워진 느낌을 받았는지 언제부터 은근히 비꼬면서 말하기 시작했다.

"자네, 여기에 있는 하설초는 다 제거하는 게 좋지 않겠어?"

"저는 일부러 이곳에 하설초를 잔뜩 퍼지게 심었어요."

"자네, 지피식물을 좋아하는군."

"잡초들이 침범하지 못해 저의 노동 시간이 줄어들어서 오히려 효율적입니다."

선생님은 점점 불편하게 말을 했지만 영서와 나는 무적의 복식 선수가 되어 눈빛만 봐도 날아다녔다. 강렬한 메시지를 주고 싶어 식물의 다양성에 대해 고민했다. 단순히 화려한 정원이 아닌 발상의 전환이 필요했고, 정원에 대한 개념의 확장을 담아내야 했다. 나는 자연, 지구의 위대한 자연을 '나의 정원'에 담아내야 한다는 생각에 이르렀다. 실로 굉장한, 과감한 불가능에 가까운 도전일 수 밖에 없었다. 그래도 해보고 싶다는 욕망이 튀어올랐다.

"자연을 담아야겠어요."

"네? 자연이요?"

"지구의 위대한 자연을 내 정원에 담아야겠어요."

"그럼 테마를 잡아서 구역을 나누어 봐요."

거대한 지구의 자연을 담기 위해 정원의 구역을 나누기로 했다. 마음속에서 욕망처럼 꿈틀대던 전 세계의 꽃들을 6대륙으로 나누어 정원에 식재했다. 유럽, 아프리카, 아시아, 오세아니아, 북미, 남미의 수줍고도 화려한 꽃들이 눈앞에서 환영처럼 한들거렸다. 1구역에 유럽을 넣을까, 2구역을 남미로 할까, 3구역을 오세아니아로 할까. 2002년 월드컵 조 추첨을 할 때만큼이나 심장이 벌렁벌렁했다. 벨라의 집 옆으로 암석정원이 꾸며진 곳은 1구역으로 자연스러운 돌과 싱그러운 잭큐몬티자작나무를 식재했다. 1구역은 유럽이었다. 사람의 살결 같은 잭큐몬티자작 아래로는 하설초를 카펫처럼 융숭히 깔았다. 큰 돌 사이사이 잭큐몬티자작이 한 그루씩 심어지자 숲속의 입구가 만들어지기 시작했다. 바닥에는 한들거리는 흰색의 하설초가 하나둘 피기 시작했고 희고 긴 자작나무 다리들은 쭉쭉 하늘로 뻗어가고 있었다. 제멋대로 생긴 무채색의 돌들과 흰색의 조합은 생크림케익 같았다.

2구역은 꽤 긴 ㄷ자 형태다. 점잖은 관목과 글라스류, 내한성이 강한 수국류를 심었다. 대관령 장미 만첩해당화를 심고 가장자리에는 잉크색의 산수국을 식재해 울타리를 만들었다. 앞쪽으로는 하늘거리는 은사초와 보라색의 러시안 세이지가 합쳐져 신품종인 양 새로운 형상의 꽃밭이 만들어졌다. 듬성듬성 바닥이 빈 곳은 보라색의 비올라가 꽉 채웠다.

3구역은 8각형 중정 구조로 정원의 메인이 되는 구역이며 가장 공들인 화려한 꽃들의 세계가 펼쳐진다. 이곳은 붉은 핏빛이다. 8각형의 중앙부는 새빨간 피를 수혈한 진한 자주색의 다알리아가 청동 여인상을 둥글게 에워쌌고 그 주위를 풍성한 머리를 풀어헤친 붉고 화려한 겹작약으로 포진시켰다. 구역의 가장자리에는 무한의 뫼비우스 띠처럼 오리엔탈, 아시안틱, 마타곤, 트럼펫 계열의 붉은 백합류를 융단 폭격하듯이 식재했다. 이곳은 붉은 화산이 폭발한 것 같았다.

4구역은 은발 신사 화이트핑크셀릭스 나무를 중심으로 두고 그 주변으로는 아이리스와 디기탈리스, 프록스를 배치했다. 갓 목욕한 아이의 볼 향이 나는 살몬색의 독일 아이리스, 단아하고 깔끔한 연분홍의 일본 아이리스, 얼굴이 세수대야만한 연보라빛 미국 아이리스를 풍성한 꽃다발처럼 모아 심으니 다채로운 색상의 화형들은 볼륨이 넘쳤다. 천사의 종처럼 생긴 디기탈리스는 망보는 감시자처럼, 프록스는 솜사탕을 꽂아놓은 것처럼 심어 이국적인 모습을 연출했다.

5구역은 아담하고 수수한 들꽃 스타일로 포진시켰는데 사람 키를 훌쩍 넘어서는 비현실적 식물들도 식재했다. 원형 모양의 테두리에는 연노랑의 케모마일을 다소 곳하게 모아 심었고 안쪽으로는 인디언 고깔모자를 쓴 노란색의 루피너스와 우주선 깜빡이 같은 특이한 향의 패모, 사막에서 온 여우 에레뮤러스를 과감히 집어넣었다. 또 구역 곳곳에는 아프리카 나팔수 같은 툰베르기아를 심었다. 한번도 가보지 못한 신비로운 오지가 눈앞에 펼쳐져 있었다.

마지막 6구역은 8자 모양으로 우리의 상상력을 심었다. 모든 색채가 다 들어간다. 우리는 8자 모양의 높이 2미터가 넘는 특이한 지지대를 만들어서 안젤라 장미, 오스틴 장미, 자뎅 드 프랑스 장미, 십여 품종의 클레마티스로 꽃장벽을 세웠고, 오렌지색과 살몬색 화이트 숙근양귀비를 장벽 안쪽으로 심었다. 8자 모양의 윗쪽 원 안에는 해저 동물 같은 흰색과 보라색 혼합의 숙근 제라늄을 비롯해 흰 눈이 내린 것 같은 일본 안개꽃과 핑크와 노랑, 흰색의 칼춤 피에로 종이꽃으로 다채롭고 화려한 무대를 만들었다. 아래쪽 원안에는 이기적 정원의 끝판왕, 양배추 덩어리 같은 호스타를 가득 채워 넣었다. 그 사이사이에는 날아다니는 바람둥이 꽃 윙키더블 매발톱과 기린 목을 심어 놓은 듯 길고 여리여리한 델피늄, 2미터가 넘는 보석탑 에키움을 배치해 상상력을 극대화했다. 6구역은 식물이 지배하는 지구였다.

그렇게 미친 듯이 열흘을 보냈다. 흙을 만진 손을 깨끗이 씻고 나니 상처투성이였다.

"진 꽃은 바로 자르지 그래."

"저는 꽃이 시들어 가는 모습도 자연스러워서 좋아요."

"하여튼, 아마추어의 정원을 보면 자기들 멋대로야."

선생님은 일부러 영서에게 들으라고 하는 것인지 평소보다 목소리가 높았다. 영서 앞이라 상한 감정을 더 주체할 수 없었다. 영서가 오기 전까지만 해도 선생님은 고유한 나의 영역을 침범하지 않았다. 나의 정원 디자인이나 꽃의 품종, 색채에 관해서는 절대 침범하지 않았다. 그것은 서로의 불문율이었다.

"선생님 잔소리가 점점 지겨워진다."

혼자 중얼거린다.

이제 정말 시간이 많지 않았다. 영서와 나는 완벽한 가드너가 되어 매일 땀을 흘리며 정원을 다듬고 보완해 나갔다. 반대로 선생님은 뒷짐을 진 채 참견하며 잔소리만 늘어갔다.

숙근초 사이사이 한해살이를 심는다. 선생님은 잠자코 지켜보더니 더 간격을 벌리라고 한다. 나는 촘촘히 심는 게 좋다. 선생님은 바둑판처럼 좌, 우 사이를 더 벌리라고 참견을 한다. 나는 참견하지 말라고 할까, 하다가 참았다. 달리아 사이에서 땀을 흘리며 일하고 있는 영서는 아무 말이 없다. 덥다. 아무리 대관령이 시원하다 한들 한여름, 한낮의 열기는 지구 온난화로 인해 많이 올라갔다.

십년도 훌쩍 넘은 정원에 6개 구역별로 세상의 다채로운 꽃을 식재해 지구의 자연을 담았다. 큐 가든 디자이너가 와도 무서울 것이 없었다. 선생님은 은근히 참견하며 듣기 싫은 잔소리도 많이 했지만 〈민간정원콘테스트〉에서 우승을 할 수 있는 심사 기준이나 과거 사례도 알려주었다.

이곳의 여름 같지 않은 무더운 하루하루가 지나가고 있었다. 모르는 번호로 문자가 왔다. 〈민간정원콘테스트〉 심사위원들이 7월 23일 방문한다는 내용이었다.

"7월 23일 오후 2시에 온다고 하네요."

"예보를 보니 그날 비가 온다고 했는데."

"괜찮아요."

"우승도 좋지만 우리가 열심히 땀을 흘리면서 가꾸었으니까 우선은 즐기자고요."

25

　"오늘 밤 선생님과 하는 프로젝트는 면사무소 옆 맥주 바에서 함께 하기로 했어요. 아무래도 밤늦게 택시 타고 들어올 것 같아요."

　"그럼, 방 열쇠 좀 주고 가세요. 제가 청소 해 놓을게요."

　"괜찮아요. 제가 매일 해요."

　"원래 며칠에 한 번 침대 시트도 갈고 구석구석 청소도 하고 그래요."

　"정말 괜찮은데……."

　"걱정하지 마세요. 뭐 금이라도 숨겨 놓은 것 아니시면."

　"그래요. 그럼."

　나의 눈은 말한다 나는 당신을 사랑하는데 한번 확인하고

싶어요 그녀는 말한다 도대체 무얼 확인한다는 말이죠 그
건 사랑이 아니잖아요 아녜요 사랑한다고요

영서는 아랫동네 삼거리에서 선생님을 만난다고 나
갔다. 나는 오랜만에 게스트하우스 열쇠를 내 손에 가졌
다. 키 걸이는 전나무로 깎아 만든 10센티미터 정도 길
이의 일반적인 사각 윷처럼 생겼다. 신기하게 열쇠에서
도 그녀의 풀 향이 났다. 나무의 결이 공손하고 반듯한
자작나무 문을 열었다. 영서가 한 달 넘게 머문 내부는
고요만 가득했다. 의심스러운 밤 향은 나지 않았다. 이
것을 직업병이라고 해야 하나, 아니면 사랑이겠지. 나는
감시가 아니라 주인으로서 청소하러 들어온 것이다. 신
발을 벗고 1층 마룻바닥에 들어서니 7월임에도 서늘하
다. 작은 테이블 위에 마시다 만 와인병과 크리스탈 와
인잔 세트가 눈에 띈다. 두 사람 모두 와인 애호가니 잔
도 여러 가지다. 두 권의 책이 보인다. 이상하게도 똑같
은 제목의 시집이다. 그럼 두 사람의 프로젝트가 혹시
둘만의 북토크인가. 아니면 시집 읽기나 책 리뷰 남기기
인가. 만약 그렇다면 석달을 함께 머무르는 이유로는 합
당치 않다는 생각이 든다. 생각이 생각을 문다. 별의별
생각들로 머리부터 땀이 뻘뻘 흐른다. 선생님이 어디가
아픈가. 아니면 선생님이 고상한 변태적 취미가 있나.

급기야 해서는 안 될 생각까지 들었다. 요즘 자꾸 나에게 짜증을 내는 모습도 스쳤다.

마룻바닥을 청소기로 밀다가 똑같은 제목의 시집을 쳐다본다. 한강의 시집 《서랍에 저녁을 넣어 두었다》이다. 좋아하는 시인이자 소설가다. 청소기를 끄고 시집을 펼치는데 메모지가 떨어진다. 시 제목과 낭송할 시, 라고 적혀 있다. 그리고 친구 강이가. 친구 강이라면 한강이 친구인가. 아, 혹시 시를 창작하는 프로젝트인가. 한숨만 나온다. 2층으로 올라간다. 샤워실과 방문 사이 천국의 공간을 나는 알고 있다. 그날 싱크대 수리공은 행복했다. 첫 경험은 그렇게 큰 것이다. 첫사랑도. 아무도 없는데도 긴장된다. 조심스럽게 영서의 방문을 연다. 영서 특유의 풀 향이 배어 있다. 영서의 방은 깔끔하게 치워져 있다. 작은 오크 테이블에는 아이폰 충전기, 이어폰, 읽다 만 책, 우체국 택배 박스, 소형 노트북, 메모지, Campus B라고 쓰인 검은 연필 몇 자루, Canada가 새겨진 붉은 연필, 10센티미터 자, 푸른색 샤프, 매직펜, 네임펜, 그리고 약봉지가 있었다. 흰 알약 몇 개는 잘 안 보였지만 EK라고 쓰여있다. 핸드폰으로 재빨리 검색해보니 [28]렉사프로 Lexapro Tab. 5mg. 항우울제다. 다

---

28. 우울증 치료제. 우울증 치료 이외에도 공황장애, 사회불안장애, 범불안장애, 강박장애에 광범위하게 사용된다.

른 약은 무엇인지 알 수 없었다.

"렉사프로라……."

단정한 2층 영서의 방은 어디 치울 곳은 고사하고 내 방을 더 깨끗이 해야겠다는 다짐만 하고 나왔다. 두 사람의 관계를 의심할 만한 무언가는 있지 않았다. 게스트하우스를 찾아오는 다양한 인간 군상들을 겪으면서 나도 모르게 너무 예민해졌나 싶었다. 선생님과 영서의 관계는 대학교수와 제자 그 이상도 그 이하도 아닌 것이다. 나도 모르게 안도감이 들었다. 1층으로 내려오는데 창밖으로 무수한 꽃들이 적포도주 빛 노을과 겹쳐진다. 몽환적인 색감은 필름의 이중노출처럼 보였다. 이 노을을 영서와 봤어야 하는데 선생님과 프로젝트 회의하러 읍내에 갔으니 오늘 저녁은 우울할 것이다. 그 순간 그녀의 약봉지가 생각나면서 내 심장을 불안하게 만들었다. 곧바로 나는 의사 친구에게 전화를 걸었다. 머리가 어지러웠다.

"렉사프로가 뭐야?"

"그건 왜 물어?"

경쾌하지만 빠른 목소리로 말한다.

"신경계감각기관용 의약품인데 항우울제야. 주로 우울장애, 공황장애, 사회불안장애, 강박장애를 치료하는 약이야."

그가 1초의 머뭇거림도 없이 말한다.

"왜 당신이 먹어?"

"아니, 아는 사람이 먹길래 궁금해서."

"네가 전화해 물어볼 정도면 그 사람이 누구인지 궁금하네."

"그냥 마을에 함께 사는 이웃."

"여성이구먼."

"어, 어…… 그래."

"애인이나 부인이 될 사람이면 모시고 언제 병원에 함께 와."

"……."

"여기 잘 아는 후배가 정신과 교수로 있는데 잘 봐."

"그래그래, 고마워."

오랜만에 서로 안부를 묻고 전화를 끊었다.

충격이었다. 내가 무서운 병에 걸린 사람처럼 심장이 터지고 죽을 것 같았다. 영서가 렉사프로를 복용하고 있다니, 무서운 우울장애라니 믿기 힘들었다. 보통의 사람들도 하루에 몇 번이나 기쁘고 슬프고 우울하고 행복하고 그런 감정의 변화가 일어난다. 몸과 정신이 건강한 사람에게도 늘 그런 감정의 변화는 생긴다. 그것이 우리의 신체적, 정신적 리듬 아닌가. 하지만 보통 2주 이상 매일 무기력감을 느끼고 일어나질 못하거나 우울함이 동반되면 내 생각과 다르게 몸은 말을 듣지 않는다. 멍하고 무슨 좀비처럼 눈동자는 풀려 있고, 어떠한 것에서도 즐거운 생각을 하지 못하고, 좋아하는 취미나 관심 대상도 모두 귀찮아지고, 어둡고 불쾌한 망상과 불안이 매일 계속된다. 비유하자면 내가 목에 쇠사슬을 차고 미친개처럼 누군가에게 끌려가 어느 비닐하우스나 창고에 내 의지와는 상관없이 앉아 있는 것이다. 어떨 때는 엎어져 있고 어떨 때는 미친 사람처럼 무슨 생각을 하는지 몸이 말을 듣지 않는다. 그녀가 그런 병에 시달렸다니. 매일 책을 읽고 글을 쓰니 창작의 고통에서 강박증과 신경쇠약에 시달리다 무기력한 자기 모습을 감당하기 힘들었거나 싫었나 보다. 그토록 예쁜 영서의 얼굴과 검은 비닐을 쓰고 두려움에 떠는 무기력한 영서가 겹쳐지자 심장은 차가워졌고 다리는 휘청거렸다.

26

그날 밤, 턴테이블은 두렵고 불안한 나의 심리를 잘 파악하고 있는지 회전이 빨라졌고 다이아몬드 바늘은 섬세한 자극을 주기에 충분했다. 브람스 특유의 우울하고 서늘한 악구가 내 가슴을 후벼팠다. 풍성한 비브라토가 사랑에 빠진 가슴을 매몰차게 긁어놓았다. 약속이나 한 듯이 밤에는 외국인 노동자들이 여름 배추를 차에 실었다.

늦은 밤 택시 한 대가 집에 도착했다. 택시에서 내리자마자 술에 잔뜩 취한 선생님은 가관이었다. 영서의 눈은 겁에 질린 사슴같았다. 선생님은 큰 목소리로 모닥불을 피우고 포도주를 먹자고 했다. 당황스러웠다. 그날은 모든 것이 다 귀찮고 피곤했다. 그리고 영서와 단둘이 술을 마시고 취한 상태에서 택시를 타고 온 선생님이 불편했다. 내 마음은 불에 타올랐다. 영서는 아무 말이 없었다.

나는 영서를 보며 '당신은 우울증이 있는데 무슨 술을 그리 드셨나요. 술은 그 병에 좋지 않아요.' 속으로 말했다. 선생님에게는 멱살을 잡고 그녀에게 왜 그렇게 술을 먹였냐고 소리를 지르며 따지고 싶었다.

고주망태가 된 선생님은 알 수 없는 말을 쏟아내기 시작했다. 이 정원은 내가 만들어 준 것이다, 이 희귀 꽃들은 다 자기가 외국 출장에서 가져온 것이다, 희귀 구근도 아는 지인을 통해 사다 준 것이다, 클래식이 밥 먹여주냐, 이 정도 정원은 누구나 만들 수 있다, 서재의 책들은 자기가 거의 다 기증한 것이다. 다 거짓이었다. 그러나 나는 듣기만 했다. 말이 통할 것 같지 않았다. 선생님의 그런 모습은 처음이었다. 영서는 선생님을 데리고 게스트하우스로 들어갔다. 그 뒷모습이 애잔해 가슴이 아팠다. 그날 밤, 술에 취해 들어온 선생님과 또 술에 취해 들어 온 선생님 제자의 게스트하우스는 밤을 기다렸다는 듯이 불이 꺼졌다.

다음 날 일을 해야 하는데 잠이 오질 않았다. 침대에 누워 잠을 청하는데 영서 생각만 났다. 벨라도 나의 기분을 아는지 내 품 안으로 오지 않고 거실 소파 위에서 잤다. 끊임없이 선생님과의 관계가 머릿속을 지배하며 생각이 꼬리를 물고 밤새 어둠에서 잠을 뒤척였다.

아침 청정고원 협곡으로 차가운 햇살이 어둠을 빛으로 회전시킨다. 측백나무는 오전이 되면 빛이 들어오고 모든 꽃은 잠에서 깨어 숨을 쉰다. 이렇게 아름다운 정원. 나는 다시 태어난다 해도 정원사가 될 것이다. 그러한 생각을 뚫고 선생님이 정원으로 내려온다.

"굿모닝."

"안녕히 주무셨어요. 선생님."

뜸을 들이다가 불친절하게 인사를 했다.

"오늘 빛이 참 좋군."

"저도 그렇게 생각해요."

"백합이 어제보다 더 벌어졌군."

"오렌지 페코 백합은 유독 그래요."

"오늘은 자네 더 환하군. 어제는 미안했어! 오랜만에 잔뜩 마셨네."

"선생님 의상도 멋지세요."

"어제는 늦어 미안하네. 둘이 프로젝트 한다고 읍내에서 술 마시다가 노래도 부르고. 오랜만에 마이크를 잡았지. 우리 방은 뭐, 치울 것도 없었을 거야. 영서는 자네에게 인사도 안 하고 병원 시간 늦는다고 택시를 타고 강릉에 갔어. 매일 밤 10시면 불을 끄고 자기 방에서 혼자 집필하니 예민한 것 같아."

선생님의 말에 안심이 되었다. 내가 참 한심하다고 생

각되었다. 그렇지만 게스트하우스에서 함께 시를 읽고 프로젝트를 하는 선생님이 너무 부러웠다. 질투가 났다. 그 대상이 영서니까 말이다. 또 선생님은 얼마나 매너 좋고 스타일리시한가. 나는 썩 내키지는 않았지만 선생님이 좋아하는 에스프레소를 한 잔 내려 드렸다.

"이 연주는 누구지."

"카를 리히터 지휘에 뮌헨 바흐 오케스트라입니다."

"잘하네."

"바흐잖아요."

"자네는 유난히 바흐를 좋아하지."

7월 23일, 드디어 심사위원들이 오는 날이다. 이미 모든 걸 마치고 기다리고 있었다. 비 소식이 있었지만 다행히 비는 오지 않았다. 정확히 오후 2시가 되자 〈개인정원콘테스트〉 심사위원들과 관계자들이 방문했다. 까다로운 심사위원들과 담당 피디, 사진작가. 그들은 식물의 식재 상태, 파종한 꽃들의 종류, 계절마다 가지고 있는 품종 수, 배치 방법, 정원의 색채, 디자인의 창의성, 정원에 담은 철학 등 여러 가지를 꼼꼼히 살펴보며 물었다. 나는 오래전에 산림청에서 주최한 〈가보고 싶은 100대 정원〉에 뽑혔다고 말했다.

〈가보고 싶은 100대 정원〉에 선정된 그 당시 정원은 깎아지를 듯한 대관령 칼산 암석들 주위에 있는 토종 관목인 진달래, 산철쭉 군락지에서 영감을 얻어 나의 정원에 그림을 그리듯이 화려한 유럽 원예종과 토종 야생화를 어우러지게 디자인 후 식재했다. 동서양의 정원을 절묘하게 혼합시킨 스타일이었다. 이번 〈개인정원콘테스트〉는 '지구의 자연'이라는 메시지를 담아 정원을 지구라 생각하고 총 6구역을 세계의 대륙(유럽, 아프리카, 아시아, 오세아니아, 북미, 남미)으로 형상화했다. 대륙의 전체적인 특징과 기후에 맞게 메인 색감을 정하고 꽃들을 각 나라에 모여 사는 사람들이라고 상상했다.

"이 꽃은 혹시 델피늄인가요? 못보던 품종 같은데."

심사위원이 묻는다.

"델피늄 엘라툼(Delphinium elatum)입니다."

"어쩜 이렇게 푸르고 색상이 진하죠."

"화형과 화색, 우아한 자태는 결국 일교차에서 결정되죠. 대관령은 일교차가 굉장해요. 아침, 저녁으로 10도 이상 차이 나죠. 그러니 한 계절 느리게 다가와요. 4월 말은 봄이고 10월 말이면 한 달 빠르게 겨울이 오죠."

"다시 봐도 색감이 깊어요. 이런 델피늄을 한 번도 본 적이 없어요."

"유럽의 신품종을 매년 구하고 있어요. 흔히 볼 수는 없을 거예요."

"이 델피늄은 흰색이 겹겹이네요."

"네."

"그런데 왜 어려운 [29]학명(Scientific name)으로 말씀하세요?"

"잘 아시겠지만 스엔티픽 네임이 분류가 기억하기 편해요. 꽃은 라틴어 학명, 영명, 일반적인 이름이 있죠. 학명은 전 세계 수많은 사람과 약속한 기호예요. 속은 사람의 성이고 종소명은 사람의 이름과 같아요. 그러니 제게는 어렵지 않아요."

"1구역은 자작나무와 하설초가 차갑다는 생각도 드는데요."

"1구역은 유럽 특히 북유럽을 생각하며 잭큐몬티자작나무와 하설초를 돋보이게 했어요. 북유럽은 이곳과 기후가 비슷하죠. 노르웨이 오슬로가 평창 대관령하고 자매 도시죠. 그러니 식생 지리도 크게 벗어나지 않습니다. 또 눈도 많이 와서 '흰'이 잘 어울리는 구역입니다. 일년의 절반이 겨울인 차갑고 따뜻한 곳. 그리고 북유럽 사람들의 체형이 자작나무와 닮았잖아요. 하하."

"어떻게 꽃 이름을 다 아시죠?"

---

29. 생물종을 분류하는데 이용되는 국제명명규약에 따라 표준화된 학술 이름. 학명은 라틴어로 기재하며, 일반적으로 식물은 속명(genus)과 종소명(species epithet)으로 이루어진 린네의 이명법에 따름. 식물 분류에 따라 속명, 종소명, 명명자 혹은 품종명 순으로 기재된다.

"매일 꽃을 보고 키우니까요. 그들에게 묻고, 사랑하고, 안아주고, 이별했어요. 남자 탸샤 할아버지는 괴로운 존재예요."

그들은 빵하고 웃는다.

함께 온 사진작가가 놀란 표정으로 솔직하게 말한다.

"이곳의 꽃은 내가 다녀본 전국에 수백 여 정원의 꽃보다 훨씬 깨끗하고 정갈해요. 특히나 보기 힘든 유럽의 원예종 꽃들이 넘쳐나요. 그 노력에 먼저 박수를 보냅니다. 사진으로 다 담길지는 모르겠지만 최선을 다하겠습니다."

나이가 수북한 사진작가는 나를 쳐다보며 영롱한 꽃을 쳐다보며 신기하듯 말을 이어갔다. 주인장이 너무 젊은 게 아닌가 하는 눈빛이 보였다. 그가 걸쭉한 목소리로 나에게 묻는다.

"이 붉은색 겹꽃은 어디에서 구한 장미인가요?"

"만첩해당화라는 관목입니다. 대관령 토종 장미라고 할 수 있죠."

만첩해당화는 이미 만개하고 난 후라 지금은 몇 송이밖에 남아 있지 않는데도 심사위원들과 담당 피디, 사진작가는 흥분했다. 담당 피디는 작은 손 노트에 볼펜이 아닌 연필로 무언가를 열심히 적고 있었고, 사진작가는 나를 광각 카메라에 담았다. 우연히 영서도 찍혔다. 캐논 1D로 시작되는 카메라 바디에 24-70L 렌즈였다. 붉은 줄이 들어간 고가로 보이는 커다란 DSLR이다. 나는 전문가는 아니지만 취미로 필름 카메라부터 대형기, 중형기 다 다뤄보았다.

"만첩해당화라니."

사진작가는 말 끝을 흐린다.

"영국의 어느 시골 지방에 있는 화려한 장미 같아요. 지금 당장 가져가 삽수를 하고 싶네요."

'꽃 보는 눈은 있으시네' 하며 나는 속으로 흐뭇했다. 어디든지 심사위원의 취향이 존중되어야 하지만 유럽의 원예종에 관심이 많은 심사위원들 때문에 나는 기분이 좋아졌다. 사진작가는 그 옆에 허리보다 조금 더 큰 키의 관목에 눈이 가더니 놀라는 표정이다.

"이 꽃은 뭐래?"

"관목의 예술 산수국입니다."

"푸른 잉크 빛 색감이 특별하네요."

"이 꽃도 다른 지방에는 없을 겁니다. 담을 치고 있는 캐나다 측백나무 아래로 이렇게 토종, 원예종을 섞고 배열해 만들었어요. 대관령에 자생하는 토종 산수국을 포인트로 했어요."

나는 심사위원들에게 우리 토종 야생화만의 아름다움과 우수성, 극한의 추위를 견디는 원예종을 잘 버무려 이야기했고, 꽃의 별명과 이명을 재치 있게 설명했다.

"이명도 참 많군요."

사진작가가 말한다.

"네, 꽃은 이명 잔치 같아요."

"난 전국의 정원을 촬영 다니는 행운을 얻었지만 이곳처럼 초화류만 가득한 정원은 처음이에요."

우리는 5구역 안에 조성한 루피너스 동산으로 갔다. 여름이라 키다리 루피너스 꽃은 지고 잎만 남았지만 별 같은 꽃을 보여주고 싶었다. 루피너스는 타샤의 버몬트주에서도 잘 자라는 아이슬란드의 국화다.

"이 꽃은 어떻게 구하게 되었나요?"

담당 피디가 묻는다.

"우연히 《타샤의 정원》이란 책을 보게 되었는데 눈부시게 키가 큰 꽃이 있더라고요. 그 꽃이 루피너스였습니다. 얼마나 찬란하고 경이롭던지 유럽에 살고 있는 친구한테 부탁해 씨앗을 구해 파종했습니다."

"그럼, 선생님이 가장 좋아하는 꽃 하나만 말씀해 주세요."

"원예종 중에서는 숙근양귀비죠. 그 압도적인 색감과 자태의 매혹에서 벗어날 수 없어요. 토종 야생화 중에는 단연코 대관령 붓꽃입니다. 대관령 붓꽃은 다른 아이리스속(붓꽃속) 식물보다 꽃이 작아요. 하지만 꽃잎의 색이 진하고 선명하죠. 영하 30도를 견뎌요. 어떤 바람과 폭풍도 이겨내지요. 하지만 이 두 꽃 말고도 모든 꽃들이 정말 어마어마합니다. 위대한 자연의, 대관령의 산 선물이죠."

"그럼요. 자연은 얼마나 아름답나요. 눈부시게 아름답지요."

까다롭고 보수적일 것 같은 심사위원이 감탄하며 말한다.

이번 대회는 편집 후 케이블 TV에 방송된다고 했다. 인터뷰 하는 동안 내 눈빛은 다이아몬드처럼 빛이 났다. 하지만 손에서부터 시작된 떨림은 알콜처럼 온몸으로 퍼졌고 목소리는 고음의 수다쟁이 앵무새처럼 몇 번이나 어수선했다가 높은음을 내며 찢어지기도 했다.

그날 선생님은 일부러 자리를 피한 건지, 심사위원과 친분이 있어 선지, 아니면 때를 맞춰 약속이 있던 건지 알 수 없었지만 인터뷰 내내 보이지 않았다. 영서가 함께 사진을 찍어주었다. 그녀는 다른 날에 비해 웃음이 많았다. 심사위원들과 담당 피디, 사진작가는 곧바로 다음 작품이 있는 정원으로 떠났다. 긴장으로 녹초가 된 나는 영서와 함께 차를 한 잔 마셨다.

"너무 수고 하셨어요."

"함께 꿈을 꾼 것 같아요."

27

"당신이 죽인 것이 아니었죠."
대답하지 않았다.

겨울은 혹독했다. 모든 나무는 떨었다. 0.1밀리미터로 정교하게 조각된 눈 결정들이 겨울을 지배했다. 거짓말처럼 대관령만 눈이 왔다. 국경 밖과 국경 안은 완전히 다른 세계였다. 믿을 수 없는 눈 솜사탕은 소리가 없다. 달콤했지만 눈이 녹자 불쾌하기도 했다. 너무 추운날은 믿기지 않게도 모든 것이 얼어 터지고 문손잡이에 살결이 닿으면 순간접착제처럼 붙어 버렸다.

설국열차를 타고 들어가는 마지막 겨울일 줄 알았는데 이브가 이틀이 멀다고 찾아왔다. 이브가 찾아오지 않는 날은 겨울잠에 취해 깨어나지도 않았다. 겨울잠을 자는 곰이 나올 정도로 추웠다. 햇볕은 우울했고, 해 질 녘은 관뚜껑처럼 스산했다. 밤과 새벽은 말해 무엇하겠는가? 핵폭탄 버튼이 있었더라면 누르고 싶었다. 하루는 겨울에 핀 달콤한 사탕, 하루는 잿빛 까마귀들이 어서 가자고 손짓했다. 이브가 없는 날은 다른 방문이 몽롱하게 닫히다가 삐거덕거렸다. 바닷물이 내 목까지 들어차면 검은 커튼이 창문을 열었다. 영하 25도의 매서운 북풍이 겨울을 이기지 못하도록 심술을 부리기도 했다. 눈이 유별나게도 많이 내렸다. 겨울의 눈, 흰, 차가운 바람 냄새.

계절은 주사위처럼 굴러다닌다. 이브가 내 몸을 챙긴다. 오랜만에 오대산 월정사와 전나무 숲, 상원사와 아련한 선재길을 걷자고 한다. 아, 나는 입으로 숨을 쉬며 잠들어 있다가 다시 눈을 뜨다가 또다시 깨다가를 반복한다. 이제 눈꺼풀은 얼마나 무겁고 속도가 느린지 기분이 좋다. 이브의 얼굴이 흰 수선화 같다. 간호사가 오늘은 웬일로 우리가 사랑했던 그 오대산으로 산책하러 가자고 한다. 볕을 쬐며 앉아서 책을 보던 그녀가 책을 덮고 검은 커튼을 확 친다. 양쪽 커튼 사이로 우아하게 들어오던 빛이 폭포수 떨어지듯 쏟아진다. 눈이 부시다. 일부러 그런 것은 아니겠지만.

이 고된 마지막 순간이 다가오는데 이브가 직접 운전을 해서 나를 데리고 간다니 영광이다. 이브와 산채정식을 먹고 청시닥나무와 개벚지나무를 소개할 것이다. 그녀는 내가 방 밖으로 걸어갈 수 있도록 문을 미리 열어 놓았다. 나는 침대에서 일어나기가 힘들다.

"그럼, 머리를 감고 나가요."

죽은 듯한 자세로 멍하니 하늘만 쳐다본 나는 그러고 싶었다. 이브가 촛불을 끄면서 나를 물끄러미 쳐다본다. 촛농이 떨어지는데도 아랑곳하지 않는다. 향초는 커다란 유리병 안에 들어가 있으니 촛농이 떨어져도 위험하지 않다. 어깨를 들고 고개를 일으키고 옷을 벗는다. 내 몸에서 나는 냄새가 좋지 않다. 이브가 푹 젖은 머리카락에 양손의 힘을 가지고 내 머릿속까지 지배한다. 양손가락의 리듬이 하나둘, 하나둘 그런다. 두 번째 손가락부터 네 번째 손가락까지 묘한 리듬감이 있다. 머리 겉 두피도 시원하다. 박하가 떨어지는듯 좋은 향이 난다.

오대산 성보박물관 앞에 산채정식을 잘하는 식당이 있다. 오랜만에 오니 주인장도 환영한다. 우리는 오래전부터 아는 사이다. 그때 그와 나는 참 젊었다.

이브와 걷는 전나무 숲은 따뜻했다. 이 계절의 전나무 숲은 알싸하니 마음을 녹인다. 이브에게 이곳을 어떻게 알았냐고 물어보니 아빠와 함께 자주 왔었다고 한다. 나는 월정사, 상원사, 전나무 숲길을 좋아했다. 월정사에서 상원사로 걸어가는 선재길은 명품이었다. 월정사 청류다원 입구 청시닥나무를 사랑했다. 단풍나뭇과의 낙엽 소교목인데 한 7~8미터 높이에 잎이 마주나는데 잎 뒤의 잔털도 참 멋스러웠다. 게다가 단풍까지 알록달록 물드니 사계절 기억에 남는 나무다. 팔각구층석탑 앞 신나무도 나를 반겨주었다.

"그럼, 선재길 걸어 봤어요?"

나는 퉁명스럽게 천천히 물어본다.

"아, 그럼요. 아빠가 그곳에서 단단풍 나무를 알려 주셨어요."

"단단풍나무는 단풍과죠. 단풍나무와 다른 수종이에요. 아주 색이 곱고 예뻐요. 아버님이 멋쟁이시네요."

"아, 숲해설도 하셨어요."

"오, 그러셨군. 숲해설 나도 한참 때 참 좋아했죠."

숲해설을 보고 자란 간호사를 보낸 것인가. 순간 마음이 일그러져 한참 동안 빽빽이 둘러싸인 전나무 가지들을 쳐다볼 수 없었다.

"날씨 좋은데 전나무 숲 끝까지 걸으시겠어요?"

"천천히 걸으면 좋겠어요."

그녀가 불안한지 왼쪽 팔을 잡아준다.

"어머, 입술이 터졌군요."

"오랜만에 찬 바람을 쐬니 기분이 좋았는데 입술은

터졌네."

"아버지는 숲해설을 참 좋아하셨어요."

"만병통치가 되는 곳이 숲이지."

"아버지는 사람이 고칠 수 없는 병은 의술이 아닌 자연에 맡겨야 한다고 간호사가 되려는 저에게 말씀하셨어요."

"그래서 나를 종종 숲으로 데려왔군요."

그날 이브와 산책은 즐거웠다. 마지막 걷기라 그런지 꿈처럼 행복했다. 월정사 팔각구층석탑은 송나라 탑 문화 양식에 영향을 받았다는 이야기부터 건축, 풍경 장식, 국보 지정, 상원사, 오대산의 나무들, 선재길의 추억, 숲에 관한 미래적 이야기까지 나눴다. 이브와의 짧은 산책은 나를 숲해설 하던 때로 데려갔다. 대관령을 출발해 백두대간 숲에 자주 들어갔는데 그때로 돌아간 듯 했다. 환자와 간호사라는 관계도 잊었다. 영서와 숲을 걷던 그 시절이 생각났다.

정원은 회갈색이다. 오늘도 이브가 찾아왔다. 물론 K교수가 함께 왔으면 더 이상 내 몸은 아프거나 나빠지지 않았을 것이다. 아니 더 나빠질 수도 있다. K교수가 대학 병원장으로 진급하면서 바빠져 자기 후임을 보낸다고 했는데 나는 거부했다. 노인의 냄새가 나는 곳에 젊은 간호사가 오니 밝아진다. 이브의 치마가 창밖에 서

있는 뽕나무 열매를 닮았다.

"음악 틀어 드릴까요?"

이브가 묻는다.

"이젠 됐어요."

"선생님, 제가 이번에 장기 휴가를 가게 되었어요."

나는 침묵한다.

"다른 간호사나 요양 보호사를 보내 드린다고 교수님이 그러셨어요."

"괜찮다고, 전해 주세요."

"무슨 소리세요?"

"이제, 필요 없어요."

창밖을 지긋이 쳐다본다. 골짜기로 윙, 윙, 윙, 거리는 기분 나쁜 골바람이 밤새 불었다. 누워서 당신을 생각한다. 얼굴이 보였다가 숨기도 한다. 나는 괴로웠다. 거리는 가까운데 당신은 없었다.

"나가서 산책하실래요?"

이브의 목소리가 나를 깨운다. 잠도 깊게 오지 않아 불편했는데 바람을 맞기로 한다. 뒷산은 언제나 산책하기 좋은 곳이다. 날씨가 서늘한데 걷기에는 지장이 없다. 산 둘레길 주변으로 산림청에서 벌목을 해놓은 나무들이 보인다. 지표면 위 나무의 가장 아랫부분을 잘라낸 핏기 없는 형체들이다.

"왜 이렇게 나무를 쌓아 두는 거에요?"

이브가 묻는다.

"옛날에는 나무를 땔감으로 사용했어요."

"칼산에 베어진 나무들이 많나요?"

"솎아주어야 숲도 건강해지고 나무도 너무 촘촘히 밀집된 것보다 간격도 지켜주고 그래야 미관상이나 생육적으로도 좋아요."

"몇 해 전 유엔 사무총장도 경고했잖아요. 지구 열대화는 이미 시작됐다고. 인간과 나무는 어떻게 될까요?"

참 난해한 질문이었다.

"오래전부터 지구 온난화가 아닌 지구 열대화가 시작되었죠. 매년 이렇게 더우니 큰일입니다. 아마존 열대우림도 심각하게 파괴되고 북극의 빙하는 재난 영화처럼 녹고 있어요. 가슴이 아프지만 이럴수록 정신을 바짝 차려야 해요. 인간이나 나무나 가장 큰 의미로는 지구의 고유한 구성원이에요. 자연과 사회 안에서 동지애적으로 상생하는 것, 즉 함께 교류하고 성장하며 지구의 핵심적 모델로 더불어 살아 나간다는 것에 의미가 있겠지요. 인간은 우선 자연이 준 선물인 나무와 식물을 잘 보존하고 관리해야 합니다. 지구를 보호하는 나무와 식물이 육지의 70퍼센트를 뒤덮고 있으니까요. 또한 지친 영혼을 치유하는 최적화된 장소가 바로 자연이고 나무

잖아요. 손을 맞잡고 병들어 죽어가는 지구를 지켜나가 야죠."

"맞아요. 지금 대한민국도 매년 기록적인 폭우와 열 대야로 재난 영화를 보는듯해요. 오래전부터 수도 없이 경고했는데 지구가 계속 기록을 갈아치우는 것 같아 가 슴이 아파요."

"작년 여름에는 하루 동안 500밀리미터가 넘는 폭우 가 쏟아졌잖아요. 또 한여름 최고기온이 40도가 말이 되나요."

'500밀리미터'와 '40도'의 숫자에 둘은 침묵으로 대 화를 이어갔다. 숲에서 읽었던 책들이 병풍 펼쳐지듯 고 유한 페이지로 한 장 한 장 넘겨졌다.

28

세상에 비밀은 없다. 비밀이란 죽을 때까지 나 혼자만 알고 있어야 비밀인 것이다. 아무리 가까운 사람이라도 말하는 즉시 비밀은 해체된다. '비밀'은 인간종만 갖고 있지 아니한가? 비밀을 이야기할 때 '너만 알고 있어.' 그것은 바로 남한테 말해줘도 된다는 혹은 소문이 나길 바라는 인간 본성의 양면적 마음 확장 아니던가?

"오늘 보여드릴 게 있어요. 선생님."

"어떤 곳인데 그래. 평소 자네답지 않구먼."

"제가 지친 하루를 끝내고 붉은 점들이 몰려올 때 내려가는 곳이에요. 오래전부터 꿈꾸던 비밀의 금고 같은 공간을 만들고 싶었어요. 놀라시면 안 돼요."

나는 목에 힘을 주고 말했다.

"뭐, 가보자고."

선생님은 '대체 뭔데?' 하는 표정으로 에스프레소를

한 잔 다 비우더니 자신이 가져온 마리포사 버터플라이 의자에서 일어났다.

집과 게스트하우스 중간 통로로 내려오면 바흐의 숲으로 연결되는 나무 계단이 나온다. 이 나무 계단은 특이하게도 절반은 외부에, 절반은 바흐의 숲의 천장에서부터 바닥까지 이어져 있다. 바흐의 숲은 집과 게스트하우스보다 지대가 낮은 곳에 지어졌기 때문에 외부와 내부의 단차를 해결하기 위해 경사가 급하고 긴 나무 계단이 필요했다. 외부의 나무 계단을 따라 내려가면 자작나무 문이 있다. 그 문을 열면 고가 높은 커다란 서재와 음악 감상실인 바흐의 숲 내부가 보인다. 계단을 끝까지 내려가면 왼쪽으로 피아노가 놓여 있고 피아노 뒤로 돌아가면 나무 기둥 아래 작은 공간이 숨어 있다. 허리를 숙이고 바닥에 깔린 호주산 양모 카펫을 치우면 캐나다산 사각 합판이 깔려 있다. 양손으로 합판을 들어 올려 벽에 기대어 놓으면 바닥에 굳게 닫혀 있는 적송 문을 마주한다. 이 문은 나만의 비밀 공간 '평균율'로 가는 통로이다. 자물쇠를 열고 문을 위쪽으로 당기면 지하로 내려가는 긴 나무 계단이 나온다. 계단 오른쪽 벽에 붙어 있는 은색 스위치를 올리자 불이 켜지고 지하의 어둠이 사그라진다.

"혹시 귀신이 나오는 목욕탕이나 공포 영화의 그 무

서운 연장들이 있는 건 아니지."

선생님은 농담 반 조심 반. 나를 무슨 연쇄살인범처럼 몰아붙이듯이 이야기했다.

"선생님도. 제가 그럴 인물이 되나요. 하지만 아무리 크게 소리를 질러도 밖에서는 들리지 않으니 이제 절 믿지 마세요."

겁을 잔뜩 주었다. 입가에 실없는 미소를 지으며 선생님에게 약을 올리 듯이 하지만 깍듯하게 말했다.

"오늘은 일부러 아무도 없는 날에 선생님을 초대한 거예요. 단 약속을 하나 해 주셔야 해요. 여기서 본 모든 것들은 선생님과 나의 우정으로 죽을 때까지 무덤까지 가지고 가는 겁니다."

그는 황당하듯이 나를 쳐다보았다.

우리는 지하로 연결된 긴 계단을 따라 내려갔다. 뒤따라 내려오는 선생님은 긴장한 듯 발걸음이 멈칫멈칫했다. 지하 바닥에는 적색 빛 붉은 타일이 깔려있다. 조금 더 안쪽으로 들어가자 커다란 초록색 나무 문이 나타났다. 나는 굳게 닫힌 초록색 나무 문을 천천히 열었다. 문이 열리자 선생님은 입을 다물지 못했다.

"이게 다 무엇인가, 도대체 여긴 어디인가."

그는 놀라 소리쳤다.

생전 처음보는 광경일 것이다. 나는 침착하게 비밀의

방을 선생님에게 소개했다.

"선생님, 이곳은 나만의 세상으로 가득한 비밀의 방입니다. 저는 이곳을 '평균율'이라고 부릅니다. 세 개의 방으로 나누어져 있습니다."

나는 말을 잃어버린 듯 아무 말도 못하는 선생님을 뒤로 하고 첫 번째 방의 묵직한 자작나무 문을 열었다.

"세상에."

"오! 하느님, 신이시여."

"씨앗의 방입니다."

5평 정도 남짓한 방안에는 한약방 약재 보관함처럼 만든 서랍장들이 사면에 세워져 있었다. 라벨이 붙어 있는 각각의 서랍안에는 전 세계 꽃씨들이 가득했다. 한쪽 벽에는 연도별로 수입한 유럽 A사, B사의 씨들이 품종별로 가지런히 정리가 되어 있었고 다른 벽면에는 나의 정원에서 채집한 희귀 야생화 씨앗들이 가득했다. 다른 쪽 벽에는 봄에 파종해야 할 씨앗들과 가을에 파종해야 할 수백 종의 씨앗들이 분류되어 있었다. 반대쪽 서랍에는 나무씨들이 나라별, 품종별, 침엽수, 활엽수, 관목류 등으로 나누어 한 눈에 찾아보기 쉽게 구분해 놓았다. 열대 과일 씨앗도 모아 놓았다. 어떤 라벨에는 '대관령 사과 씨'라고 적혀 있었다. 내가 사랑하는 푸른 양귀비 씨앗은 맨 꼭대기 서랍에 숨겨 두었다. 물론 숙근양귀비 씨앗 역시 많은 서랍을 차지하고 있었다. 서랍장에 붙어있는 라벨에는 속명, 종소명, 품종명, 과명 등이 세세하게 적혀 있었다. 고딕체 라벨은 수집광의 고독한 면모를 드러내고 있었다.

〈헬렌엘리자베스 숙근양귀비〉

속명	Papaver
종소명	orientale
품종명	Helen Elizabeth
과명	Papaveraceae

선생님의 눈동자는 부들부들 떨고 있었다. 나는 아무 말도 하지 않았다.

"세상에. 전부 다 학명으로 분류해 놓고 라벨을 붙여 놓았군. 이곳은 전쟁이 나도 끄떡없을 씨앗 보관소군. 아마도 영서가 보면 매우 놀랄 것 같네."

"영서에게는 비밀로 해주세요."

"세계씨앗협회 회장을 데려와야겠군."

"꽃은 다 여기서 만들어졌어요."

"이 친구 양귀비속(Papaver) 분류해 놓은 것 보세. 기가 찰 노릇이군."

"가끔 자네를 불러도 아무런 기척이 없더니 이곳에서

혼자 유령처럼 놀았군."

"씨를 채집하거나 수집해서 분류하고 봄 파종, 여름 파종, 가을 파종하고 발아가 되어 꽃으로 만드는 과정이 너무 즐거웠습니다."

"이렇게 많은 한해살이와 구하기 힘든 특이한 꽃을 키우려면 이런 저장소가 있어야 하지. 하지만 아무도 할 수 없는 자네만의 신비한 능력이군. 대단해!"

수백 수천의 씨앗이 있는 첫 번째 방을 뒤로하고 두 번째 방으로 걸어갔다. 문을 연다. 구근의 방이다. 이번에도 선생님은 한 동안 말이 없다.

"자네 매우 아팠구만."

"아프다니요?"

"감성이 너무 넘치고 강해서 환자라고."

씨앗의 방 서랍장보다 훨씬 크게 짠 나무상자 안에는 각종 구근이 가득 차 있었다. 제일 먼저 봄 구근인 튤립 상자들이 가지런히 보였다. 튤립파(Tulipa)는 튤립의 라틴 학명이다. 품종으로는 업스타, 베로나, 뉴산타, 어메이징 패롯, 아케보노, 래브라도, 퀸 오브 나이트, 아방가르드, 망고 참, 스트롱 골드, 오렌지 반 에이크 등 오십여 품종을 가지고 있다. 나는 종류별로 나누어 나무상자에 보관했다. 튤립은 봄 정원에서 가장 좋아하는 꽃이라 더욱 신경을 썼다. 튤립 옆으로는 크로커스, 히아신스,

무스카리, 치오노독사, 푸쉬키니아 등의 여러 품종들이, 그 옆으로는 구근 아이리스 품종들이 정리되어 있었다. 초봄 난쟁이 아이리스는 단포르디아, 호지킨, 알린다, 심포니 품종들이 눈에 띄었다. 프릴이 고혹적인 일본 아이리스, 특이한 향이 도는 독일 아이리스, 화형이 수박만 한 미국 아이리스 역시 꼼꼼하게 분류해 놓았다. 또 다른 나무상자에는 여러 알리움들이 수집상의 보물처럼 가득했다. 얼마 전에는 브루네라 알렉산더 그레이트도 이곳에서 숨을 쉬며 대기하고 있었다. 정말 세상의 모든 구근이 이곳에 다 있었다. 웬만한 애호가가 아니면 모르는 에레뮤러스도 있었다. 프리지아, 라넌큘러스, 프리틸라리아, 크리스마스 로즈, 에키네시아, 수국, 백합, 프록스 식물들의 뿌리와 구근들, 월동이 힘든 목단과 여왕 작약들도 수십 가지가 보관되어 있었다. 선생님은 나무상자들을 하나씩 하나씩 열고 닫고 하면서 숨을 쉬지 않았다.

"선생님, 아직 더 보여드릴 게 있어요."

"아니, 대체 무엇을 더 보여줄 게 있는가, 자네."

"이곳에 방이 하나 더 있어요."

"그래……."

"선생님, 부끄럽고 미안하기 짝이 없습니다."

"아니, 무엇이?"

"그게…… 오랫동안 선생님께 무슨 거짓말이라도 한 것 같습니다."

"아니야, 무슨 소리야. 난 자네가 대견한걸. 아직도 믿기지 않아서 내 허벅지를 꼬집어 보고 있어. 아프군. 허허."

나는 마지막 방의 제법 큰 자작나무 문을 열었다.

방 가운데에는 레바논 삼나무로 만든 커다란 테이블과 의자가 15개가 있었다. 테이블 위에는 와인 잔도 놓여 있었다. 가장 넓은 방이었다. 한 쪽 벽면에는 책이, 다른 한쪽 벽면에는 클래식 음반이 빽빽이 채워져 있었다. 나는 이 방이 무엇을 하는 곳인지, 커다란 레바논 삼나무 테이블과 의자들이 왜 있는지, 용도는 무엇인지 말하지 않았다.

"음악을 들려 드릴게요."

손바닥보다 작은 리모컨을 누르자 웅장하며 경건한 합창이 흘렀다. 책과 책 사이로 애절한 선율이 넘어와 다른 책으로 또 다른 책으로 그 경건한 중세 합창이 고독한 방안에 울려퍼졌다.

"이 곡은 무슨 곡인가?"

"아, 바흐 〈요한수난곡〉입니다."

"애절하고 웅장한 중저음이 이곳의 분위기와 잘 어울리네."

"선생님이 좋아할 것 같았어요."

선생님은 눈을 감았다. 그는 왼쪽 벽면의 수많은 클래식 음반들을 살펴보다가 몇 곡을 더 들었고 바흐의 〈칸타타〉 음반을 꺼내 한참을 이야기했다. 그러고 보니 유일하게 이곳 출입이 허용된 친구가 벨라였다. 음악이 흐르는 동안 미묘한 침묵이 흐른다. 나는 영서에 대해 물어보고 싶었지만 입밖으로 나오지 않았다.

"자네, 혹시 그 친구를 사랑하나?"

"……"

"마음이 굉장히 아픈 친구야."

선생님은 영서와 하는 프로젝트는 우리나라의 개성 있는 작가들을 선정해 그들의 작품을 읽고 신랄하게 토론한 것으로 책을 만드는 일이라고 했다. 늙은이가 그냥 취미 삼아 하는 거라며. 그럼에도 이유 없이 나의 얼굴은 얼음장처럼 굳어졌다.

나는 마지막 곡을 턴테이블에 올린다. 헨리 퍼셀의 〈O let me weep, for ever weep〉 곡이다. 이 소프라노의 음성에 눈시울이 붉어졌다.

29

평균율에서 나온 후 선생님은 영서와 산책을 나갔다. 혹시나 영서에게 말하는 것은 아닐지 불안했다. 그것보다 둘의 다정한 모습이 내 가슴에 못질하듯이 아팠다. 비위가 약한 나는 당장이라도 토할 것 같았다. 〈개인정원콘테스트〉 우승자 발표는 오늘 케이블 TV에서 방영된다. 이번에 출품한 정원은 선생님과 영서와 손을 모은 것이라 우승에는 욕심이 없었지만 종종 시비를 건 선생님에게는 화가 났다. 모르겠다. 그 감정이 영서를 두고 내가 벌이는 사랑때문이었을까, 지독한 에고이즘 때문이었을까. 우승자 발표를 하는 순간까지 별의별 생각이 다 들었다. 선생님과 나, 영서와 나, 선생님과 영서. 생각은 꼬리를 물고 추락했다. 환희와 역겨움이 동시에 몰아쳤다. 나는 정원의 구역을 돌고 돌았다. 선생님과 영서가 산책에서 돌아오기 전 감정을 정리해야 했다. 우승자 발표 시간이 다 되어가자 그녀만 돌아왔다. 선생님은 읍내에 약속이 있어 나갔다고 했다.

"자, 드디어 우승자를 발표하겠습니다."

TV 아나운서는 심사위원장을 호명한다. 원예 조경의 좌장이신 박두부 선생이다. 나는 영서의 뒷모습을 바라본다. 영서는 나의 앞모습을 쳐다본다. 통창에 비친 우리는 떨고 있다. 우리는 눈을 맞추지 못한다. 잠시 숨을 멈춘다. 명치 끝이 서늘해진다. 우승자가 적힌 카드를 확인한 심사위원의 눈빛이 달라진다. 미간을 살짝 오므리더니 입가에 터질듯한 미소가 감돈다.

"대자연의 보고 백두대간을 커다란 '자연 정원'으로 설계해 총 6구역으로 나누어 '세계의 대륙, 지구의 자연'이라 칭하며 기후에 맞게 색채별로 모아 놓은 정원이 있습니다. 전 세계에서 구한 씨앗들로 직접 파종한 꽃들은 얼마나 색감이 깊고 유연하며 꼿꼿한지. 이렇게 아름답고 독창적인 정원을 우리는 본 적이 없습니다. 우리는 대관령의 정원을 만장일치로 대상으로 선정합니다."

박두부 선생의 우승자 발표가 끝나기도 전에 영서가 소리쳤다.

"와우!"

"브라보, 브라비시모."

"세상에! 우리가 해냈어요. 우리가."

나도 너무 기뻐서 소리를 질렀다.

"정말 고마워요."

나는 영서를 껴안고 웃었다. 이렇게 잠시나마 열렬히 안아볼 수 있어 눈물이 났다. 목덜미의 풀 향이 내 코까지 들어왔다.

당신은 그때 모르셨지요. 나는 우승컵과 우승 상금보다 당신을 안고 있을 때가 더 좋았습니다. 그렇게 꿈을 꾸었으면 했지요. 그것이 마지막이라도 말입니다. 풀 향이 났어요. 대관령 드넓은 초원을 거닐면 나는 풀 향이죠. 어떠한 향수보다 중독성이 더 강했어요. 당신의 옷, 당신의 그림자, 당신의 방, 당신의 목덜미에서도요. 그날 마침 선생님은 산책하러 갔고 나와 단둘이 있었지요. 우리는 계속 여기저기 채널에서 소식을 기다렸습니다. 그래서 더 긴장되었지만 특별했어요. 나는 술은 못 마시지만 그날은 샴페인 한 병을 땄어요. 둘은 한 잔이 두 잔이 되었고 또 석 잔이 되더니 치사량에 도달했어요. 그래요. 전 당신을 사랑했어요. '사랑한다' 말해야 했어요. 우리는 붉어졌어요.

"술은 감미로워요."

볼이 붉어진 영서가 말한다.

"한 잔 마셨는데 취기가 올라와요."

그래, 입맞춤해야 한다. 드넓은 대관령이라는 바다에 아무도 없었다. 차고 흰 공기, 우리를 내려다볼 까막딱따구리, 긴점박이올빼미, 벨라. 그들만이 우리를 바라보며 증인이 될 것이다.

입술은 너의 어깨처럼 얇고 모닥불처럼 뜨겁고 풀 향처럼 차가웠지. 윗입술을 살짝 깨물자 두 마리 새는 깊고 깊은 숲으로 도망갔어. 손가락이 입에 닿자 강아지와 암고양이가 사랑을 했어. 당신의 두 허벅지는 잠을 자듯이 가만히 오므리고 있었고 윤곽이 어두운 스커트는 따뜻한 감촉과 시퍼런 온기가 돌았어. 살구색 무릎은 하겐다즈 아이스크림처럼 달콤했지. 나는 한 잔의 치사량에 당신의 줄무늬 남방 맨 위 단추에 손을 올렸고, 서서히 숨을 크게 내쉬며 당신의 두 다리 사이로 내 다리를 밀착시켰지. 그날 불은 꺼지지 않았고 새벽이 되어서야 까막딱따구리와 긴점박이올빼미가 칼산에서 날갯짓하며 돌아왔어. 우리는 손을 잡고 닿을 듯 말 듯 잠을 잤어. 새벽녘 그날처럼 푸르고 찬연한 날은 없었지. 그날은 꿈도 없었지.

다음 날 영서는 아무런 말도 없이 떠났다.

백합 프릴이 서서히 색이 빠질 때였다. 그녀는 언제 온다는 말을 남기지 않았다. 밤꽃 향기 암술과 수술의 수정은 뜨거웠다. 기억은 장미처럼 떨어지고 장미는 길 잃은 친구 하나를 찾고 있었다. 그 후로 마을에서 풀 향은 나질 않았다.

선생님은 편지 한 통을 나에게 건넸다. 영서의 편지였다. 그는 프로젝트가 빨리 끝났다고 했지만 그런 것 같지는 않았다. 영서가 갑자기 몸이 안 좋아진 것인지, 정말 프로젝트가 끝난 것인지, 〈개인정원콘테스트〉 우승 후 더 있어야 할 이유를 찾지 못했는지, 나와의 사랑이 좋았던 것인지 아니면 불안했던 것인지, 그녀는 떠났다. 선생님은 아침 일찍 편지를 전달해 주고는 평소처럼 아랫동네 산벚나무 할아버지 집으로 마실을 갔다. 그의 뒷모습이 무거웠다. 나는 하루 종일 아무 일도 하지 않고 아무런 말도 하지 않았다.

한여름의 무더위가 없는 대관령은 광복절을 기점으로 선들바람이 한 번에 분다. 숲은 찬연하다 못해 가을로 직행한다. 8월도 지나자 목홈, 방사홈이 뚜렷한 등딱지가 암갈색인 산왕거미는 새벽 구름이 눈앞으로 밀려오면 거미줄을 우렁차게 붓질하듯이 만들어 낸다. 여름 내내 숲 가장자리와 정원 회양목 일대를 접수한 긴호랑

거미 역시 절기를 기막히게 알아차리고 사라지고 만다. 숲은 제법 녹음이 짙게 칠해져 한여름을 숙명적으로 받아들인다. 해바라기는 어느덧 우아한 고개를 숙이고, 씨들은 전부 떨어지고, 정원의 꽃들은 왕관을 벗기 시작한다. 오만하고 도도했던 젊음을 가진 정원도 이제 중년으로 넘어가는 시기다. 달리아는 넘보지 못할 권력과 위세를 뽐내고 있었지만 다른 꽃들은 퇴임하는 대통령 부부 같았다. 가을이 오면 추상과 현실의 경계가 모호해지는 밤이 깊게 다가올 것이다. 선생님마저 떠나면 게스트하우스를 한 달 정도 닫을까 한다.

나는 집중이 되지 않아 책을 읽다 말았다. 활자가 눈에 들어올 리가 없었다.

영서는 왜 갑자기 떠난 것일까?

덩치가 나보다 더 큰 벨라만이 측은하게도 나를 쫓아왔다. 벨라와 마당 한구석에 주저앉아 깊은 포옹을 했다. 그녀와 함께 작업한 꽃 뭉치들이 바람에 휘날렸다. 우승까지 하자 모든 게 시시했다.

색을 잃어가는 정원에 새 한 마리가 날 쳐다본다.

"넌 지금 깨끔 춤이라도 출 태세네."

"이름 모를 새야, 어쩜 그리 예쁘니."

"우리는 당신을 잘 알지."

"그래, 나는 사랑을 하고 있었구나."

"사랑은 이제 너의 몸에 도파민 결핍처럼 퍼질 것이야."

"그러면 많이 아파지지."

새 한 마리가 말이 끝나자 다른 새가 말한다. 그리고 둘은 지구상에서 존재하는 가장 아름다운 날개를 가지고 내 곁을 떠난다.

30

사랑을 더 하고 더 괴로워하겠는가, 아니면 사랑을 덜 하고 덜 괴로워하겠는가?
그게 단 하나의 진짜 질문이다, 라고 나는, 결국, 생각한다.

줄리언 반스, 《연애의 기억》

우승을 축하해요. 저에게도 특별한 선물이에요. 당신과 선생님이 싸운 것을 목격했을 때, 그곳에 있기 힘들었어요. 우울한 감정이 좀 나아졌는지 나는 당신의 정원을 걸었어요. 의사는 내 눈빛을 봐요. 아주 좋아졌다고 하지만 난 괜찮지 않아요. 밤마다 내 감정선을 복받치게 한 줄리언 반스의 소설 《연애의 기억》을 읽고 있어요. 당신의 정원은 쉽게 보기 힘든 아름다운 정원이죠. 유럽의 작은 마을의 풍경이자 미술관 같아요. 계단을 백여 개 넘게 걷다 보면 넓은 광장에 커다란 청동으로 된 조각상이 나오는데 힘이 넘치고 볼륨감 있는 남자 몸매에요. 넓게 벌어진 어깨, 툭 튀어나온 코, 달빛처럼 빛나는 얼굴, 긴 팔과 들어가지 않은 매끈한 허리, 말처럼 단단한 엉덩이와 심볼, 길고 곧은 다리. 당신이에요. 개구쟁이 벨라를 보고 커다란 통창을 지나 자작나무 문을 열고 들어가면 음악이 흐르고 한 벽면은 책으로 꽉 채워져 있지요. 그 반대 벽에는 여러 개의 창이 있고 정면의 큰 통창으로 아름다운 정원이 보여요. 정원은 매일 다르게 보이는 자연의 그림이죠. 꽃들이 얼마나 새초롬하게 피던지. 하지만 전 질투하지 않아요. 당신을 아니까요.

나의 불안과 우울감도 이곳을 하루 종일 걸으면 많이 치유되었습니다. 너무 좋았어요. 사랑해요, 당신. 이 아름다운 정원은 언제부턴가는 나를 위해 가꾼다는 것을 알아요. 어떤 정원에 '사랑의 향기'가 피어 있다면 바로 이곳이죠. 하루는 산사나무 아래서 당신의 사진첩을 봤어요. 그날 당신은 어느 손님과 정선에 간다고 해서 이 넓고 커다란 집에 나 혼자 있었습니다. 그때 당신에게 연락이 왔어요. 밤색 노트에 적혀 있는 '꽃을 좋아하는 모임' 명단을 확인해 달라고 했어요. 노트가 어디에 있나 찾아보았어요. 저는 피아노 의자 위를 생각했는데 당신은 피아노 건반 위쪽이라 했어요. 책이 많아 한 번에 찾지 못했어요. 그리고 우연히 밤색 노트에서 당신이 쓴 시를 보게 되었어요. 무슨 낙서 같기도 했는데 두꺼운 연필로 근사하게 적혀 있었죠. 나를 생각하는 당신의 편지였죠. 아름다운 낭만주의 시처럼 가슴 아팠지만 당신에게 내색하지 않았어요. 저는 이미 당신을 사랑하고 있었으니까요. 글씨체는 알아보기 힘든 귀여운 외계인체. 당신의 마음을 알아채는 결정적 단서를 확인했죠. 이 사랑의 슬픔을 이제 알았으니 나는 감정을 계속 숨겨야만 했고 하나님이 미웠어요. 선생님과 프로젝트를 마치고 방에 들어와 보니 약봉지 하나가 없어진 것을 알게 되었어요. 내가 먹는 약을 당신이 알았구나. 손발이 덜덜 떨리고 머릿속이 하얘지면서 눈물이 쏟아지는 날이었죠. 어찌나 세월이 가련하던지요. 내가 처음 당신 집에 머문 지 며칠 후 당신은 고장난 싱크대를 고치러 들어왔었죠. 저는 알고 있었어요. 하지만 사랑에 해피엔딩이 어디 있나요. 사랑은 결국 상처를 허용하는 것이잖아요.

슬픔이 몰려왔어요
풀 향이 나는 편지를 보면
눈물이 밀려왔어요
풀 향이 나는 편지를 보면

31

몸의 영혼이 이탈되어 상실감에 빠져 지내다가 영서를 다시 만난 건 숲해설을 하던 어느 날이었다. 말도 없이 이곳을 떠났던 그녀는 갑자기 나타났다.

나는 원숭이처럼 숲을 좋아한다. 숲을 좋아하기에 숲해설 아르바이트를 한다. 마가목 앞에서 숲해설을 예약한 손님들 십여 명을 기다리고 있었다. 이제 마지막 참가자만 오면 출발이다. 보통 오전 10시에 출발하는데 오늘은 10분이 지나가도록 한 명이 오지 않고 있다.

기다리다 지친 표정이 역력한 70대 초반 어르신이 나에게 한마디 한다.

"이보쇼, 해설사 양반. 약속대로 가야 하지 않소?"

"네, 어르신. 곧 출발해야겠습니다."

"먼저 최 선생이 숲해설을 할 때는 지체 없이 떠났는데 오늘 해설사는 인내심이 많군."

경상도 사투리 말투가 남아있는 어르신이 나를 가엽게 쳐다보며 말했다.

시계를 보니 15분이 지났다. 보통은 미리 연락이 오지 않으면 한 5분 정도 기다리는 게 예다.

"자, 그럼 한 분은 못 오시는 걸로 알고 출발할까요?"

기다리는 것을 포기하고 가려고 하는데 웬 택시 한 대가 먼지를 품고 총알처럼 날아와 앞에 선다. 택시 뒷좌석에는 한 여성이 배낭을 멘 상태에서 상체를 택시 기사 앞쪽 그러니까 왼손은 기사분 운전 헤드 시트 쪽에 기대고 있고 오른손은 우리 쪽을 가리킨다.

그녀는 택시 기사한테 인사도 하는 여유를 부리지만 이내 이곳을 쳐다본다. 많이 본 듯한 얼굴이다. 아, 암고양이다. 그녀였다. 아, 나도 모르게 그녀에게 시선을 강탈당했다. 귀는 눈을 뜨고 숨은 가빠지며 입은 살짝 벌어지다가 가슴으로 얼음이 쏟아졌다.

분명히 영서였다. 나의 영혼, 영서.

나만 첫사랑을 전쟁통에 헤어졌다 다시 만난 사람처럼 숨을 참으며 탄식했다. 심장이 두근거렸다.

"안녕하세요? 여기 대관령 바우길 2구간 국민의 숲길 코스 맞죠?"

바람막이 점퍼의 지퍼는 올리지도 못한 채 그녀는 택시에서 내리자마자 눈을 마주치며 인사를 한다.

나는 눈시울이 벌게졌다. 그녀를 바로 안고 싶었다.
악수를 청하며 그녀를 꼬옥 포옹했다. 몸이 은사시나무
처럼 부들부들 떨렸다. 그녀를 끌어당겨 더 세게 안았
다. 차갑고도 따뜻한 가슴이 내 품에 닿았다. 숲해설을
취소하고 싶었다. 그토록 기다린 마지막 한 명이 바로
영서라니. 내 집에서 도망치듯이 떠났는데 이렇게 다시
만날 줄은 꿈에도 몰랐다.

"네. 맞아요. 국민의 숲입니다."

"늦어서 죄송해요."

"환영해요."

"터미널에서 좀 늦었어요. 웬 장날에 사람이 그렇게
많은지."

더 이상 지체할 수 없었다. 숲해설에 온 손님 중에는
어르신들이 많았다. 손님들이라 표정 관리를 해야 했다.
차분한 목소리는 왜 이렇게 떨리며 숨이 차는지 영서를
여러 번 다시 봐도 믿기지 않았다. 서러움의 세월이 내
볼을 때렸다. 그녀가 오다니 믿을 수 없었다.

"이보쇼, 이제 가야죠. 해지면 출발할 건가요?"

"네, 출발하겠습니다."

"총 열 분이십니다."

"배낭을 메고 출발합니다. 오늘은 대관령 바우길 2구
간 국민의 숲길 구간입니다."

피나무를 설명하고 있다.

피나무 위쪽을 쳐다보며 그녀가 떨리는 눈으로 나를 바라본다. 나의 눈도 그녀를 바라본다.

"괜찮아요? 옷을 더 두껍게 입고 오지 그랬어요."

"어떻게 알고 왔어요?"

"서울에 있다가 누군가한테 들었어요."

"머리가 아프고 몸이 녹을듯해 약 먹고 바로 대관령 행 버스를 탔어요."

"연락 좀 하지 그랬어요. 너무 반가워요. 오늘 숲이, 아, 정신없네요. 숲해설은 영서 씨가 있으니까 어렵군요."

"전 걷기만 해도 좋아요. 미쳐버리는 줄 알았어요."

"자, 이 나무는 산벚나무입니다."

"높은 산의 숲에 자랍니다. 백두대간을 따라 고지대에 분포하고 관상용으로 많이 심어요. 목재는 가구재, 건축재, 악기재, 장식용으로 사용됩니다."

"자, 이 나무는 잣나무입니다."

"홍송이라고도 합니다. 고산지대에서 자라고 잎은 가지 끝에 5개씩 달려 오엽송이라고도 합니다. 한국산 소나무란 의미에서 'Korean pine'이라 불리우며 목재는 건축, 가구, 포장, 합판, 목탄으로 사용되고 열매는 약용으로 쓰입니다."

"자, 이 나무는 산돌배나무입니다."

"대관령에 고목들이 많습니다. 순백색의 눈송이 같은 꽃이 4~5월에 피어나죠. 꽃에는 꿀이 많이 들어 있어 양봉 농가에 많은 도움이 됩니다. 가을에는 돌배가 달려 우리의 눈을 풍요롭게 해주죠. 목재는 염주알이나 다식판을 만들기도 합니다."

나는 나무를 설명했지만, 나무 이름은 영서였다.

32

그녀는 숲해설에 온 후 대관령 나의 집에 머물렀다. 하지만 숲해설에서 만난 그날만 몸이 좋아 보였다. 게스트하우스에 머물면서 강릉에 자주 내려갔다. 얼굴빛이 점점 안 좋았다. 눈빛은 풀려 눈동자는 강가를 배회하는 힘 없는 유기견처럼 어슬렁거렸다. 평상시 그녀와는 완전히 다른 모습이었다. 무엇을 물어보면 평소의 쾌활한 그녀답게 씩씩하게 대답하는 것이 아니라 단답형 대답과 무딘 감성이 합쳐져 인지하기 힘든 뭉크의 그림처럼 알 수 없는 사람의 표정이었다. 그녀는 좋아하던 것들을 하지 않았다. 시집도 가지고 다니지 않았다. 시집 아니면 소설 혹은 다른 예술 서적이라도 한 권 가지고 다녔을 텐데 그러지 않았다. 음악을 듣고 싶다거나 꽃을 알려 달라거나 산책하러 가자고 하는 일도 없었다. 그냥 하루종일 지치고 피곤해 보여 어디 아픈가 하는 생각이 자주 들었다.

　팔은 축 늘어져 있어 무슨 옷을 입어도 오징어 같았다. 약을 자주 먹는 것 같았다. 말이 점점 없어지고 정원에서 모종한 꽃이나 채취한 씨를 보여주려고 가면 늘 자는 모습이 대부분이었다. 난 그녀가 밤새워 글을 쓰느라 이렇게 축 처져있나 생각했다. 그녀가 없을 때 방에 들어가 보니 탁자 위에 렉사프로와 에프람정이 놓여 있었다. 우울증이 원인이었다. 이제는 눈으로만 확인해도 항우울증 약과 용량이 늘어난 것을 알 수 있었다.

　선생님과 머물렀을 때는 글을 쓰는 작가니 정신적 스트레스가 심해 어느 정도 신경 쇠약을 가지고 있다고 생각했다. 가벼운 계절적 우울증이나 정서적 우울은 성인 누구나 조금씩은 가지고 있지만 우울장애는 무서운 병이다. 그녀는 서점에 간다고 했지만 신경 정신과에 가는 것이었다. 대관령에 내려와 오랫동안 약을 복용해도 그녀의 우울증은 좋아지지 않았다. 뒷산을 혼자 자주 갔고 둘레를 걷는 모습이 나에게 종종 포착되었다. 언제부턴가 흰 약봉지에는 조현병이나 양극성장애에 처방하는 아빌리파이, 쿠에타핀도 추가 되었다. 그녀의 얼굴에서 빛나던 광채도, 밝고 생기있던 눈동자도 사라졌다. 힘빠진 오랑우탄처럼 팔이 늘어졌고 어깨는 축 처져 있었다. 사랑하는 영서가 중증 우울증이라니 믿기지가 않았다.

　이러다가 정말 큰일 나겠다는 생각에 그녀의 양해도 구하지 않고 정신과에 몇 번 데리고 갔다. 이상해진 그녀의 정신과 육체에 정확한 진단과 치료가 필요했다. 그녀가 머물고 있는 방을 내 방처럼 들락날락했다. 어느 날 그녀의 서재에 가보니 처음 보는 책들이 많았다. 앤서니 트롤럽의 《손 박사》, 미셸 우월벡의 《세로토닌》도 보였는데 거의 대부분이 우울증, 공황장애, 신경 정신, 꿈의 해석 등에 관한 책들이었다. 어느 날에는 그녀의 노트에서 이상한 그림을 발견했다. 여자가 긴 줄에 그네를 타고 있는데 그 뒤에는 낙엽송이 있고 성황당 비슷한 건물이 그려져 있었다. 산돌배나무가 우뚝 서 있고 그 주변에는 검은 바람과 먹구름이 가득했다. 다른 페이지에는 말이 묶여 있는데 그 앞에 장애인 소녀가 휠체어를 탄 채 말을 풀어주는 모습이었다. 마지막 그림에는 붉은색들이 에른스트 루트비히 키르히너의 그림처럼 붉다 못해 뚝뚝 떨어진 샛빨강, 붉은 빨강, 다홍색 빨강, 옅은 빨강, 짙은 주황색, 주황색, 오렌지색, 옅은 오렌지색, 짙은 살구색들로 정확히 나누어진 오묘한 그림이 죽음의 경계를 나타내듯 색과 색 사이에 다른 붉은 점들이 눈발처럼 내리고 있었다.

보라, 당신아
나의 검은 스커트는 이제 나를 그냥 놔두지 않아요
나는 내 의지대로 아무것도 할 수 없어요
매일 밤 미친개들이, 매일 아침 미친개들이 다가옵니다
나를 목줄로 감아 아무도 없는 하우스로 데려가
내 멀쩡한 정신에 약을 타 아무것도 하지 못하는 병 걸린
닭으로 만들어요
그리고 의자에 묶어 버려요. 아무것도 할 수 없는, 움직일
수가 없는 몸

보라, 당신아
당신아, 날 보세요
나는 당신을 사랑하지만, 당신에게 꽃을 줄 수가 없습니
다.
나는 이 깊은 병과 사막에서 본 나의 높은 목소리와 혈관
들이 우리를 가깝게 하지 않아요

보라, 당신아
천국에 우리의 문이 있다면
그곳에서 봐야 할 것 같아요
사… 랑… 해… 요

보라, 당신아
매일 그림이 그려지고

눈이 내 눈 밖으로 여름 밖으로

다시 당신의 손안으로 들어와요

우린 이제 멀어지나요

움직일 수 없어요

검은 치마들이 날 산산조각 내고 있어요

보라, 당신아

당신 보세요

당신의 붉은 점들이 내게로 왔어요

가득한 처녀의 솜털 같은 그 매혹과 심연의

성으로 이제 빨려 들어가요. 날, 날, 날…

끓다가 녹아요. 다시 녹다가 끓다가 이젠 증발합니다

스르륵

스르륵

당신 나의 그대.

낙서였는지 유서였는지 나는 그 메모를 읽으며 피 같
은 눈물이 주르륵 흘렀다. 며칠 후 나는 또 영서의 방에
청소를 하러 들어갔다가 소파 밑에서 약봉지를 발견했
다. 흰 약봉지가 누렇게 먼지로 뒤덮여 있는 걸로 보아
꽤 오래된 것 같았다. 날짜가 적혀 있었다. 선생님과 프

로젝트를 하기 위해 대관령에서 머물렀던 때였다. 약은 스테로이드였다. 그러면 그동안 항우울제와 스테로이드를 함께 먹은 것이었나?

다음 날 아무리 찾아봐도 그녀가 집에 없었다. 떠난 게 아니라 없었다.

초라한 옥수수 장대는 사라졌고 누런 잎들만 내 눈앞에서 보였다. 그날따라 사위는 칠흑같이 어두웠고 구부러진 옥수수 장대들은 바람에 물결치는 검붉은 핏덩어리같이 좌, 우로 미친 듯이 휘날렸다. 순식간에 롤러코스터를 탄 바람이 눈발을 만들었다. 검은 옷을 입고 출정식을 기다리는 것 같았다.

모차르트 〈레퀴엠〉이 흘렀다. 잘 마시지도 못하지만 숨겨둔 1998년산 와인 한 병을 꺼냈다. 그녀가 보고 싶었다. 멱살을 잡고서라도 이야기하고 싶었다. 병이 심각했다. 모든 시간의 흐름이 빛과 그림자처럼 빨라졌다. 내 심장은 토마토보다 더 붉어졌다. 그녀의 발이 시계 소리에 맞춰 따닥, 따닥따닥, 따딱거렸다. 점점 시계 소리가 크게 들렸다. 나의 손과 그녀의 발이 서로 부딪치며 다른 손과 발은 손등과 발등을 서로 기댔다. 순간 화가 치밀어 와인병을 벽에 내던졌다. 병은 바로 산산조각이 났고 핏빛 같은 포도주가 순식간에 얼굴 왼쪽 관자놀이 아래로 피처럼 흘러내렸다. 의심들이 단서가 될 줄은 그때는 몰랐다.

이브가 묻는다.

"교수가 죽였다고 생각하세요?"

33

영서가 죽기 전날 유례없이 대관령에 미친 회오리바람이 불었다. 까마귀 수십 마리가 무리를 지어 까까까소리를 지르며 산돌배나무 쪽으로 날아가고 있었다. 그녀는 하루 종일 방에서 나오지도 않았다. 그녀의 메모지가 나의 뒤통수를 짓눌렀다. 대관령의 미친 바람에 중독이 되면 여자들이 자살하거나 미친다는 설화가 있다. 나는 오래전부터 이곳의 여성들은 긴 겨울을 나기 위해 자수를 놓거나 뜨개질한다는 이야기를 들었다. 영서는 어느 때부터 대관령의 미친 바람을 좋아했다. 바람이 심하면 글도 잘 써지고 산책하기도 좋다고 했다. 언제부터는 홀로 산책을 자주 다녔다. 정원에 나와 고개를 숙이고 수십 바퀴를 돌았다. 무언가 중얼중얼 노래를 부르며 멍하니 하늘도 쳐다봤다. 바람의 혼령들이 그녀의 머리 위를 빙글빙글 돌았다. 그날 영서는 바흐의 숲에 들어가 무언가 적기 시작했다. 나는 미친 바람을 뒤로하고 방목 중인 말들을 수장대에 끌어다 놓았다. 제멋대로였다. 이상하게 말들도 날뛰고, 지치고, 피곤하고, 추웠다.

바흐의 숲 테이블 위에 시집 한 권과 선생님과 함께 만든 책, 그리고 편지가 한 통 있었다.

당신, 보세요.

교수님과 단둘이 프로젝트를 할 때 아니 오래 전부터 계절적 우울증이 좀 있었는데 책을 본격적으로 집필하면서 우울증이 시작되었어요. 교수님은 이런 저를 잘 알았죠. 교수님으로부터 대관령에서 프로젝트를 하자고 제의가 오는데 몸도 서서히 좋아지는 것 같아 흔쾌히 좋다고 했어요. 이곳에 와서 당신이란 사람을 만나고, 정원의 꽃들, 매일 걷는 숲길, 책을 읽고, 음악을 들으며 하루하루를 행복하게 행복하게 보냈어요. 하지만, 당신과 점점 가까워지는 모습에 교수님의 마음이 불편해하는 것을 알기 시작했어요. 교수님은 언제부턴가 저를 사랑했어요. 그리고 저는 교수님이라는 권력이 필요했어요. 그 관계의 진실적 거리는 당신이 생각하는 만큼은 아니었지만요. 교수님은 제가 걱정이 된다면서 약을 직접 챙겨주기 시작했어요. 처음에는 우울증을 치료하는 신약인 줄 알고 먹었어요. 나중에 알게 되었지만 약에는 스테로이드가 포함되어 있었어요. 그 후 우울증이 점점 심해지면서 감정조절이 안되고, 뭐 하나 내 마음대로 할 수가 없었어요.

충격이었다. 선생님이 영서를 사랑했고, 결국에는 과도한 치사량의 약을 먹으라고 준 것이었다. 이 미친놈을 당장 경찰에 신고해야 했다.

"난 그를 죽이고 싶었는데 어떻게 할 방법이 없었어요. 그가 너무 밉고, 영서에게 그런 몹쓸 짓을 했다니 죽이고 싶었지요. 하늘이 원망스러웠어요."

저는 그 피아노 계단 아래 비밀의 공간을 알아요. 그 방에 들어가 봤어요. 만첩해당화와 루피너스가 완전히 잠든 밤이었어요. 페퍼민트 차를 우려 어두컴컴한 여름 정원에 혼자 앉아 있었죠. 칠흑같이 어두운 밤이라 당신은 제가 정원에 앉아 있으리라는 생각도 못 했을 거예요. 교수님은 시를 읽고 서평을 쓰고 늘 밤 10시면 주무셨죠. 불빛을 싫어해 정확히 밤 10시가 되면 거실 등을 껐어요. 저는 2층 방에서 혼자 백열등 하나로 일을 했으니까요. 정원에서 혼자 시를 읽다가 당신이 피아노 뒤로 들어가는 걸 우연히 봤는데 거의 두 시간 정도 있다가 당신이 나왔어요. 얼마 후 바흐의 숲은 불이 꺼졌고 음악도 들리지 않았어요. 밤 12시가 넘어 차가운 이슬이 내리길래 방으로 들어갈까 하다가 바흐의 숲 문손잡이를 열어 보았는데 잠겨 있지 않았어요. 그날따라 여름 정원의 향기는 저를 독살 시킬 정도로 진하고 강했죠. 문을 열고 그냥 저도 모르게 무언가에 이끌려 들어갔어요.

피아노 뒤쪽에는 양모 카펫과 합판이 벽에 기대어 있었어요. 바닥에는 나무 문이 보였어요. 저는 나무 문을 왼쪽으로 확 젖혔어요. 문이 쉽게 열리고 눈 앞에 깊이를 알 수 없는 어둠속에서 나무 향이 났어요. 어딘가 불을 켜는 스위치가 있을 거라고 생각하고 조심스럽게 벽을 더듬어 불을 켰어요. 밝아진 눈 앞에 지하로 내려가는 긴 나무 계단이 보였어요. 당신이 내려오면 어떻게 하나 불안해하면서 또 저 밑에는 무엇이 있을지 궁금해하면서 지하로 내려갔어요. 그리고 그곳을 둘러보았죠. 이렇게 편지로 이야기해서 미안해요. 그냥 얼굴 보고 말할까, 하다가 당신이 숨기고 있는데 굳이 말할 이유가 없었어요. 그 방은 너무 비현실적이었죠. 두려움 반, 놀라움 반이었지만 당신의 지하 왕국을 나는 사랑했어요. 씨앗 보물창고인 방, 구근 실험실 같던 방, 숙근초 왕국이었던 방, 고풍스럽게 흐르던 고전 음악, 인기척 하나 들리지 않았던 환상들, 그리고 당신의 열정과 아픔까지도요. 그때 나는 당신을 죽을 때까지 사랑하리라 마음먹었죠. 운명이 있다면 얄미웠어요. 하지만 당신에게는 말할 수 없었어요.

저는 필명이 모강입니다. 당신에게 제가 어떤 책을 냈는지 이야기하지 않았네요. 당신의 집에서만큼은 작가란 호칭을 떼고 싶어서지 다른 이유는 없었어요. 저는 20대 후반에 신춘문예로 등단했고 세 권의 책을 출간했어요. 여기까지는 당신이 아는 본명 영서라는 작가지요. 세 권의 책을 낸 후, 몇 권의 산문과 소설을 모강이란 이름으로 출간했어요. 사람들에게 너무 알려지니 피곤하고 사생활도 없어졌어요. 무슨 사인회, 북토크, 인터뷰들이 신물이 났어요. 시집《시절인연》, 소설《꽃을 좋아한 당신》은 이곳에서 당신의 어리석은 영혼과 사랑을 기대며 그리워하며 만든 책이에요. 프로필도 언제부터 '차가운 바람' 딱 이렇게 적었고 신비주의를 내세웠어요. 서울에는 원고와 계약 때문에 갔죠. 물론 당신을 일부러 속인 것은 아니에요. 글 쓰는 직업이 뭐 그리 대단하다고 당신에게 이야기하지 않았겠어요. 그럼에도 우린 가깝고 멀었지요. 정원에서 우린 꽃에 편지를 전했고 꽃들은 우체부 역할을 했어요. 내가 그렇게 꽃과 책을 드렸지만 당신은 눈치가 빠르지 않았어요. 그 시절에도 우리는 산책을 자주 했죠. 참 소중하고 즐거웠어요. 존경했어요, 당신. 교수님의 질투와 집착은 미워하지 않기로 해요. 저에게는 평생 은인이에요.

"인간도 아닌 놈."

아마도 제가 춘추 문학상을 받았을 때였을 겁니다. 《바람의 언덕》이라는 강원도 어느 마을을 배경으로 소설을 집필한 후, 이곳의 매서운 바람처럼 심장에 거친 검은 강이 생기기 시작했어요. 신경이 예민해지고 목이 개 목줄에 묶여 젖은 솜처럼 끌려다니는 인형으로 변해 있었죠. 그냥 죽는 게 더 편하다는 생각까지 침범했어요.

"선생님, 영서를 죽이셨나요?"
이브가 물었다.
"아니오, 사랑했습니다."

서서히 몸이 둔해지고 잠이 많아져 나이탓인가, 예민해서 그런가 하고 생각했어요. 몸은 붓지 않았고 내 가슴이나 팔과 다리도 탄력이 있었어요. 그런데 이상하게 그 작품을 쓴 후 어둠이 다가왔어요. 사랑하는 당신. 저는 며칠이면 좋아질 줄 알았어요. 하지만 몸은 기운이 없고 무기력이 더 깊게 찾아왔어요. 밤에는 불면증에 시달렸고 이상하게 아침 물을 마시고 나면 졸립고 자도 자도 피곤했어요. 낮 3시, 4시까지 늘어진 인형처럼 잠만 왔어요. 제가 좋아한 문장의 파편들, 즐겁지 않았어요. 서서히 목이 풀리고 버터처럼 녹고, 잠이 오고, 목을 누가 누르고, 회색 유령들이 양탄자를 가지고 절 데리러 왔어요. 우주에서 어서 가자고 손짓할 때 얼마나 희망스럽고 다정했는지…… 당신은 모를 것입니다. 아, 끝나는 게 이거구나. 아아, 그대여. 난 검은 망토들과 헤매고 있었죠. 목을 누르는 연습은 무서웠어요. 바람의 언덕, 그곳의 신이 나를 데려갔으면 좋겠다는 생각을 매일 했어요. 숨기고 사는 것도 힘들었어요. 누르기만, 누르기만 하면…… 아니 누군가가 목을 졸라 주기만 하면. 하루는 눈 풀린 커다란 말이 되어 하늘을 날다가 독초 가득한 늪에 빠져요. 호수에서 미치도록 춤을 추다가 죽음이 절실해졌어요. 가슴을 다 풀어헤치고 웃지도 울지도 않기 시작했어요. 이게 그 병의 특징이었죠. 무기력한 슬픔이 매일 가득 찼습니다. 당신과 사랑의 행위를 나눈 그날 밤을 잊지 않겠어요.

당신이 만든 피아노 아래 지하의 방에 한 번 더 갔어요. 교수님이 보여줄 곳이 있다고 저를 데리고 갔어요. 아마도 당신은 칼산에 사진을 촬영하러 갔을 거예요. 씨앗 방을 지나 커다랗고 육중한 테이블이 있는 방에서 교수님은 저를 …… 저는 쓰러졌어요.

'내가 가질 수 없는 너를 누군가에게 줄 수도 없고, 누군가가 가장 아끼는 곳에서 너를 완전히 망가트리고 싶었지.'

"그를 당장 잡아 와 내 손으로 죽여버리고 싶었어요."

그대여. 언제부터 우리가 함께 들었던 바흐 〈무반주 바이올린 소나타와 파르티타〉 샤콘느도 고통의 선율로 들리기 시작했어요. 숲을 걷기도 힘들었고 아름다운 대관령 붓꽃은 불어 터진 만두처럼 산목련은 썩은 계란처럼 보였어요. 환영과 망상의 그림자들만 보이고 어떤 것에도 신경을 쓸 수 없었습니다. 모든 불안의 서들이 저에게 가자고 몸과 마음을 흔들었어요. 무언가 식별할 힘이 사라졌어요. 상을 받은 제 작품이 대중들에게 마음의 안식을 주지 못했고 악플에 시달렸죠. 점점 기억이 없어졌어요. 두려웠습니다. 무대에 올라갔는데 무슨 이야기를 해야 하나. 어제 읽은 것들이 아무 생각도 안 났어요. 그게 정신의 확장을 막아준 흰 알약이었다면 믿으시겠어요.

아, 그대여. 이만 당신을 나의 왼발 아래에 묻고 오른발 아래에서 영원히 사랑할 겁니다. 내 허리에 리본을 풀며 나의 마지막 마음속 정원을 만들어 내 입술과 마지막 키스를 당신의 눈빛과 심장에 파묻습니다. 검은 별이 하나 박힐 그곳으로 갑니다. 사랑의 거리에 작별을 고합니다. 남아 있는 모든 것에 당신과 남긴 사랑과 추억, 당신에게 사랑한다고 말하지 못해 미안해요. 이제 일어날 힘도 없어요. 오늘 검은색 벨벳 스커트와 검은색 타이즈, 검은색 티셔츠를 입고 들판으로 갑니다. 그 나무로 걸어가려고요. 그 바람의 언덕으로요. 옥수수 장대가 기다리겠죠. 미안해요. 들판으로 가는 길 언제나 기쁘고 아름다웠어요. 당신의 어깨 너머로 어두운 방에서, 어두운 빛과 환한 당신의 얼굴을 영원히 잊지 못할 바흐의 숲, 안녕. 당신의 목숨, 영서.

눈물이 내렸다.

눈이 내렸다. 또 눈이 내렸다. 내 허리까지 눈이 계속 내렸다. 치울 수가 없었다. 흰 고통의 흰 눈이 풀 향처럼 내렸다. 고통스러웠다.

34

나는 그 들판을 다녀왔다. 평생 나를 고통 속에서 살게 한, 잊지 못할 날카로운 사금파리가 내 심장에 박혀 수백 년의 고통처럼 살았다. 오랜 시간이 흘렀다. 혼자 시간을 보냈다. 아무도 출입할 수 없었다. 이브도, 영서도 모두 떠났다. 벨라만이 내 곁에서 지냈다. 벨벳의 소재가 익숙한 그 따뜻한 감촉이 내 심장을 편하게 해 줄 커튼을 내 머리까지 후르륵 내렸다. 끊었던 담배를 한 대 피우고 커튼을 풀고 나왔다.

그녀는 검은 망아지처럼 침묵으로 인사하며 어둠에 싸여 이 마을을 떠났다. 옥수수 들판에 장대는 이제 더 자라지 않는다. 들판은 매일 서거덕, 서거덕거리던 소리를 지우고 고양이 우는 소리가 나날이 커졌다.

대관령의 미치광이 바람이 뺨따귀를 때리며 언제나 무덤가의 관목처럼 나에게 손짓했다. 모든 것을 잃었다.

수천, 수만의 그림자들이 얽히고설키고, 문을 열고 닫고 떠나는 사랑의 모순에 괴로워했다.

홀로 오랜 시간을 숲속에서 유령처럼 걸었다. 홀로 오랜 시간을 정원에서 살았다. 홀로 오랜 시간을 평균율에서 숨었다. 바람소리 하나 들리지 않았다. 한 겹 덮인 자장가를 불렀다. 자연의 잔여물, 당신의 숨소리, 마을 친구의 손, 이브의 레코드 가는 옆모습, 선생님의 쓸쓸함, 나의 영혼, 아버지의 눈, 후루시초프와 지젤의 뒷다리, 정원 안 유령들. 모두 잊었지만 잊을 수 없었다. 막스 레거의 〈마리아의 자장가〉를 불렀다.

벨라가 정원에서 보였다가 없어졌다가 놀고 있다. 우리가 사랑했던 정원에서 나는 무엇이었나? 식물들은 교란 없이 그들의 땅을 잘 지켰다. 동물들과 곤충들도 소리 없이 이곳을 지켰다. 그녀는 떠났고 우리 어깨에서 놀던 까막딱따구리와 오대산 긴점박이올빼미만 이곳을 배회했다. 혼자서 정원의 유령들과 함께 거닐고 춤을 추고 계단을 내려갔다. 친근하지만 무섭고 싸늘했다.

이제 지하 비밀의 방 평균율에서 사라지는 일만 남았다.

주치의는 이제 눈이 안 보이고 뼈도 힘이 없어져 온몸에 염증이 생길 것이라고 한다. 그리고 자신도 이제 더이상 올 수 없다고 했다.

혼자 누워있는 방에는 아무런 소리도 들리지 않는다. 끝이 없이 펼쳐지는 영혼의 울림과 맑은소리가 저 멀리 산 능선을 따라 넘지 못하고 오솔길에 걸려 되돌아와 내 귀에서 메아리쳤다. 죽음과 삶에 대해 생각을 자주 한다. 회백색 수풀과 잿빛 구름만이 가득했던 성황당, 달래와 얼레지가 피던 숲속, 행복했다.

당신이 있어 행복했다.

그리고 언젠가 나에게 책이 한 권 배달되었다. 저자는 이브였다. 제목은《대관령 들판에서 배운 것》.

나는 지하 평균율로 내려갔다. 누군가 들어왔다는 생각이 들었다. 아, 미처 문을 잠그지 않은 틈을 타 벨라가 난장판을 만들어 놓았다. 나의 벨라가 그 수 많은 씨앗을 모두 끄집어내 뒤죽박죽으로 만들었다. 정말 뒤죽박죽도 이런 아수라장이 없었다. 순간 영서가……

창밖의 말들도 다 해발 고도가 높은 곳으로 몰려갔다. 눈은 사물들과 유령의 형상들을 정확하게 볼 수 없다. 불빛을 모두 소등하고 아무도 없는 방부목 계단에 홀로 앉았다. 마지막 벨리니의 오페라, 이델손과 살비니에 나오는〈검은 먹구름〉을 들었다. 이곳을 배회한 정원의 유령들, 영서가 나타났다.

언젠가 영서가 준 호두나무 접이식 칼을 꺼냈다. 결국 이거였나. 그리고 이브의 책.

우우웅, 크우웅, 웅, 웅 어둠 속에서 내 키만 한 바퀴를 가진 트랙터의 시동 걸린 소리가 들린다. 기분 나쁜 기계 소리가 아주 예민한 나의 귀에 가까워졌다 멀어졌다. 포커스를 잡듯이 카메라 핀이 맞았다 맞지 않았다 하듯이 반복하며 유혹한다. 천천히 움직이는 눈 치우는 거대한 트랙터 소리가 내 집 앞길까지 가까워졌다. 의자에서 일어나 나가는데 눈은 이제 보이지 않는다. 눈발이 굉장할 것 같다. 엉망진창이 된 씨앗들이 있는 방을 천천히 둘러본다. 서랍을 열어 씨앗들을 만져본다. 천천히 걷는데 몸이 비틀비틀. 평균율 방 문, 긴 나무 계단, 자작나무 문을 지나며 몇 번이나 어깨가 부딪힌다. 당신의 얼굴이 다가왔다. 트랙터 엔진 소리가 가까워진다. 나의 서러운 볼에 커다란 함박눈이 뺨을 때리고 눈물이 내 양쪽 턱 밑을 서럽게 흘러내린다. 함박눈이 펑펑 쏟아진다.

펑, 펑, 웅, 웅 트랙터가 달린다, 석 석 다가온다, 휴우 편안한 숨을 쉰다, 보인다, 그녀의 환영이. 트렉터 바퀴 소리가 크게 다가온다. 어디론가 뛰어갈 것 같다. 웅, 웅, 귀와 눈이 들리지 않고 보이지 않는다.

붉은 점들이 내면에서 외면으로 드디어 나왔다. 희석

되어 하나로 없어질 것이다. 새 두 마리가 오래된 정원
에 왔다가 하늘로 날아갔다.

눈과 함께 당신이 다녀갔다. 서걱서걱. 나와 정원을
수십 번 돌고 춤을 추었다. 아무도 없었다.
멍멍 짖는 벨라와 흰 눈만 가득했다.

보라, 당신이여
내 어깨너머 그림자로
당신이 다녀갔다

바흐의 숲

초판 1쇄 발행 2023년 12월 24일
초판 2쇄 발행 2024년 10월 20일

지은이 윤민혁
펴낸이 박경애
편집 박경애, 정천용
디자인 정은경
표지 사진 윤민혁

펴낸곳 자상한시간
출판등록 2017년 8월 8일 제 320-2017-000047호
주소 서울시 관악구 관천로 20길, 27 201호
전화 02-877-1015
이메일 vodvod279@naver.com

ISBN 97911-982403-4-7 03810